KB259856

국경

국경

초판 1쇄   2012년 12월 5일
지은이   이정
펴낸이   김영재
펴낸곳   책만드는집

주소   서울 마포구 합정동 428-49번지 4층 (121-887)
전화   3142-1585·6
팩스   336-8908
전자우편   chaekjip@naver.com
출판등록   1994년 1월 13일 제10-927호
ⓒ 이정, 2012

* 이 책의 전부 또는 일부 내용을 재사용하려면 사전에 저작권자와 책만드는집의 동의를 받아야 합니다.
* 잘못 만들어진 책은 구입하신 서점에서 교환해드립니다.

ISBN 978-89-7944-417-9 (03810)

이 도서의 국립중앙도서관 출판사도서목록(CIP)은 e-CIP
홈페이지(http://www.nl.go.kr/cip.php)에서 이용하실 수 있습니다.
(CIP제어번호 : CIP2012005233)

이정 장편소설

국경

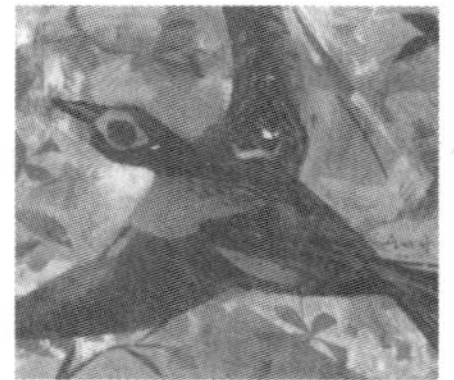

책만드는집

어느 날 문득 요의尿意처럼 팽팽한 배설의 욕망을 느꼈다. 문학은 삶의 체험에서 우러나온 것이라고 했던가. 내게도 지난 15년 동안이나 나만 가진 것인 양 뻐기던 체험들이 있었다. 수백 번 중국과 북한을 드나들며 북한 사람들과 나눈 우정, 질시, 투쟁, 협력 같은 것들이다. 그런 애증들이 감정의 나이테에 박혀 있다가 내게서 탈출을 기도하고 있었던 것이다. 북한을 소재 삼은 글들을 읽으면서 비판을 즐기던 시점이기도 했다. 그래서 지난 1년 동안 설악산 만해마을과 집에 틀어박혀 아름다운 배설을 갈망하며 글을 썼다.

이 소설은 남한 사람과 북한 사람이 만나서 나누는 우정과 사랑 이야기다. 15년 동안 취재하고 겪은 일들 중 일부를 상상력이란 양념으로 버무려 내놓는 것이다. 북한과 북한 사람을 망원경으로 관찰하여 쓴 글 읽기에 입맛을 잃은 독자들이 있다면 이 소설이 그들에게 날것 같은 생생한 맛을 선사했으면 좋겠다. 북한 사람들과 함께한 현장에서 두 눈을 밝히고 귀를 활짝 열고 입으로 더듬어 체득한 것들을 담아놓은 것이니까.

하지만 나는 지금 이 순간 두려움에 휩싸여 있다. 벽 뒤에 숨어서 비아냥거리기를 일삼던 사람이 커밍아웃하듯 작품을 내보내는 탓이다. 뒷감당 못 할 일을 저지른 것만 같다. 대학 시절 출가라는 자학적 결단을 문학을 위한 것이라고 변명 삼던 치기를 되풀이하는 기분이

다. 이제는 죽든 살든 매진할 각오다. 그 수밖에 없다. 최근 몇 년 동
안 그래왔듯 당분간은 북한 소재 글쓰기에 몰두할 생각이다.

　선지식先知識의 너그러움으로 이 소설의 품격을 한 단계 높여주신
분들이 계시다. 조오현 큰스님, 홍사성 시인, 김영재 시인, 김미수 소
설가, 이분들께 깊은 감사의 인사를 올린다.

2012년 11월
만해마을에서 이정

하나의 사랑이 잊히지 않는 사랑이 되기 위해서는

성 프란체스코의 어깨에 새들이 모여 앉듯

첫 순간부터 여러 우연이 합해져야만 한다.

—밀란 쿤데라

기억의 저편

창문의 블라인드가 활짝 열려 있다. 사무실 가득 오후의 햇살이 찰랑댄다. 소파와 응접 테이블, 벽에 기대선 책장까지 햇살이 제 마음대로 점령했다. 편집국장실의 이런 느긋한 분위기가 낯설다. 마감 시간을 앞둔 옆방의 침묵과 그 침묵을 이따금씩 깨는 고성, 출입처에서 돌아오는 번잡한 발소리들이 이 방에는 없다.

나는 책상 앞에 앉아 컴퓨터 모니터를 들여다보고 있는 국장 앞으로 다가간다. 국장이 천천히 고개를 든다. 햇빛이 내려앉은 머리가 하얗게 빛난다.

"북경 특파원이 보낸 정보 보고 봤지?"

나는 대답 대신 그를 빤히 바라본다.

"탐나지 않나? 해볼 테야?"

그는 늘 그렇듯 답변을 기다리지 않고 본론으로 들어간다. 내 심정을 모를 리 없는데도 너 따위는 안중에도 없다는 태도다. '탐나지 않나?'라는 말은 네게 특별히 취재를 맡긴다는 수사에 다름 아니다. '해볼 테야?'라는 말은 하라는 명령에 지나지 않는다. 그가 씩 웃는다. 평소 같으면 예의상 따라 웃겠지만, 지금은 그럴 기분이 아니다. 곧 있을 인사 발령에서 다른 부서로 옮겨달라고 벼르는 참 아닌가.

담벼락에 청진기를 대고 그 안의 세계를 엿보려는 무모한 짓을 나는 15년 동안이나 해왔다. 그것도 붙박이장처럼 한 부서에 주저앉아서. 하이리스크high risk가 하이리턴high return으로 보상될 것이라고 얼러대는 개소리에 떠밀려서. 하이리스크는 실패가 예견된 일이고, 하이리턴은 로또에 당첨될 확률과 다르지 않다. 북한 전문 기자라는 말도 안 되는 직함을 속병처럼 끌어안고 나는 어느덧 40대 후반에 이르렀다. 이러다가는 부장 자리 하나 꿰차지 못한 채 제 풀에 지쳐 퇴사할 위기에 직면하게 될 것이 뻔하다.

최근에 이르러서는 아예 픽션이나 써대는 자로 전락했다. 천안함이 폭침되고, 연평도에 포격까지 가해졌다. 작년 12월에는 북한 주민들이 만수무강을 빌어 마지않던 김정일 국방위원장이 급사했다. 아이들 병정놀이하듯 서른도 안 된 애송이가 대장님 소리를 들으며 최고권력을 세습했다. 사건이 터질 때마다 나는 시쳇말로 눈썹이 휘날리도록 뛰어다녔지만, 막상 기사를 쓰기 위해서는 쥐가 날 정도로 머리를 쥐어짜지 않으면 안 되었다. 사건은 많은데도 정작 취재할 수가 없다. 남북 관계가 격해지자 해외에 나와 있는 북한 소식통들이 입을 더 단단히 잠근 것이다. 그들은 자기네 정부의 엄중한 감시를 극도의 두려움으로 받아들였다. 그래서 나는 만성적인 피로감에 시달리는 중이다.

"황철호 참사와 요즘도 연락되나? 당신이랑 의형제를 맺었다는 사람 말이야."

북한과 관련한 미묘한 취재를 지시할 때 국장은 이런 식으로 북한에 대한 내 경험이나 지식 따위를 거론한다. 네가 적임자니 아예 딴소리하지 말라는 뜻이다. 지금은 다 추억 속의 일들이 되었다는 사실을 모른단 말인가. 그를 비웃으면서도 이 양반이 어떻게 황 참사를 알까? 잠시 헤아린다. 그러니까 황 참사와 연락이 완전 두절된 시기는 98년 겨울이다. 무려 13년 전. 그때 국장은 다른 부서의 부장 자리에 있었다. 황 참사를 알 리 없다. 주워들은 풍월일 것이다.

"무슨 생뚱맞은 말씀이세요? 그 사람과 연락 끊긴 지가 언젠데."

그가 입가에 남은 웃음기를 지운다. 까라면 까지, 라고 말하려는 것처럼 책상 모서리를 잡고 허리를 조금 세운다.

"그렇겠지."

말끝을 묘하게 흐린다. 남북 관계가 나쁘니 당연히 황 참사와 연락이 끊겼을 것이라고 여겨야 하는데, 되레 연락 두절이 취재를 회피하기 위한 핑곗거리가 될 수 없다고 비꼬는 투로 들린다.

"당장 취재에 착수해. 이 일 할 사람이 당신밖에 더 있어?"

예상대로 그는 더 이상의 말치레를 생략하고 지시를 내린다. 아무리 그래도 오늘만은 발길에 차인 똥개처럼 깨갱! 하면서 물러나지 않으리라. 취재를 한다 해도 부서 이동을 약속 받고서 할 것이다.

"정보 보고에 나오는 인물이 누구라고 생각하나?"

정보 보고 속의 인물과 황 참사가 무슨 연관이라도 있다는 것일까? 내가 모르는 무엇이 있는 것 같은 낌새가 느껴진다. 북경 특파원이 회사 내부망에 띄운 정보 보고를 떠올린다.

익명을 요구한 북한인에 따르면, 김정은 정권이 들어선 뒤 김정일 시대의 인물들이 권좌에서 쫓겨나는 과정에서 신변 위협을 느낀 한 북한 고위 관리가 최근 중국으로 탈출했다고 함. 북한 국가보위부 체포조가 중국 내로 들어와 이 고위 관리를 추적하고 있으며, 중국 정부도 이에 협조하여 탈출 경로로 활용될 가능성이 큰 국제공항 및 항만, 국경 지역 주요 도시들에 대한 경비 강화 명령을 내렸다고 함. ……

정보 보고는 북한에서 쿠데타가 일어났다거나 중국군이 북한에 진주했다거나 하는, 증권가 지라시에 믿거나 말거나 등장하는 소문들보다야 신빙성이 높은 것이 사실이다. 더구나 북한 사람한테 직접 들었다지 않는가. 그렇더라도 기사화하지 않고 정보 보고로 처리한 것은 제보한 북한인을 신뢰할 수 없다는 뜻일 것이다. 거기에다가 나중에 타사가 관련 기사를 보도해 낙종할 경우에 대비하는 면피용일 가능성도 있다. 취재가 불가능하여 회사에 토스했으니 자신을 문책하지 말라는 의미다. 이런 정도의 정보 보고로는 설령 황 참사와 예전처럼 연락이 유지되고 있다고 해도 움직이기 곤란하다.

"감이 안 잡히는데요."

국장이 나를 아예 취재 부서에서 빼내려는 수작은 아닌지 의심까지 든다. 말도 안 되는 취재 건을 맡기는 척해서 편집국 내에서 내 무능을 더 돋보이게 하려는 짓 같다. 정 해야 한다면 북경 특파원을 시키세요. 제보한 북한 사람을 물고 늘어지라고 하면 될 게 아녜요? 중국 내 인맥을 동원하는 것도 저보다야 북경 특파원이 훨씬 나을 테고요. 나는 이렇게 말해야겠다 다짐한다. 그 순간, 그가 의자에서 일어나 책상 옆의 응접 테이블로 걸어 나온다. 소파에 앉으며 나게도 앉으라고 손짓한다. 예전과 다른 태도다. 테이블을 앞에 두고 우리는 마주 앉는다. 나를 바라보는 그의 눈이 반짝인다. 뭔가 곧 테이블 위로 와르르 쏟아놓을 것 같다.

"잘 들어. 북경 특파원이 내게 따로 후속 보고를 해 왔어. 탈출했다는 자가 당신과 의형제를 맺었다는 황철호라는 거야."

뭐요? 나는 외마디소리를 지를 뻔했다.

"확실하답니까?"

"그래."

"어떻게 알았답니까?"

"북경에 있는 북한 식당 지배인이라는 여자가 직접 알려주면서 그게 황철호 참사라고 하더래. 당신 이름을 대며 당신이 북경에 오면 자세한 내용을 말해주겠다고 한다는 거야. 북경 특파원 말로는 상당히 신뢰가 간대. 그래서 그럼 좋다, 이 기자에게 취재를 넘겨라, 그렇게 지시했어."

나는 눈을 감는다. 슬픔인지 반가움인지 분간할 수 없는 감정이 가슴을 관통한다. 13년 동안이나 그의 소식을 기다려왔다. 여기저기 수

소문하며 발품을 팔기도 했다. 언젠가는 꼭 그의 소식을 들을 줄 알았다. 결국 비보라니. 가슴이 먹먹해진다. 그를 구해야 할 의무가 누군가에게 있다면 그것은 응당 내 몫이다. 그는 나와 남다른 정을 나눈 최초의 북한 사람이다. 서로의 일을 발 벗고 나서서 도와주기도 했고, 의형제까지 맺었다. 그의 거친 숨소리가 가까이서 들리는 듯하다. 아우, 나 좀 구해줘. 제발 구해달라구.

"식당 지배인이라는 여자가 저를 어떻게 안다고 하던가요?"

"당신을 만난 적이 있다고 하더래."

지배인이라는 여자를 머릿속에서 찾아내려고 애를 쓴다. 떠오르는 인물이 없다. 중국 도시에 흔한 북한 식당들을 그동안 셀 수도 없이 들락거렸지만, 각별한 관계로 기억 속에 얼굴을 남긴 사람은 단 한 사람도 없다.

"황 참사가 숨은 곳은 안대요?"

"모르니까 당신을 찾는 것 아니겠어? 당신이 찾아서 서울로 데려갔으면 하는 뜻 같은데."

지배인이라는 여자가 황 참사의 일을 내게 알려주겠다는 말이 선뜻 이해되지 않는다. 더구나 서울로 데려가라고? 간첩 혐의를 뒤집어쓸 만큼 상당한 위험을 무릅써야 할 텐데, 진정 황 참사를 도우려는 것일까? 내가 아는 한 황 참사는 북한을 탈출했다고 하더라도 사회주의자로서 나름의 자긍심까지 포기하지는 않을 것이다. 그는 목을 내놓는 한이 있어도 서울로는 오지 않을 가능성이 크다.

"하나 더 알려줄 말이 있어."

"뭐죠?"

"아주 중요한 이야기야. 그 옛날 황 참사가 당신을 만나고 다닐 때 평양박물관에 있는 신라금관을 우리 쪽에 빼돌렸다는 거야. 그게 이제야 발각되어 평양이 발칵 뒤집혔대."

"그것도 북경 특파원이 보고한 건가요?"

"그래. 당신과 연관된 것 같다던데?"

국장은 나를 빤히 쳐다본다.

"맞지?"

나는 고개를 떨군다. 드디어 터질 것이 터진 것 같다. 그해 겨울, 두만강 변에서 그와 마지막으로 헤어질 때 나는 왜 그에게 결국 당할 것이라는 점을 경고하지 않았을까? 무슨 수를 쓰든지 그때 서울로 데려왔어야 하지 않았을까?

지금까지 그는 왜 내게 직접 연락하지 않고 있을까? 13년의 세월이 흐르는 동안 나는 이메일 주소를 한 번도 바꾸지 않았다. 그와 나는 이메일을 주고받으며 적잖은 일들을 도모했다. 그가 내 이메일 주소를 잊었다고 하더라도 어디서건 인터넷으로 우리 신문을 검색하면 바로 알아낼 수 있다. 그런데도 내게 연락하지 않는 것은 나조차 염두에 둘 수 없을 만큼 절망적인 상태에 빠져 있다는 뜻일까?

"아무튼 좋아. 당신이 가서 찾아봐."

국장의 목소리가 은근하다.

"찾아내면 대특종이 될 거야. 김정은 정권도 치명상을 입게 될 거고. 금관을 빼돌린 사건까지 얽혔으니 줄특종이 터지게 생겼어. 내일이라도 당장 북경으로 날아가."

내 머릿속에서는 벌써 연길, 단동, 길림, 장춘, 심양, 하얼빈, 치치하얼, 북경 따위의 중국 도시들이 밤하늘 별들처럼 깜박거리기 시작한다. 그 도시들의 구체적인 모습과 골목들이 하나둘 떠오른다. 골목 어디쯤에서 절명 직전 사력을 다해 꿈틀대는 황 참사의 모습이 눈앞에 어른거린다.

국장은 마음을 놓는 모양이다. 비서를 불러 커피를 주문한다. 그에 대한 내 어쭙잖은 반항은 오늘도 실패로 끝나고 만다. 부서 이동도

당분간 거론할 수 없게 되었다.

"보안을 위해 회사엔 다른 데 출장 갔다고 하자고."

"알았어요."

"당신 부장한테도 당분간 비밀로 해. 보고는 내게 직접 하고. 철저히 보안 유지하는 것 잊지 마."

"네."

"이 정도면 미국이나 우리 정보기관에서도 찾자고 덤비고 있을지 모르니까."

그의 목소리에서 흥분이 느껴진다. 나도 터질 것 같은 흥분을 겨우 누른다.

2

국장실을 나와 내 자리로 돌아왔다. 멍하니 창밖을 내다본다. 창문 틈으로 파고드는 바람 소리가 사뭇 거세다. 절망한 자의 발악같이 들린다.

황철호. 그의 이름을 거듭 되뇐다. 어떻게든 그를 만나야 하는데, 만나야 한다는 것에서 생각이 더 이상 진전되지 않는다. 어떻게든 그를 구해야 하는데, 구해야 한다는 생각뿐이다. 그의 소식을 모를 때는 그가 어디선가 나를 그리워할 줄로 믿었다. 내가 그를 그리워하고 있는 것처럼. 그가 처한 현실이 아무리 궁색하다 해도 언젠가는 아우, 나야, 하며 멋쩍은 미소를 머금고 나타날 줄 알았다. 하지만 그에 대한 비보가 전해진 지금까지도 어쩐 일인지 그는 나를 찾지 않고 있다. 그를 향해 달려가야 하는데, 어디로 가야 하는지 알 수가 없다.

컴퓨터에 저장된 사진 파일들을 뒤진다. 그를 찍은 사진이 많을 줄 알았는데, 얼굴이 제대로 나온 것은 단 두 장에 불과하다. 두어 달 전에 컴퓨터를 새것으로 바꾼 기억이 난다. 전의 컴퓨터에서 자료를 다운 받아놓은 외장하드도 뒤진다. 그것에 들어 있는 자료를 몽땅 새 컴퓨터로 옮긴 사실을 알면서도.

사진 속에서 황 참사는 나를 무표정하게 바라보고 있다. 그러고 보니 그의 웃는 모습이 기억에 남아 있지 않다. 원래 웃음이 없는 사람이었던가? 그런 것 같지는 않다.

"형, 웃어봐. 웃어보라고."

사진을 보며 그가 앞에 서 있기라도 한 듯 나는 말을 건다. 그래도 그는 표정을 바꾸지 않는다. 사진을 프린트한다. 그를 찾아다녀야 하는 경우에 대비해서 여행가방에 챙겨 넣을 작정이다. 도망치는 사람이 본명으로 다닐 리 있겠는가. 스으르으륵. 머리칼부터 이마와 눈, 코와 볼이 종이에 차례로 박혀 나온다. 그것을 지켜보자니 그와 함께 했던 시간들이 깜깜한 숲 속에서 반딧불이 빛나듯 머릿속에서 하나 둘 불을 밝힌다.

제1장

그해 여름

1

　　　　멀리서 초록색 열차 앞머리가 나타난다. 바퀴의 마찰음이 점점 커지며 평양발 열차가 긴 몸통을 끌고 플랫폼으로 들어온다. 열차가 멈춰 서고, 사람들을 토해내기 시작한다. 나는 양복을 입은 사람들만 보이면 사냥개처럼 분주히 그들을 좇는다.

"남북회담 대표단입니까?"

사진부 우 기자는 내 옆에 붙어 서서 그들을 향해 연방 카메라 셔터를 눌러댄다.

남북 장관급 회담이 하루 앞으로 다가왔다. 서울에서 몰려온 남쪽 기자들은 아직 북한 대표단의 명단조차 알아내지 못해 전전긍긍하고 있다. 남북 교류가 획기적으로 확대될 조짐을 보이는 가운데 몇 해 만에 열리는 남북회담이라 국민들의 관심이 크다. 그런데 아직 아무런 기삿거리가 없다. 고작 북한 대표단의 면면이 아직도 우리 측에 통보되지 않았다는 쓰나 마나 한 기사나 송고할 뿐이다. 회담 대표들의 이름이라도 알아야 회담 전망을 가늠할 수 있겠는데, 북한 쪽 동향에 대해서는 뭐든 안개 속에 파묻혀 있다. 기자들은 기껏 북한대사관 앞에서 진을 치고 기삿거리를 기다린다. 그 수밖에 없다.

북경역으로 나오기 전까지 나도 그곳에 있었다. 그때 내게 퍼뜩 한 가지 생각이 떠올랐다. 평양발 북경행 항공편이 화요일, 토요일 한 편씩밖에 없기 때문에 남쪽 기자들은 북한 대표단이 이미 북경에 도착했다고 간주했다. 내일 열리는 회담에 맞추기 위해서는 적어도 어제 화요일 항공편으로 북한 대표단이 도착했어야 맞는다고 본 것이다. 일국의 장관급 인사가 단장인 회담 대표들이 탑승 시간이 스물네 시간이나 걸리는 열차로야 오겠느냐는 판단 때문이다. 하지만 나는 전부터 북한 쪽 인사들을 만나 평양 방문을 교섭하면서 어지간히 높은 지위에 있는 사람들도 열차 이용을 기피하지 않는다는 사실을 알고 있었다. 마침 오늘이 열차가 들어오는 날이다. 그래서 나는 우 기자를 데리고 슬그머니 북한대사관 앞을 빠져나온 것이다.

"어! 저기!"

내가 우 기자를 향해 말한다. 가까운 열차 출입문에서 내리는 사람들이 내 눈길을 확 잡아당긴 것이다. 대여섯 명 정도 되는 일행은 말쑥한 인민복 차림에 묵직한 여행가방을 들었다. 나는 맨 앞에서 내리는 옅은 흑갈색 레이벤을 낀 자를 향해 달려간다.

"남북회담 대표단이시죠? 단장은 어느 분입니까?"

다 알고 왔으니 사실대로 말하라는 식으로 밀어붙인다.

"당신은 뉘기요?"

눈에 익은 인물이 레이벤 뒤에서 보인다. 올백의 머리 모양에 둥근 얼굴, 짙은 눈썹. 수년 전 판문점 회담장에서 서울을 불바다로 만들겠다는 발언을 한 안병수 같다. 오래전 기억이라서 단정할 수는 없다. 찌르르륵. 우 기자의 카메라에서 모터 드라이버 돌아가는 소리가 들린다. 그도 안병수 같다고 여기고 있는 것이 틀림없다.

"서울서 온 신문기잡니다."

"내일 보면 알 게 아니오."

회담 대표가 맞다. 특종이다.

"내일이면 알 건데 말해주시죠."

내가 하려는 말이 등 뒤에서 들려온다. 돌아보니 M방송의 허 기자가 우리들의 틈을 벌리며 얼굴을 내밀고 있다. 여우 같은 놈. 나는 그가 끼어드는 것을 등으로 슬쩍 막아본다. 그래보았자 아무 소용이 없지만. 하필 이런 때 나타나 특종을 무산시키다니. 그도 북한대사관 앞에 있다가 슬그머니 이쪽으로 옮겨 온 모양이다.

“어느 신문이오?”

레이벤이 내게 묻는다. 대답을 하려는 참인데, 누군가 나와 우 기자를 뒤에서 우악스럽게 밀어붙인다. 내가 레이벤의 옆구리 쪽으로 휘청거리며 떠밀린다. 셔터를 누르느라 정신이 없던 우 기자는 레이벤의 발밑으로 꼬꾸라진다. 왼쪽 가슴에 붉은 배지를 단 세 명의 또 다른 북한 사람들이 우리들 앞에 나타난다. 우리들에게 완력을 행사한 사람들이다. 대표단을 마중 나온 북한대사관 직원들 같다. 그들 중 파란 와이셔츠가 쓰러진 우 기자의 카메라를 낚아챈다. 빼앗기지 않으려는 우 기자의 힘에 카메라가 튕겨져 바닥에 내동댕이쳐진다.

“이런 씨팔놈이!”

우 기자가 벌떡 일어나며 소리를 지른다. 그러면서 내동댕이쳐진 카메라의 멜빵을 움켜잡고 파란 와이셔츠를 겨냥해 후려친다. 카메라 몸체가 파란 와이셔츠의 배에 정통으로 맞는다. 파란 와이셔츠가 억! 하고 허리를 꺾는다. 치밀어 오른 성질을 죽일 사이도 없이 나와 허 기자가 반사적으로 둘 사이를 가로막는다. 하지만 이미 파란 와이셔츠의 팔이 우 기자의 멱살을 잡은 뒤다. 취재 현장에서 밀고 넘어지는 일은 대수로운 일이 아니지만, 목숨과도 같은 카메라가 부서지자 우 기자가 흥분했다. 파란 와이셔츠가 눈을 부라리며 우 기자를 칠 기회를 노린다. 나는 허 기자와 함께 우 기자가 풀려나도록 우 기자의 멱살을 잡은 파란 와이셔츠의 손을 비튼다. 그사이 우리는 대표단과 그들을 마중 나온 자들에게 둘러싸인다. 팽팽한 눈빛이 교차한다. 몇 걸음 떨어진 곳에서는 허 기자를 따라온 카메라맨이 ENG 카메라로 이 광경을 담고 있다.

“그만하라우.”

레이벤의 목소리다. 조용하면서도 단호한 어투다. 그가 이마에 주름을 한껏 잡으며 파란 와이셔츠에게 눈을 흘긴다. 우 기자의 멱살을 잡은 파란 와이셔츠의 손이 스르르 풀린다. 파란 와이셔츠가 손바닥을 부딪쳐 손을 털며 한 걸음 물러선다. 둘 사이에 끼어 있던 나와 허 기자도 옆으로 물러선다. 모든 이들의 눈길이 레이벤에게 쏠린다. 안병수를 닮은 이도 그를 바라본다.

"이거 안됐소."

레이벤이 한 걸음 다가와 우 기자의 어깨를 다독인다. 마흔이 될까 말까 해 보이는데, 나이에 비해 범상치 않은 경륜이 느껴진다. 우 기자가 애써 분을 삭이는 듯 대답 대신 소리 나게 무릎과 앞자락을 턴다. 그러고는 다시 자신의 임무로 돌아가기 위해 어깨에 멘 가방에 부서진 카메라를 넣고 다른 카메라를 꺼낸다.

"어느 신문인지 아직 답하지 않았잖소?"

"H신문입니다."

나도 모르게 툭 내뱉는 말투가 되고 만다. 이런 때는 감정을 드러낼수록 불리한데도 감정이 제대로 다스려지지 않는다.

"기래요? 기럼 리인철 기자라고 아시오?"

리인철? 뜻밖에도 내 이름이다. 하지만 낯설다. 두음법칙을 무시한 발음 때문이 아니다. 전혀 예상하지 못한 북한 사람의 입에서 불러져서 그럴까?

"저를 아세요?"

"선생이 리인철 기자?"

"그렇습니다만."

"아, 반갑수다. 난 황철호라고 하오."

레이벤이 내게 손을 내민다. 엉겁결에 그의 손에 내 손이 잡힌다. 기자 이름을 아는 북한 사람이라면, 남쪽 신문을 읽을 수 있는 대남 관계 부서 일꾼일 것이다. 그러니까 남북회담에 나왔겠지. 가슴속으로 서늘한 바람 한 줄기가 지나간다.

"절 어떻게 아시죠?"

"하도 반동질을 많이 해대서."

레이벤의 얼굴에 보일락 말락 웃음기가 스쳐 간다.

"문화재 전문 기자로 아는데 회담 취재도 나오시오?"

레이벤, 아니 황철호는 반동질과 문화재 전문 기자라는 딱 두 마디로 내 정곡을 찌른다. 짐작이 맞다. 나쁜 놈이라고 실컷 욕한 당사자를 우연히 만났을 때처럼 무안해진다. 나는 그들이 말하는 조국의 배신자라는 탈북자를 오랫동안 취재했다. 그것도 모자라 그중 한 사람은 내가 보호를 자청하고 나섰다. 그런 내 뒤를 다 캔 것 같다. 그러면서도 북한의 대남 창구를 통해 방북을 교섭하고 있다니. 그가 내 속을 빤히 들여다보며 그 미친놈이 이자군, 하고 비웃는 것만 같다.

6개월 전쯤, 나는 평양을 드나드는 재미 교포 한 여사에게 방북 주선을 요청했다. 기자라면 미지의 땅, 민족의 반쪽이 사는 북한 취재를 탐내지 않을 자가 어디 있겠는가. 꽉 막힌 남북 관계가 획기적으로 변화할 조짐을 보이고 있는 시점이다. 이런 때 남한 기자의 평양 방문은 그 사실 자체만으로 독자들의 눈길을 사로잡을 수 있다. 남북 화해의 메신저로서 국민의 관심을 크게 불러 모을 수도 있다. 처음에 한 여사는 노, 라고 분명하게 거절했다. 기자를 간첩으로 여기는 줄 몰라서 그래? 극소수 대북 사업가나 간신히 오가는 형편이잖아. 안 된다고만 하시지 말고 방법을 찾아주세요. 간청을 거듭했다. 결국 한 여사는 내게 정치적 의심이 덜할 문화재 연구기관 직원으로 신분을 위장하라고 했다. 문화재 답사를 방문 목적으로 한다면 길이 열릴 것 같다는 것이다. 북한 측과 어느 정도 교감을 나눈 것 같았다. 들통 나면 어쩌죠? 눈 가리고 아웅 하는 거지. 그 사람들한테 받아들일 명분을 주는 거야.

회사에서는 한 여사의 권고에 따라 부설기관으로 민족문화연구소를 만들었다. 방북용으로 만드는 시늉만 내는 줄 알았는데, 편집국장은 이참에 북한 사회와 문화를 제대로 연구해보자고 한술 더 떴다. 편집국 귀퉁이에 연구소 팻말을 매단 별도의 사무 공간까지 두었다. 나는 연구소장이 되었다. 그렇다고 본래 내가 속해 있던 기획취재팀의 북한 전문 기자라는 직함과 업무를 버린 것은 아니다. 겸직 발령을 내는 통에 별도 수당도 없이 일만 늘었다. 그 뒤부터 한 여사는 잘될 거라는 말을 입에 올리기 시작했다. 북한 측 사람들에 대한 선물비나 업무추진비 조로 돈도 쏨벅쏨벅 받아 갔다. 북한의 대남 창구인 아태(조선아세아태평양평화위원회) 사람들도 소개해주었다. 하지만 그들은 사업비로 포장한 방북 대가를 턱없이 많이 요구했다. 회사는 말도 안 되는 소리라며 고개를 절레절레 흔들었다. 그래서 방북 대가를 깎는 줄다리기로 지금 시간을 허비하고 있는 중이다. 성과도 없이 비용만 적잖이 깨졌다. 빼도 박도 못할 처지에 봉착해 나는 회사의 문책을 걱정해야 하는 지경에 이르렀다.

그런데 문화재 전문 기자라는 낯간지러운 꼼수까지 황철호의 입에서 까발려진 것이다. 민족문화연구소장이란 현직이 문화재 전문 기자로 잘못 불리긴 했지만, 그렇다고 크게 틀린 말은 아니다. 한 여사를 통해 북에 보낸 내 이력서에는 분명 연구소장을 맡기 전에 문화재 전문 기자를 지냈다는 가짜 이력이 끼어 있다. 민족문화연구소장이란 직책을 보다 합당한 것으로 꾸미기 위해 한 짓이었다.

"한번 만날 수 있을까요?"

허 기자를 의식해서 나는 황철호에게 선문답처럼 묻는다. 대남 부문에서 힘깨나 쓰는 사람으로 보이는 그에게 방북을 선처해달라고 부탁하고 싶다. 그가 빙긋 웃는다. 웃기는 놈이라는 표정 같기도 하고, 그러자는 표정 같기도 하다.

"자, 이만."

연락처라도 달라고 하려는데, 그가 일행을 향해 손을 치켜든다. 그러고는 우리들을 헤치고 앞으로 나아가려고 한다.

"선생님이 대표단장입니까? 회담은 내일 예정대로 열릴까요?"

허 기자가 그의 입 가까이에 마이크를 들이댄다.

"나라고 하면 오보요. 내일 보기오."

황철호가 발걸음을 뗀다. 마중 나온 사람들이 대표들의 짐을 받아들고 대표들과 함께 그의 뒤를 따른다. 우리들도 그의 곁에 따라붙는다.

"회담 전망을 어떻게 보세요?"

취재기자의 입장으로 돌아온 내가 묻지만, 그는 거들떠보지 않는다. 그의 일행은 플랫폼 출구 쪽으로 움직인다. 방송 카메라맨과 우 기자는 계속 그들의 모습을 카메라에 담는다. 우리는 역사 밖까지 따라간다. 하지만 아무 말도 더는 듣지 못한다. 그들은 대기시켜놓은 승용차를 타고 휭 떠나고 만다.

황철호, 어딘지 사람을 끌어들이는 마력이 있다. 그가 사라진 뒤에도 그는 얼음 속에 갇힌 물고기처럼 생생하나 무표정하게 내 머릿속에 머무른다.

2

남북의 회담 대표들이 켐핀스키호텔 회의실로 입장한다. 회의장 입구에 늘어선 기자들이 오늘 내놓을 선물이 뭐냐고 그들에게 묻는다. 나도 그 틈에서 북한 대표들의 얼굴을 살핀다. 나를 쳐다보는 그들의 눈초리가 매섭다. 남쪽 기자들도 나를 대하는 태도가 예사롭지 않다. 모두들 두고 보자고 잔뜩 벼르는 눈초리다. 어제 북경역에서 있었던 일이 우리 신문과 M방송에 자세히 보도되어 우리의 약은 수가 들통 났기 때문이다. 하필 우 기자가 카메라로 북한 사람의 배를 후려치는 장면을 M방송이 엊저녁부터 뉴스 시간마다 내보내서 북한 사람들의 자존심에까지 상처를 입힌 것 같다.

나는 그래도 황철호를 만날 기대를 품고 견딘다. 그런데 그는 눈을 씻고 봐도 찾을 수 없다. 드러나서는 안 되는 사람처럼 증발해버렸다. 그는 대표단장이 아닐 뿐 아니라 대표단 명단에도 이름이 오르지 않았다. 대표단장은 그를 뒤따르던 안병수다. 그렇다면 황철호는 회담 자체를 뒤에서 조종하는 지휘자가 아닐까? 사회주의 국가에서 대표는 얼굴마담 노릇이나 하는 허수아비인 것을 종종 보아왔다.

회담이 진행된다. 황철호를 만나고 싶은 마음이 간절해질수록 반동질을 많이 했다는 그의 힐난이 머릿속을 어지럽힌다. 되새김질하면 할수록 당신은 방북할 수 없다는 선언으로 들린다. 더구나 다른 언론사의 방북 교섭도 감지되고 있는 시기다. 회사의 추궁도 문제지만, 언론사 중 평양 일착 입성을 빼앗긴다는 낭패감이 더 가슴을 친다. 아무리 생각해도 포기할 일이 아니다. 내가 좀 굽히는 한이 있더라도 황철호를 만나 타협점을 찾고 싶다. 탈북자를 돕는 일이 반동질이라고 욕을 먹고 방북을 거절당할 사유가 된다는 것을 미리 머릿속에 각인해두었더라면, 내가 탈북자를 돕겠다고 나섰을까? 결국 나는 자청해서 중병을 얻고 말았다. 좆같은 새끼! 황철호, 네가 내 입장에 서면 어쩔 건데? 목에 걸린 가래 뱉듯 나는 욕설을 내뱉는다.

회담이 열리는 사흘 동안 회담장에서 나는 그를 끝내 보지 못했다. 아쉽지만 방북을 단념할 수밖에 없다. 마침내 나는 황철호의 이름을 갈망과 기억의 저편으로 내동댕이친다.

3

　　　　　택시는 자작나무 숲이 끝없이 펼쳐진 산비탈을 돌고 돈다. 숲이 물비늘 같은 하얀빛을 튕겨낸다. 비포장 길이라 오래된 러시아제 라닥이 더욱 덜컹덜컹 뛴다. 앞좌석을 움켜잡은 손이 뻐근하다. 나는 탈북자 정연화를 찾아 백두산 아랫마을 숭선으로 향하는 중이다. 황철호를 만나기 2개월 전 일이었다.

택시가 숲을 빠져나오며 시야가 투명하게 트인다. 가파른 절벽 아래로 계곡이 나타난다.

"저게 두만강입니까?"

옆자리의 조선족 전도원(전도사) 김 씨가 고개를 크게 끄덕인다. 자신이 가르쳐주려고 했는데, 내가 물으니까 더 흥이 난 표정이다. 연길 시내 교회에서 일하는 그는 탈북자 취재차 연변에 온 내게 정연화의 일을 제보했고, 돈을 받기로 하고 안내까지 맡았다.

은어 떼가 물살을 거슬러 올라가는 것처럼 강물이 반짝인다. 건너편 북한 쪽 강변에 아낙네 서넛이 보인다. 바위 위에서 빨래를 하고 있다. 물에 그녀들의 모습이 일렁인다. 폭이 좁은 상류라서 이목구비까지 다 분간이 될 정도다. 중국에서는 개들조차 하도 잘 먹어 짖는 소리가 옹골차기만 하다고 두만강 변에 사는 북한 사람이 하던 말이 떠오른다. 저 아낙네들은 개 짖는 소리뿐 아니라 이쪽 사람들이 도란거리는 말소리까지도 다 들을 것 같다.

두만강이 보인다는 것은 정연화를 만날 시간이 다가왔음을 의미한다. 나는 호흡을 가다듬는다. 그리고 다시 한 번 마음을 다잡는다. 기자는 불이 났다고 외치는 사람이지 소방관이 아니야. 자선사업가는 더더욱 아니지.

"얼마 전 이 근처에 사는 한족 놈 하나도 공안에 잡혔슴다. 탈북 여성을 아내로 삼은 놈인데, 아내가 도망칠까 봐 제 놈이 밭에 나가 일하는 낮에는 아내를 뒤주에 가둬두곤 했더랬습다. 보다 못해 이웃에서 신고를 해서 결국 족쇄를 찼다는 거 아님까. 이 여성도 우리 교회가 빼돌려서 하나님을 믿게 했습다."

연길서 여기까지 오는 내내 김 씨는 탈북자들의 비극적인 사건들에 대해서 입을 쉬지 않는다. 잠시 쉬는 틈에도 더 이야기할 것이 없을까 기억을 더듬는 눈치다. 자신들의 자선과 선교 행위가 얼마나 가상한 것인가를 내게 각인시키려는 것 같다.

택시가 강변에 자리 잡은 작은 마을들을 지나 마침내 담배밭에 둘러싸인 외딴 목조건물 앞에 멈춘다. 연길을 출발한 지 네 시간 반 만이다. 나무로 만든 십자가가 건물 지붕 위에 세워져 있다. 마당엔 폐가처럼 개망초 따위 잡초들이 무성하다. 저건 며느리밑씻개던가? 고약한 시어머니가 줄기에 가시가 많은 이 풀을 며느리에게 밑씻개로 쓰게 했다는 이름의 유래가 기억난다. 지붕 위 기와 틈에도 개망초가 터를 잡았다.

얼굴에 주름이 가득 잡힌 중늙은이가 건물 뒤편에서 걸어 나온다. 차 소리를 들었는가 보다. 연변의 시골 어디서나 볼 수 있는 허름한 차림이다. 인상이 성직자나 전도원 같지는 않다. 그저 이 교회를 관리하는 마을 사람 같다. 김 씨가 말하던 권 씨이리라. 그는 인사를 나눌 틈도 주지 않는다.

"택시는예 얼른 돌려보내시오."

말 중에 '예' 자를 붙인다. 연변 말투에 경상도 말투가 섞였다. 외딴 마을이라서 외지 사람들에 대한 호기심이 많다고 그는 덧붙인다. 까닥 잘못하면 정연화를 숨긴 사실이 발각될 수 있다는 것이다. 나와 김 씨는 권 씨를 따라 담배밭 사잇길로 들어선다.

"고개를 숙이시오."

가슴께까지 자란 담배가 그럭저럭 우리를 가려주는데도 자기 혼자 걱정하는 것처럼 권 씨의 유난스런 주의는 계속된다. 새 한 마리가 두만강 건너편에서 날아온다. 언젠가 삼합 부근 두만강 변에서 한국에서 노가다 생활을 했다는 내 또래 조선족 청년을 만난 적이 있다. 그는 이 오지까지 한국 사람이 왔다고 무척 반가워했다. 나를 억지로 자기 집에 데려가 술까지 대접했다. 상에 오른 꿩고깃국을 가리키며 그가 말했다. 조선 꿩임다. 북한 꿩이라는 것을 어떻게 증명할 수 있느냐고 내가 물었다. 아무리 북한에 관심을 많이 가진 기자일지라도 꿩까지 북한 꿩이라며 내 관심에 영합하려는 그가 가소로웠다. 어제 조선에서 날아오는 걸 내가 이 두 눈으로 똑똑히 보고 제꺽 총을 놓아서 잡았슴다. 조선이 온통 민둥산이라서 새들도 거기선 못 살겠다고 다 이쪽으로 넘어옴다.

산이 가까워진다. 길은 산에서 흘러 내려오는 물로 질척거리고 미끄럽다. 바짓가랑이에 흙탕물이 튄다.

"발자국을 남기지 않도록예 조심해서 걸으시오."

소나무 숲이 나타난다. 산길을 탄다. 길에서 사람의 자취가 느껴지지 않는다. 길인지 아닌지 분간할 수 없을 정도다. 강아지풀이 실바람에 살랑거린다.

"내가 구해내지 않았다면예 어찌 되었을까? 정말 생각하기도 싫슴다."

권 씨가 자신의 공을 내비친다. 낮지만 다소 긴장이 풀린 목소리다. 자기 말이 진심이라는 것을 나타내려는 듯 진저리를 치는 시늉까지 한다.

"우리 기독교인들이 늘 공부하는 게 사랑을 실천하자는 거 아님까? 지금도 저기 두만강 변 어디에선가는 그놈들이 처녀아이들을 낚아채려고 호랑이 눈을 하고 있을 검다."

전도원 김 씨가 권 씨의 말을 받는다. 그의 말속에는 자신의 관할

하에 권 씨가 있고, 그래서 자신도 그 공의 대열에 서 있음을 알아야 한다는 의미가 숨어 있다. 어제도 그는 여성 탈북자를 내게 데려왔다. 자기네 교회에서 보호하고 있는 탈북자라고 했다. 그녀는 성경을 가슴에 감싸 안고 말했다. 저는 이 성경을 품고 조국에 돌아갈 겁니다. 아무리 한국이 좋대도 한국에는 가지 않겠습니다. 조국에 가서 하나님 복음을 전하며 살겠단 말입니다. 하나님을 믿으면 굶지 않는다고 선교하겠단 말입니다. 한국의 북한 선교 단체 사람들에게 들려주기 위해 학습된 말로 들렸다. 김 씨같이 북한 선교나 탈북자 보호를 빙자한 사람들이 그래야 후원을 받을 수 있고, 그래야 돈푼이나마 만질 수 있을 테니까. 그러면 총살을 당할 텐데도? 내가 물었다. 총살당하면 천당에 가겠는데 두려울 게 뭐 있습니까? 그녀의 대답은 거침이 없었다. 나는 다시 한 번 내게 말한다. 너는 자선사업가가 아니래도. 네가 탈북자들을 한두 명 만났어? 다 도울 능력이 있어? 정 돕고 싶다면 직업을 바꿔.

앞서 가던 권 씨가 걸음을 멈추고 좌우를 살핀다. 자신도 찾는 곳이 어딘지 헷갈리는 모양이다. 소나무 숲을 향해 그가 어이! 하고 낮게 외친다. 나뭇가지에 앉은 솔개가 멀뚱멀뚱 그를 바라본다. 김 씨가 발을 굴러 겁을 준다. 솔개가 날개를 펴다가 도로 오므린다. 까불고 있네, 하고 얕잡아 보는 것 같다. 권 씨는 두어 걸음 앞으로 나아가 다시 어이! 하고 외친다. 반응을 기다리는 동안 잠시 적막이 흐른다. 솔개가 불현듯 몸을 일으킨다. 날개를 펼쳐 나뭇가지 사이를 뚫고 날아오른다. 동시에 나무 밑에서 검은 물체가 나타난다. 짙은 청색 점퍼에 검은 바지, 삐쩍 마른 몸매, 색소결핍증 환자 같은 새하얀 얼굴…… 정연화다.

원시인의 모습을 연상한 탓일까? 땅굴 속에서 스스로 아이를 출산했다는 생경한 전언에 미리 질겁한 탓일까? 사람의 얼굴을 가진 그녀의 모습이 되레 낯설다. 그녀가 바로 앞까지 다가온다. 두려운 표정으로 눈망울을 굴리며 우리를 주시한다. 그래도 표정 뒤에 숨겨진 처녀 시절의 해맑음이 밴 볼과 맑은 눈이 느껴진다. 한때는 한껏 아름다움을 뽐냈을 법한 얼굴이다.

권 씨가 자신이 말한 사람이 왔다고 그녀에게 전한다. 뒤이어 전도원 김 씨가 나서서 나를 소개한다.

"안녕하세요?"

무심코 건넨 내 인사말이 어딘지 어색하다. 아무 탈 없이 편안하냐는 상투적인 인사가 사리에 맞지 않는다는 사실을 나는 이내 깨닫는다.

나뭇가지 밑 낮은 언덕에 그녀가 나온 굴의 입구가 보인다. 마른 소나무 가지들이 입구에 흩어져 있다. 평소에는 이 소나무 가지들로 입구를 가렸을 것이다. 굴은 권 씨네 마을 사냥꾼들의 겨울 숙영 시설이라고 했다.

"들어가 봐도 될까요?"

나는 손으로 굴을 가리킨다. 굴부터 보겠다는 것이 노골적으로 직업의식을 드러내는 것 같아 멋쩍다.

"그럼요."

그녀보다 김 씨가 먼저 대답한다. 그녀에 대해서는 무엇이든 마음대로 할 수 있다는 태도다. 그래도 나는 허락을 기다리느라 그녀의 얼굴을 살핀다. 하고 싶은 대로 하라는 표정이다. 언덕 밑 굴 안으로 들어간다. 허리와 무릎을 굽혀 가까스로 기어 들어간다. 내 몸이 입구로 들어오는 빛을 차단해 아무것도 보이지 않는다. 표현하기 어려운 퀴퀴한 냄새까지 난다. 포켓에서 라이터를 꺼내려고 무심코 무릎을 펴다가 딱딱한 물체에 머리를 쿵 부딪힌다. 겨우 라이터를 켠다. 눈이 어둠에 익자 천장에 굵은 나무뿌리가 보인다. 높이가 1미터 남짓 되는 굴은 그런 나무뿌리들 사이에 곰의 동면굴처럼 대충 파놓은 것이다. 나뭇가지를 꺾어 마련한 땔감과 그을리고 쭈그러진 냄비가 걸린 돌화덕도 보인다. 화덕 안쪽이 방이다. 바닥에 깔아놓은 종이박스는 축축하게 젖어 있다. 벽도 습기로 눅눅하다. 다 합해 한 평이나 될까?

바닥에 홑이불에 싸인 것이 있다. 이곳에서 낳았다는 그녀의 갓난아이가 짐승 새끼처럼 벌거벗은 채 홑이불 속에서 자고 있다. 차마 보지 말아야 할 것을 본 것 같다. 속이 울렁거리고, 저절로 고개가 돌려진다. 라이터의 금속 부분이 달궈져 엄지손가락이 견딜 수 없이 뜨겁다. 라이터의 누름쇠를 누른 엄지손가락을 떼자 굴 안이 다시 암흑으로 변한다. 두 손으로 얼굴을 감싸 쥐고 잠시 엎드린다. 내가 지금 여기서 본 것들은 틀림없는 현실 세계의 것들이다. 폐부 깊은 곳에서 한숨이 터져 나온다. 신이시여, 이 여인을 긍휼히 여기소서. 아니, 내가 이 여인을 긍휼히 여기지 않도록 도와주소서. 뒤따라온 권 씨가 관솔불로 입구를 밝힌다. 그 빛을 따라 손으로 더듬이를 만들어 밖으로 나온다.

"어찌 이렇게 사세요?"

나는 그녀에게 묻는다. 대답을 기대한 물음은 아니다. 인간의 행불행을 주재하는 신이 있다면 그런 신을 저주하는 말일 것이다. 김 씨가 또 나선다.

"얼마나 비참함까? 하나님을 모르면 이렇게 당함다."

같은 물을 먹고도 양은 우유를 만들지만, 뱀은 독을 만든다. 김 씨는 지금 독을 만들고 있다. 욕이 목을 타고 올라오려 한다. 지금까지 잘 견뎌왔다는 생각을 하면서 그것을 꾹 누른다.

우리는 그녀를 앞에 두고 언덕에 앉는다. 그녀는 나뭇가지 사이로 쏟아지는 햇살이 눈부신지 손바닥으로 차양을 만들고도 실눈을 떴다.

"원산에서 기숙사에 머물며 대학에 다니고 있었어요. 어느 날 부모님이 찾아왔어요. 배급이 끊겨 집에 먹을 게 없다는 거였어요. 그래서 중국 길림에 있는 아버지의 사촌 형님, 제게는 오촌 당숙이지요, 거기로 가서 방조를 받자고 한다는 거였어요. 그 방법밖에는 도리가 없다며 부모님이 중국으로 떠났어요. 길림 어느 곳에 당숙이 사는지도 알지 못했어요. 가서 수소문해봐야 찾을지 모르겠다고 했어요."

"그럼 학교에서 부모님을 기다려야 했지 않나요?"

"그 직후 대학에서도 식량이 떨어졌어요. 더는 급식할 수 없다며 집으로 돌아가라고 했어요. 오갈 데가 없었어요. 그러다가 중국에 가면 돈을 벌 수 있다는 장사꾼을 만나 두만강 변까지 나왔어요."

작년 여름 도문에 가서 본 광경이 기억난다. 두만강 건너 북한 온성 교두에 사람들이 하얗게 나앉아 중국 쪽을 하염없이 바라보고 있었다. 수백 명은 족히 되었다. 두만강 다리를 드나드는 차가 보이면 그들은 우르르 쫓아다녔다. 내 곁에 있던 연변방송국 김 기자는 중국 친척들에게 보낼 편지를 전하거나, 중국 친척들이 보낸 편지를 받고자 하는 것이라고 설명했다. 한양에 가서 김 서방을 찾겠다는 것만큼이나 희박한 기대에 그들은 목을 걸고 있었다. 사람들은 그들을 왜가리 회사 성원이라 부른다고 했다. 강변에 하얗게 나앉은 왜가리를 닮았다고 해서. 답장을 받지 못한 채 기다림에 지치고 소지한 식량이 떨어지면 그들은 거기서 죽기도 한다고 했다.

"지금은 굶지 않으니까 여간 다행이 아닙니다."

나는 그녀에게 중국 땅에서 당한 일들에 대해서는 묻지 않았다. 김 씨로부터 이미 들었다. 그녀는 두만강을 건너자마자 기다리고 있던 매춘 조직에 넘겨졌다. 그자들은 두 달 동안이나 그녀를 농촌 마을로 끌고 다녔다. 돈 벌어 오라고 아내를 한국에 보낸 홀아비들과, 결혼하지 못한 노총각들의 성욕을 채워주어야 했다. 그러다가 덜컥 임신을 했다. 권 씨가 자기 마을에 온 그녀를 본 것은 10개월 전이다. 마을에서 입바른 소리깨나 하는 그가 몰래 이 땅굴로 그녀를 빼돌렸다. 그 뒤 김 씨가 돕는답시고 그녀 곁에 붙었다. 아이는 태어난 지 두 달 되었는데, 김 씨가 권씨와 함께 아이를 입양할 한족 가정을 주선하는 중이다.

서울로 보낼 기사에는 땅굴에 사는 탈북자가 있다는 사실만 써도 충분하다. 비참한 현실에 놓인 탈북자들이 많고, 지면에도 적잖이 소개되었다. 탈북자들이 사는 모습을 기사로 쓰면 부장은 너무 그로테스크하잖아? 라면서 가끔 기사를 휴지통에 날려버렸다. 서울 시민들의 찡그린 아침 식탁을 부장은 싫어했다.

그녀의 팔과 목에는 지나치게 익은 오디 같은 검붉은 반점이 돋아나 있다. 짓물러 피가 흐르거나 흐르다가 굳은 데도 군데군데 눈에 뜨인다. 김 씨는 그녀를 보호하고 있다고 떠벌리면서도 왜 그 흔한 머큐로크롬 같은 가정상비약조차 가져다주지 않았을까? 왜 좀 더 나은 거주지를 마련해주지 않았을까? 임산부를 담배밭에 데려가 일을 시키고 그 대가로 겨우 잡곡만 조금씩 주고 말다니. 누가 감히 이 처참한 상태가 도움을 받은 뒤의 모습이라고 말할 수 있을까? 구출하고 숨겨준 것만도 감지덕지한 일일까?

아이가 우는 소리가 가냘프게 들린다. 간신히 생명이 붙어 있다는 신호 같은 울음소리다. 그녀가 굴 안으로 들어가 아이를 품에 안고 나온다. 아이의 몸에도 여기저기 붉은 반점투성이다.

"굴 안이 몹시 습해요."

그렇다고 굴 밖으로 자주 나올 수도 없다고 그녀가 말한다.

"남자들에게 또 당할까 무서워요. 비법월경자로 신고당할까도 무섭고요. 요즘은 밭일도 없어 종일 굴 안에서만 지내요."

그녀가 울먹인다.

"빨리 결정하시오. 이대로 데리고 있으면 이 아이 죽습다. 달라는 데 있을 때 보냅시다."

김 씨가 끼어든다.

"전도원 동지의 말을 듣자니 중국 가정은 낙원이나 마찬가지야요. 하지만……."

앞으로 살아갈 걱정을 하자면 입양을 보내는 것이 당연할 것이다. 아이의 장래를 생각해봐도 그것이 옳을 것이다. 그렇다고 제 피붙이를 남에게 선뜻 내줄 어미가 어디 있을까?

지갑을 꺼낸다. 그녀에게 백 달러짜리 지폐 한 장을 내민다. 더 주고 싶은 마음이 굴뚝같다. 빠듯한 출장비를 감안하면 이 정도도 내게는 적잖은 부담이다. 김 씨가 내 손을 가로막는다.

"물건 사겠다고 나돌아 다닐 수 있겠슴까? 큰일 날 일임다. 내게 주시오. 필요하다는 거 내가 다 사다가 주겠슴다."

못 들은 척한다. 돈을 구태여 그녀의 손에 쥐여준다. 그녀의 손에 슬며시 힘이 가해진다.

"차라리 고향으로 돌아가지 그래요."

내 입에서 자꾸 하나 마나 한 소리가 새어 나온다. 야속한지 그녀가 고개를 외로 꼰다. 볼로 눈물이 흘러내린다.

"조국으로는 돌아가지 않겠어요. 중국 호구戶口를 살 수 있도록 누구든 저를 도와주신다면 그 은혜 평생 잊지 않겠어요. 중국 신분증이 있으면 공안에게 잡힐 염려를 안 해도 되잖아요?"

김 씨가 그녀의 말을 받는다.

"3천 위안이면 중국 신분증을 만들 수 있슴다. 공안에 부탁하면 됨다. 내가 책임지겠슴다."

그의 말이 자신도 돈을 먹겠다는 뜻으로 들린다. 3천 위안이라면 4백 달러에 불과하다. 서울로 돌아간 뒤라도 돈을 마련해서 부쳐줄까 나는 잠시 고민에 빠진다. 하지만 동정심을 애써 참아낸다. 탈북자들과의 지속된 관계 속으로 끌려들어 가는 것이 싫다.

"신분증을 위조하는 건 범죄행위예요. 낯설고 물 선 남의 나라에 숨어 사는 것보다 제 나라에서 사는 게 낫지 않겠어요?"

굳이 돌아가라는 말을 반복한다. 신분증을 만들 돈이면 생활 밑천이 되지 않을까? 어느 탈북자로부터 5백 달러를 잘 굴리면 평생 먹고 살 수도 있다는 말을 들은 적이 있다. 그녀가 고향으로 돌아간다면 그 정도의 돈은 부쳐줄 수 있을 것 같다. 하지만 이야기를 꺼내지 않는다. 다시 찾아오겠다는 이야기도 꺼내지 않는다. 그녀는 이런 처지에 놓인 자신이 한탄스럽다는 듯 초점을 놓친 눈길로 하늘을 올려다본다. 그녀를 바라보는 나도 가슴이 답답해진다. 그녀에게 고작 값싼 내 전자 손목시계를 하나 더 풀어준다. 굴속이 어두워 시간을 알 수 없다고 했기 때문이다.

나는 무거운 분위기를 더 이상 감당하지 못하고 일어선다. 아이를 안은 그녀를 굴 입구에 서게 하고 카메라 셔터를 누른다.

연길로 돌아오는 차 안에서 김 씨에게 묻는다.

"왜 전도원이 되었죠?"

"좋은 게 많슴다. 양주도 마실 수 있고, 양담배도 피울 수 있슴다."

농담이랍시고 하는 말이지만, 진심이 엿보인다.

"믿으라는 예수는 안 믿고 돈이나 믿고 있군요."

그가 헤헤 웃는다. 그에게도 약속한 50달러의 수고료를 준다.

호텔에 도착했다. 땅굴과 정연화에 대한 기사를 써서 서울로 보냈다. 다음 행선지는 북경이다. 떠나는 것이 내키지 않는다. 비행기 예약을 미리 확인해야 하는데도 항공사에 전화를 거는 것을 망설인다. 정연화의 눈빛이 나를 놓아주지 않는다. 김 씨 몰래 그녀에게 다시 찾아갈까? 가면 어떻게 할 건데? 뻔한 결론에 매달리는 내가 한심하다. 끈덕지게 달라붙는 그녀의 눈빛을 지워내며 항공사에 예약 확인 전화를 건다.

4

　　　　　고속도로 양편의 백양나무 가지들이 허공을 휘 젓고 있다. 나뭇잎들도 덩달아 맹렬한 기세로 몸부림친다. 떨어져 나 가지 않으려는 필사적인 저항 같다. 북경공항에서 시내로 들어가는 중이다. 에어컨이 시원찮아 택시의 창문을 조금 내린다. 욱욱 몰려드 는 바람 소리가 라디오 소리를 잡아먹는다. 택시에 탈 때부터 라디오 에서는 남자 개그맨이 목청 좋게 침을 튀기고 있다. 까르륵 깔깔깔. 웃기 위해 웃어대는 듯한 방청객들의 웃음소리가 귀에 따갑다. 얼굴 가득 바람을 맞고 있는데, 바람 소리가 피시식 끊긴다. 기사가 제 옆 의 창문 닫힘 버튼을 누른 것이다. 내가 라디오 청취를 방해한다고 여긴 것이 틀림없다. 기사들은 승객의 입장 따위는 별로 고려하지 않 는다. 볼륨을 줄여달라고 하는 것조차 건방진 참견으로 받아들이는 것을 나는 여러 번 경험했다. 서울서와 다르게 잠자코 있는다. 무슨 말인지도 모르는 라디오 소리가 다시 나를 이방인으로 바꿔놓는다.

　최 노인에게 전화를 걸까 말까 궁리한다. 무심코 찬 돌멩이에 개구 리가 맞으면 죽을 수 있다. 반대로 하찮은 내 노력이, 지갑 속의 돈 몇 푼이 누구에겐 평생 나를 은인으로 기억하게 할 수 있다. 최 노인 이 정연화에게 일자리를 마련해준다면? 누워서 떡 먹자는 수작이긴 하지만, 나는 그 생각을 떨쳐내지 못하고 있다. 그는 북경 시내 곳곳 에 열세 개나 되는 불고기 전문 식당을 갖고 있다. 내가 그중 하나인 첸먼에 있는 식당 단골이어서 그와 사귀게 되었다. 그는 나와 내 취 재원들에게 가끔 불고기와 술을 양껏 베푼다. 이제는 내가 미안해서 가급적 찾지 않으려 할 정도다. 그러면 정연화에게 일을 시키고 월급을 줄 수 있을 것이다. 조선족으로서는 성공한 축에 드니까 공안들의 단속에도 어느 정도 대처할 수 있을 것이다.

하지만 그는 내로라하는 친북 인사다. 6·25전쟁을 중국식으로 일컫는 항미원조전쟁抗美援朝戰爭 때 북한을 위해 중공군으로 참전했다. 그는 북한산 식자재를 애용한다. 북한 팀이 참가하는 운동경기가 중국에서 열리면 먼 길도 마다하지 않고 응원하러 간다. 북한의 국가적 기념행사에 초청받아 평양에 다녀오기도 하고, 북한대사관어서 기부금을 요청하면 뭉떵뭉떵 내기도 한다. 큰북에서 큰 소리가 난다고 믿는 사람이라 손이 크다. 그렇다고 무조건 북한을 지지하는 것은 아니다. 할 말은 한다.

언젠가 그는 국수 몇 상자를 들고 북한대사관에 찾아갔다. 자신의 식당에서 사용하기 위해 공들여 새로 개발한 국수였다. 귀한 음식이니 조국을 대표하는 사람들에게 먼저 먹이겠다는 그의 정성에 대사관 직원들이 고마움을 표했다. 그러면서 평양에 국수 공장을 차리면 잘 팔리겠다는 덕담을 던졌다. 그 말을 그저 인사치레로 받아들였으면 좋았을 텐데, 그는 그러지 않았다. 할 말은 하고야 마는 버릇이 그 자리라고 해서 감춰지지 않았던 것이다. 평양에서 국수 장사 하고 살 바에는 남조선에서 거지 노릇 하는 게 나아요. 말이라도 자유롭게 하고 굶지는 않잖아요? 그는 대사관 직원들에게 멱살을 잡혔다. 그리고 대사관 문밖으로 내동댕이쳐졌다.

나는 중국 휴대폰을 꺼내 그의 번호를 누른다.

"사장님께서 보살펴 주셨으면 하는 사람이 있습니다."

"누군데?"

"북에서 도망쳐 나온 사람인데요."

"뭐? 탈북자란 말이야?"

대뜸 내지르는 소리에 귀가 먹먹할 지경이다. 수화기를 타고 오는 소리인데도 성난 음성이 조금도 누그러지지 않는다.

"조국을 배신한 놈들을 나더러 거두라고? 자네, 정신이 있어? 내가 누군지 알아? 항미원조전쟁에 청춘을 바친 노병인 줄 알기나 해?"

한마디 했을 뿐인데 억울해 못 견디겠다는 듯 백 마디를 하자고 덤빈다. 그때 라디오에서 방청객들의 헤픈 웃음이 다시 한 번 터져 나온다. 기사도 주먹으로 운전대를 탕탕 치면서 웃어댄다. 본의 아니게 나도 한 옥타브 목청을 높인다.

"그놈의 나라를 제대로 만들어놓고 나오시지 그랬어요. 어떻게 했길래 굶어 죽는 사람이 천지에 널리도록 해놨습니까? 잘 생각해보세요. 조선 교포가 도와야 하겠어요, 남조선 적이 도와야 하겠어요?"

"잔말 마. 자네도 그딴 너절한 놈들은 아예 상종하지 마."

전화는 일방적으로 끊긴다. 나는 새삼 깨닫는다. 중국 실정법상 탈북자를 은닉한 죄를 그에게 감당하라고 요구할 자격이 내게 눈곱만큼도 없다는 사실을. 연변에서는 탈북자를 신고하면 5백 위안의 포상금을 준다. 보호하다 걸리면 5백 위안의 벌금을 물린다. 거봐. 안 되잖아. 이 순간을 기다렸다는 듯이 안도의 한숨을 내쉰다. 할 도리는 했다는 위안거리를 마련한 셈이다. 이젠 그녀를 잊을 수 있게 되었다. 홀가분해졌다는 점을 내게 주입시키기 위해서 나는 아아, 홀가분하다, 라고 되뇐다. 그녀에게 신분증을 만들 비용을 주고 오지 못한 것이 마음에 걸린다. 차라리 그녀에게 준 백 달러에 3백 달러를 더 얹어 신분증을 만들 비용을 채워주었더라면 눈 딱 감고 잊을 수 있을 텐데.

택시는 고속도로를 벗어나 시내로 진입한다. 차들과 건물들이 빽빽하게 시야를 가로막는다. 따가운 햇살에 공기 밀도가 높아진 것처럼 답답하다. 개그맨은 줄기차게 지껄여대고, 방청객들은 아무 때나

웃음을 쏟아낸다. 정연화에 대한 후련한 기분을 유지하기 위해 나는
개그맨의 목소리에 귀를 기울이려 애쓴다. 아는 중국어 단어가 개그
맨의 말 속에 몇 개나 있는지 하나하나 헤아린다.

택시는 싼리툰의 청스빈관에 도착한다. 북경에 오면 늘 묵는 호텔
이다.

5

룸에 머물면서 알고 지내는 북경 사람들에게 전
화를 건다. 낚시에 물린 고기가 없나 확인하듯 그들에게서 새 소식을
찾는다. 염두에 둘 만한 소식은 없다. 그래도 낚싯밥을 갈아주기 위
해 만날 약속을 하거나 인사치레 잡담을 나눈다.

잠시 쉬는 중인데, 휴대폰이 울린다. 최 노인이다. 아직도 성이 안
풀렸나? 그까짓 일로 분을 삭이지 못하는 그가 진정 그답다.

"끝내기로 했으면 됐지 왜 전화예요?"

짐짓 토라진 척한다. 그의 신념을 무너뜨리려 한 내가 아무래도 지
나친 것 같지만, 이참에 그에게 받을 빚을 하나 남겨놓을 작정을 한
다. 그는 할 말은 대놓고 하는 대신 뒤끝이 없다. 그의 성격으로 보면
내가 손해 볼 일은 아니다.

"진정하게. 화택火宅이란 말을 아나? 불난 집이란 뜻의 화택 말이
야. 집에 불이 났으면 사람부터 구하고 봐야지 왜 불이 났는가부터
따져서야 되겠나? 안 그래?"

무슨 말일까? 말의 의미를 찬찬히 새긴다.

"탈북자를 받아주시겠다는 말씀입니까?"

"자네가 부탁할 정도면 보통 어려운 사람이 아니다 싶어 고민을 좀
했네. 우선 살려놓고 봐야 도리겠다, 따질 건 그 뒤에 따져도 늦지 않

겠다, 내가 이렇게 맘먹었어."

고맙기도 하고, 잘 피해오다가 마지막 덫에 걸린 기분도 든다.

"받아주시겠다는 말씀이군요."

"내게 보내게. 사상 교육을 단단히 시켜 돌아가게 할 테니."

"감사합니다. 제발 그렇게 해주세요."

가슴속에서 뭔가가 쑥 내려간다. 맺힌 것이 있긴 있었던 모양이다. 소원 하나가 이루어진 것처럼 진정 후련해진다.

그녀에게 이 소식을 전하고 싶은 조급증이 인다. 당장 연변으로 돌아가고 싶다. 하지만 그러기에는 먼 길이고, 많은 시간과 비용까지 든다. 비행기를 타고 간대도 오가는 데 최소 3일은 걸릴 터. 그녀를 전도원 김 씨 몰래 빼돌린다는 보장도 없다. 김 씨가 알게 되면 틀림없이 돈을 요구할 것이다. 어쩌면 내가 팔아먹으려고 한다고 생트집을 잡을지도 모른다.

책상에서 물러나 소파에 걸터앉는다. 휴대폰을 만지작거린다. 김 씨에게는 전화하지 않기로 결론을 내린다. 그와의 실랑이가 돌발 사태를 불려오면 그 피해는 고스란히 정연화에게 돌아갈 것이다. 속이 뻔히 들여다보이는 쥐새끼 같은 놈을 피하는 것이 언짢다. 김 씨 대신 권 씨의 번호를 누른다. 땅굴 속에 언제까지 정연화를 감춰둘 것인가. 그에게는 마을 사람들이나 공안에게 빌미 잡히는 일을 덜어내는 반가운 일이 될 것이다.

"어쩐 일임까? 그 처자 구경 온 한국 사람이 몇 되는데예, 전화 온 사람은예 기자 선생 한 사람뿐임다."

그의 말에 한국 사람에 대한 경멸이 섞였다. 그것이 되레 나를 안심시킨다. 욕하는 만큼 자기 할 도리는 할 테니까.

"부탁이 있습니다. 그 여자를 북경에 데려다 주시겠습니까? 여기서 사업을 크게 하는 조선족 한 분이 일자리를 주겠다고 하네요. 수고하신 사례는 섭섭지 않게 하겠습니다."

식당 주인이라고 말하지 않는다. 일부러 악센트를 잔뜩 넣어 '사업을 크게 하는 조선족'이라고 말한다. 이런 사람을 안다는 것이 대수로울 것은 없다. 하지만 그가 나를 믿고 책임감 있게 일을 추진하는 데에는 도움이 될 것이다. 거기다 까불면 가만 놔두지 않겠다는 엄포도 내비친 셈이다.

"아이도 데려가랍니까?"

"본인이 원한다면 그렇게 해야겠지만……."

흔쾌히 대답하지 못한다. 아이 문제를 생각해보지 않은 것은 아니다. 막상 대답하려니까 아무 생각도 안 해본 사람처럼 머릿속이 멍해진다. 아이를 데려오지 않으면 좋겠지만, 그렇게 말할 권리를 가진 사람은 세상에 아무도 없다. 하지만 아이를 데리고 오라고 한다면 두 식구를 거저 먹여달라는 것과 다르지 않다는, 아까부터 머릿속에 걸려 있던 생각이 다시 고개를 든 것이다.

"아기를에 전도원이 소개한 한족에게 주기로 어제 약조혔는데예……."

"본인이 동의하면 그렇게 해야죠."

입양시키기로 결정했다는 말이 무척 반갑다. 제발 한족에게 주고 오면 좋겠다. 하지만 데려와도 어쩔 수 없다. 최 노인에게 죽여주세요, 하고 목을 내밀기로 작정한다.

권 씨는 사례비로 얼마를 줄 것인지 묻지 않는다. 권 씨가 생각과 달리 선한 사람인 것 같다. 그렇다고 불안하지 않은 것은 아니다. 만약 권 씨가 전도원 김 씨와 한통속이면 어떻게 할까? 적에게 비밀을 누설한 것처럼 께름칙하다.

"그 여자와 통화하게 해주시겠어요?"

"내 인차 그리로 가겠슴다."

화장실에서 세수를 하는데 전화가 온다. 정연화의 목소리가 흘러 나온다. 호흡이 거칠다. 기쁨을 억누르고 있음이 여실하다. 구구한 설명 없이 용건만 꺼낸다.

"지금 가진 돈 있어요?"

"없습니다."

"한 푼도?"

"예."

"제가 준 돈은 어떻게 했어요?"

대답을 하지 못한다. 땅굴 입구에서 헤어질 때 전도원 김 씨가 그녀와 몇 마디 더 나눈 뒤 뒤처져 왔다. 그때 돈을 가로챘나?

"북경에 일할 곳을 마련해주겠어요. 제가 잘 아는 분이 하는 식당이니까 돌봐줄 거예요. 바로 북경으로 오겠어요?"

"권 선생님에게 일거리를 찾아달라고 해서 며칠 일을 하면 차비를 벌 수 있을 거야요."

"아이는 어떻게 하겠어요?"

"……."

한동안 대답이 없다. 데려가면 안 되겠느냐는 물음으로 새겨진다. 나는 아이 문제를 더 거론하지 않는 것으로 복잡한 내 심정을 그녀의 처분에 맡긴다. 그녀 역시 적극적이지 못한 내 태도에서 갈피를 잡지 못하는 내 마음을 읽었을 것이다.

"권 선생님을 믿어요?"

"예."

"그럼 차비 걱정은 하지 말고 출발을 서두르세요. 내일 당장 오세요."

전화를 권 씨에게 바꾸도록 한다. 그녀와 아이의 옷을 사 입히고, 북경까지 오는 경비도 그가 먼저 대라고 부탁한다.

44

“공안을 특히 조심하세요.”

“북경에에 가본 적 있슴다. 그래도에 그게 젤 근심임다.”

정연화가 공안에게 잡히면 북송될 것이 뻔하다. 여우 피하려다 이리 만나는 꼴이 되어서는 안 된다. 권 씨도 적잖은 벌금을 물어야 할 판이다.

전화를 끊자 수렁으로 빠져드는 기분이 든다. 도대체 내가 무슨 짓을 하고 있는 것일까? 마음을 다잡기 위해 그들이 거쳐 와야 하는 도시들과 시간을 어림짐작해본다. 숭선에서 연길까지 택시를 타면 네 시간 반 정도 걸릴 것이다. 버스를 타면 하루는 족히 걸릴 것이고. 연길서 하룻밤을 묵어야 한다. 열차는 가끔 신분증 검사를 하는 통에 탈북자가 타기에는 위험하다. 버스를 타면 장춘까지 열 시간 정도 걸린다. 장춘서 또 하룻밤을 묵어야 한다. 거기서 북경까지는 열서너 시간 걸린다. 내일 출발한다면 글피 밤에는 도착할 것이다.

노트북에 인터넷을 연결한다. 부장에게 출장을 나흘 연장하겠다고 보고한다. 계획대로라면 내일 아침 비행기로 돌아가야 한다. 네 맘대로야? 네가 부장 해먹어라. 언짢아하는 부장의 모습이 눈에 선하다. 부족한 비용은 신용카드로 현금을 인출해 충당하기로 한다. 정연화가 도착하면 당장 생활용품을 사주어야 한다. 한 달 후에나 내가 다시 중국 출장을 나올 예정이므로 그사이에 쓸 비상금도 얼마만큼 주어야 한다. 그런 것까지 최 노인에게 부담 지게 하는 것은 뻔뻔한 짓이다.

한껏 기지개를 켠 뒤 룸에서 나온다. 프런트 데스크로 내려가 호텔 부근의 인민은행 위치를 묻는다. 현금 인출은 인민은행에서나 가능하다.

돈을 찾고, 내친김에 최 노인에게 가기로 한다. 그는 천안문 근처 첸먼의 삼천리불고기식당 본점에 주로 머문다.

버스에서 내려 식당 부근 굴다리 밑을 지난다. 젊은 남자가 색스혼을 불고 있다. 색스혼 소리를 소음으로 인식하는 이웃집의 눈살을 피해 나왔으리라. 흐느끼는 듯한 연주 소리가 발목을 잡는다. 〈돈데 보이〉다. 아메리칸 드림을 품고 국경을 넘다가 쫓기는 라티노들을 위한 노래라는 기억이 떠오른다.

나는 어디로 가야 하나요
어디로 가야 하나요
나는 희망을 찾고 있어요
나 홀로 외로이 사막을 헤매며
도망치고 있어요

가사가 유별나게 마음에 새겨진다. 정연화를 북경으로 오게 한 것이 잘한 일이라고 나는 나를 칭찬한다.

식당으로 들어선다. 홀 귀퉁이에 여종업원들이 옆줄로 나란히 서 있다. 그녀들 앞에는 최 노인이 서 있다. 찌푸린 인상으로 보면 그가 그녀들을 혼내고 있는 것이 틀림없다. 그녀들이 나를 알아보고 살며시 목례를 한다. 혼나는 것이 창피한지, 더 혼날 것을 나 때문에 면하게 되어 고마운지 그녀들의 얼굴에 어설픈 미소가 어린다.

식당 위층 사무실에서 최 노인과 마주 앉는다. 그는 다시 한 번 자신의 잘못이랄 것도 없는 잘못을 사과한다.

"자네가 정이 많단 말이야. 그래서 자네가 좋아. 지나치게 많은 게 탈이긴 하지만."

나는 고맙다고 연거푸 머리를 조아린다. 정연화가 아이를 데려온다면 한 번 더 머리를 조아려야 할 처지이므로 미리 그 몫의 일부까지 하는 셈 친다. 그는 정연화를 북경 변두리 통셴에 있는 자신의 또 다른 식당에서 일하도록 하겠다고 한다. 그곳엔 뒷문이 골목길과 연결되어 있어 단속할 때 도망치기가 쉬울 것이란다. 식당에 종업원 숙소도 딸려 있어 방을 따로 구하지 않아도 된단다. 나도 몇 번 가본 적이 있다. 그의 깊은 배려가 느껴진다.

"그 간나아한테 공밥을 먹일 수는 없잖아? 제일 힘든 일을 시킬 거야. 그리고 단단히 사상 무장을 시켜서 제 나라로 돌려보낼 생각이야."

"제발 그렇게 해달라니까요."

"만반의 준비를 해놓을 테니 걱정은 접어둬."

나는 그녀의 아기에 대해서는 말하지 않는다. 부딪치면서 하나씩 풀어가자는 속셈이다.

이튿날. 이른 아침이다. 휴대폰이 울린다.

"이제예 막 연길로 나가는 버스를 탔습다."

권 씨의 목소리다. 정연화는 아이를 동반하지 않았다고 한다. 뜻밖이다. 입양 보내기로 약속한 한족에게 넘겨주기 위해 권 씨 부인에게 맡겼다는 것이다. 그녀가 굴 앞에서 아이를 안고 눈물을 흘렸을 모습이 선히 떠오른다. 가슴이 아리다.

"전도원에게는예 이 처자가 아이를 놔두고 도망쳤다고 말하기로 했습다."

전도원 김 씨가 정연화의 북경행 사실을 안다 해도 이젠 어쩌지 못할 시간이 되었다. 그녀는 시간의 흐름을 타고 내게 다가오고 있다.

제2장

낯선 도시

1

　　　사무실의 팩스가 카랑카랑 운다. 종일 울어대면서도 신통한 소식 하나 토해내지 못하는 물건이다. 팩스 앞에는 기삿거리는 눈을 씻고 봐도 없고, 정치인이나 단체의 홍보물만 쌓이곤 한다.

"어라? 북한에서 온 거네."

행정지원팀 직원이 내 책상 위에 팩스 용지를 올려놓으며 말한다.

"무슨 귀신 씻나락 까먹는 소리야?"

잘못 온 우편물을 받은 것처럼 나는 행정지원팀 직원의 말에 아무런 감흥을 일으키지 못한다. 그런데 발신자가 조선아세아태평양평화위원회다. 분명 '아태'라고 줄여 부르는 북한의 대남 교류 창구가 맞다. 눈이 번쩍 뜨인다.

북경역에서 황철호를 만난 지 한 달쯤 되었다. 방북은 단념했지만, 나는 회사에 아직도 그 사실을 보고하지 못했다. 돈을 적잖이 썼는데도 실패했으므로 문책이 두렵다. 그래서 오늘내일 하면서 보고를 미루고 있는 중이다.

　　민족문화연구소장 귀하

　　귀측이 요청한 평양 방문과 관련하여 협의할 사항이 있으니 북경을 방문하여 우리 측에 련계해주기 바랍니다. 경의.

　　조선아세아태평양평화위원회

황당하기도 하고, 반갑기도 하다. 방북 문제가 아직도 살아 있다니. 얼마 전까지는 내가 요청해서 그들을 만났다. 그런데 그들이 나를 만나자고 하는 것은 내 방북 문제에 그들이 보다 진지하게 접근하고 있다는 뜻이 아니고 무엇이겠는가. 이 반동분자야, 네게 따질 게 있어, 하는 최후통첩성 문서처럼 여겨지기도 해 뒤통수가 근질거리기는 하지만. 서둘러 LA에 사는 한 여사에게 전화를 걸어 팩스의 의미를 캐묻는다.

"그것 봐. 틀림없이 된다고 했잖아. 당장 가봐."

그녀는 사례비 요구를 빼놓지 않는다. 나는 방북 가능성이 있다는 사실을 확실히 깨닫는다. 황철호의 역할이 있지 않았겠나 하는 생각도 해본다. 하지만 이내 고개를 내두른다. 문화재 전문 기자가 아닌 것까지 들통 났다. 그는 되레 방해가 되었으면 되었지 도움이 되지는 않았을 것이다.

2

　　　　　적잖은 남쪽 사람들이 여기저기 테이블을 차지하고 앉아 있다. 구석 창가로 다가간다. 창밖으로 적황색 능소화가 뒤덮인 담장이 보이는 곳에서 아태 직원 둘이 면담 차례가 된 남쪽 사람들과 대화를 나누고 있다. 한 여사의 소개로 몇 차례 만난 적이 있는 박 참사와 허 지도원이다. 그들은 남쪽 사람들을 만나기 위해 이 꿔마오호텔 커피숍에서 붙어살다시피 한다. 일부러 그들 앞을 지나치면서 눈인사를 건넨다. 내가 왔다는 사실을 알리기 위한 제스처다. 누구시더라? 하는 눈길로 박 참사는 나를 멀뚱히 바라본다. 나만 그들을 알아보는 것 같아 무안해진다. 매일 만나는 수많은 남쪽 사람들을 다 기억하지 못하는 그들을 이해하기로 한다.

한 시간도 넘게 기다린 끝에 내 차례가 왔다. 숨길 것이 없다고 마음을 다잡는다. 인터넷에서 우리 신문 기사만 검색해보아도 내 일거

수일투족이 대부분 드러나는 처지다. 더구나 황철호가 반동분자 어쩌고 하던 말로 미루어보면 그들은 나에 대해서 알아볼 것은 다 알아보았을 것이다. 기자로서의 최소한의 자존심만 살려준다면 방북 실현을 위해서 최선을 다하기로 이미 단단히 마음먹었다. 탈북자 취재를 포기하는 한이 있더라도, 그들이 부르는 방북 대가를 조금 덜 깎는 한이 있더라도 어떻게든 이 기회를 살리고 싶다. 박 참사가 내 이름을 듣더니 엉거주춤 의자에서 엉덩이를 일으킨다. 전에는 안 하던 짓이다.

"아, 리인철 선생이군요. 기다렸습니다."

뭔가 벼르고 있다는 인상이다.

"사업비도 적고, 하자는 사업도 별것 아니어서 제쳐두고 있었습니다."

허 지도원이 가방에서 서류 파일을 꺼내 그에게 넘겨준다. 언뜻 보니 표지에 우리 회사 이름과 연구소 이름이 적혀 있다. 그가 파일을 뒤적거린다. 그동안 나는 문화재 답사에 무슨 대가가 그렇게 터무니없이 많이 드는가, 실비만 받으라, 하고 버텼다. 가도 좋고 안 가도 좋다는 듯이. 지금은 오로지 방북 실현을 위해서 무엇을 얼마만큼 포기해야 할까, 돈은 얼마를 덜 깎아야 할까 하는 것만 고민한다. 일이 꼬인다면 이번이 그들과 만나는 마지막 기회가 될지 모른다.

"평양에 아는 분이 있습니까?"

공손한 말투다. 부하 대하듯 하던 예전의 거만함이 사라졌다. 이상한 점이 조금씩 눈에 뜨인다.

"없습니다, 미국의 한 여사님밖에는."

"이상하네."

그가 고개를 갸웃거리며 서류 파일을 덮는다. 서류에 쓰인 대로만 집행하면 된다는 듯 본론을 꺼낸다.

"언제 오시겠습니까?"

"평양 방문을 말하는 겁니까?

나는 조심스럽게 되묻는다. 과연 내게 해야 할 말을 하는 것인지 의심스럽다. 그가 나를 빤히 바라본다. 그것을 말이라고 하느냐는 눈빛이다. 넘실대던 댐이 툭 터지는 기분이 든다. 물줄기가 아래로 아래로 내달리듯 상쾌하다.

"빠를수록 좋죠."

예상과 전혀 다르다. 그들은 나를 반동분자라고 책망하지도 않는다. 농담일지라도 내 기사에 대해 빈정거리는 말 한마디도 꺼내지 않는다. 고액의 사업비를 내놓으라고 억지를 부리던 것도 언제 그런 일이 있었느냐는 듯 쏙 들어갔다. 이미 내가 제시한 금액만 자기네 대사관에서 비자를 받을 때 달라고 한다. 이 사람들이 잘못 짚고 말하는 것은 아닐까? 남의 방북 티켓을 가로챈 것 같다.

"저녁에 술이나 한잔 사십시오."

"그러고말고요."

내게 특혜를 베풀었다고 여기는 것이 틀림없다. 내 술은 얻어먹어도 된다고 생각하는 모양이다. 해가 뜨면 사라질지 모를 도깨비를 붙잡아 놓은 것 같다. 꺼림칙한 심정을 털어버리기 위해서라도 기꺼이 그들의 청에 응한다.

3

　　　　　아태 직원들과 저녁 식사를 마쳤는데, 이것으로 끝낼 눈치가 아니다. 모처럼 맘 놓고 술 한번 마셔보겠다는 분위기가 느껴진다. 나는 술과 여자가 있는 노래방에 가자고 권한다. 내가 말하지 않아도 그런 데로 가자고 할 것이 뻔하지만, 그들의 체면을 생각하여 갈 핑곗거리를 만들어준다.

"남쪽 사람과 기런 데까지 가서는 안 되는데."

박 참사는 자기들의 규칙을 들먹인다. 속이 들여다보인다. 더는 권하지 않는데도 그들은 씩 웃으며 나를 따라온다.

꿔마오호텔에서 박 참사와의 면담이 끝난 직후, 나는 부장에게 전화를 걸어 방북이 결정되었다고 알렸다. 그러면서 저녁 술값으로 회사 카드를 써야겠다고 호기롭게 덧붙였다. 부장은 남의 일은 되도록 작게 보는 버릇을 가졌다. 하지만 그답지 않게 그래, 그래야지, 하며 맞장구를 쳤다. 오늘만은 요구하는 것은 뭐든 다 들어주겠다는 듯 시원시원했다.

긴 머리칼로 풍만한 젖가슴과 샅을 가린 나신상이 노래방 출입구 앞에 놓여 있다. 그들이 생각난 것이 있다는 듯이 걸음을 멈춘다. 자신들의 가슴에서 붉은 배지를 떼어낸다. 처음 보는 행태다. 정중히 가슴에 모셨다고 표현하는 자기네 최고지도자를 형상한 배지를 떼어내다니. 북한 사람이 아닌 척하려는 행동인 것 같다.

룸을 차지하자, 그들 옆에 여자들이 한 명씩 들어와 앉는다. 아직도 내 들뜬 기분은 가라앉지 않았다. 무슨 일이든 오늘은 다 내가 책임져도 좋을 듯싶다. 폭탄주를 돌리고, 노래를 부른다.

얄미운 모범생 같던 사람들이 차츰 속내를 드러낸다. 내가 화장실에 다녀왔는데, 박 참사의 손이 여자의 가슴 속을 더듬고 있다. 여자가 더 깊이 넣지 못하도록 그의 손목을 움켜쥐었다. 허 지도원 역시 여자와 실랑이를 벌이고 있다. 그의 손이 여자의 무릎 사이로 향하고, 여자는 그것을 막아내려 기를 쓴다. 그들이 나를 보고 겸연쩍게 웃는다. 그래. 맘껏 놀아라. 나는 그들이 좋아하는 일을 계속하도록 못 본 체한다. 그들을 등지고 서서 노래 가사가 나오는 화면 쪽만 바라보고 노래를 부른다. 고장 난 녹음기처럼 반복해서.

헤어질 때가 되었다. 내 방북 결정에 관해 그들이 따로 할 말이 있을 것으로 기대했지만, 다른 말은 없다. 도대체 나도 모르는 사이에 내게 무슨 일이 벌어진 것일까?

"오늘 우리 여기 오지 않은 겁니다."

악수를 나누며 박 참사는 내게 당부하는 것을 잊지 않는다.

4

사흘 후면 평양으로 출발한다. 그동안 나는 민족문화연구소 소장이란 급조된 신분에 익숙해지기 위해 애를 태웠다. 회사 조사부에 소장된 북한 문화재 관련 서적들을 모조리 찾아내 읽었다. 비밀 자료로 분류되어 조사부 안의 별실에 보관된 북한 출판물들도 거의 다 들춰보았다. 수험생의 벼락공부처럼. 그것만으로는 안심이 되지 않아 문화관광부에 정부 내 문화재 전문가를 평양에 같이 가게 해달라고 요청했다. 문화관광부는 웬 떡이냐는 듯 반겼다. H그룹이 금강산 관광을 시작하기 직전이어서 문화관광부는 남북 교류에 대한 관심이 어느 때보다 높았다. 나는 전부터 호기심을 가져왔던 북한 정치나 경제에 대한 자료들과 연변 지역을 나다니며 탈북자들을 취재한 수첩들도 챙겨 보았다.

퇴근 후, 평양에 같이 가기로 결정된 정치부 고 기자, 사진부 소 기자와 함께 회사 앞 맥주바에 둘러앉았다. 이름도 생소한 민족문화연구소 연구원 행세를 하게 된 그들은 벼락 맞듯 찾아온 행운에 들떠 있다. 방북이 결정된 직후 내가 그랬던 것처럼.

"92년에 남북 총리급 회담 취재차 기자가 평양에 들어간 뒤론 우리가 처음 들어가는 거죠?"

고 기자가 묻는다. 제 자랑하는 것 같아 내가 차마 입에 올리지 못한 말이다.

"그렇게 따지면 언론사가 단독으로 들어가는 건 남북 분단 43년 만에 처음 일일 거야."

소 기자가 대꾸한다.

"그렇네. 보통 일이 아니네."

우리는 5백 시시 생맥주 글라스를 들어 올려 부딪친다.

"고 기자는 대학 다닐 때 데모깨나 했지?"

"임수경이가 북한 갈 때예요, 그때가. 선배도 그땐 공부하고는 담 쌓고 살았죠?"

우리는 돌멩이와 화염병을 들고 최루탄에 맞서던 80년대 중후반의 대학 시절을 기억 속에서 되살린다. 소 기자는 나보다 한 살 어리지만 입사 동기이고, 고 기자는 2년 후배다. 우리는 다 같이 독재정권에 민주화를 요구하던 시대를 살았다. 그때 우리는 정부의 대북 정보 차단이 통일을 저해한다고 믿었다. 고 기자는 오래 지나지 않은 기간에 몰라보게 변해 지금 우리가 다른 세상에 사는 것 같은 느낌이 드는가 보다.

"거기도 사람이 살고 있다는 투의 제목으로 밀입북했던 황석영 씨가 낸 책 기억하지? 그 책이 얼마나 반갑던지 난 하룻밤에 다 읽었어."

소 기자가 대꾸한다.

"가면 하고 싶은 것이나 한 가지씩 말해봐. 문화재 답사 이외의 일 중에서. 소 기자는 뭘 하고 싶어?"

나는 뭐든 다 해줄 수 있다는 듯이 묻는다. 이미 아태 박 참사와 방북하면 할 일을 정해놓아서 말한다고 될 일은 없다. 그런 사실을 모르는 고 기자와 소 기자는 자못 진지해진다.

"영변 핵 시설을 보여달라고 하면 안 될까?"

"어휴, 그런 것까지 되겠어요? 될 만한 걸 요구해야지."

맥주 거품을 입에 단 고 기자가 말도 안 되는 소리라는 듯 소 기자
를 타박한다.

"히읗(ㅎ)에 이(ㅣ) 자 쓰는, 그 희한한 이름자 기억하죠? 서관히
비선가 하는 사람 말이에요. 그 사람을 처형했다는데, 그런 건 취재
안 될까요? 처형 이후의 농업정책 변화도 알아보고."

그것은 될 것 같아? 나는 고 기자 말을 반박하려다가 참는다. 중앙
당 농업 담당 비서인 서관히는 대량 탈북 사태를 불러온 최근의 경제
난에 대한 책임을 뒤집어쓰고 작년 여름 공개처형당했다는 소문이
돌았다. 나도 고 기자와 같은 생각을 했지만, 박 참사 앞에서는 감히
꺼내지도 못했다. 박 참사 말에 네, 네, 하면서 가는 것에만 감지덕지
했다. 문화재 답사 이외의 일은 운에 맡기는 수밖에 없다.

"백두산에도 가고, 명사십리에 가서 해수욕도 하면 더 좋고."

"농촌에 가서 주민들 사는 것도 보고, 노동자들 사는 집에도 가보
고 싶고."

"김정일 총비서를 인터뷰하면 특종 중의 특종인데."

"특종은 그만두고 억류나 되지 않으면 좋겠어. 북한 욕한 기사를
꽤 많이 썼는데."

"남남북녀라는데 이참에 참한 여자 하나 구해서 선배 홀아비 딱지
나 뗍시다."

고 기자가 내게 말한다.

"우리가 말하면 되긴 되는 거야?"

소 기자가 의문을 표시한다. 우리는 다시 생맥주 글라스를 부딪치
며 하하 웃는다.

5

　　　　비행기가 부드럽게 오른쪽으로 기운다. 오른쪽 창을 통해서 바다와 해안선이 보인다. 포말이 해안선을 따라 하얗게 형성되어 있다. 발해만일 것이다. 곧이어 다시 산과 도시가 나타난다. 고 기자와 소 기자는 아직도 흥분을 삭이지 못하고 있다. 문화관광부 산하 문화재연구소에서 따라온 이 연구관도 마찬가지다.

　"북경을 출발한 우리 고려항공 비행기는 지금 막 압록강을 건너 조국의 영공에 들어섰습니다. 승객 여러분, 조국이 여러분을 열렬히 환영합니다!"

　키가 껑충한 스튜어디스가 좌석 사이의 통로 앞에서 마이크를 잡고 사뭇 웅변조로 말한다. 여성의 음성으로는 어딘지 어울리지 않지만, 조국의 영공에 들어섰다는 말이 더욱 우리의 감성을 자극한다. 나는 창 쪽 좌석에 앉은 고 기자의 무릎에 몸을 기대고 밖을 내다본다. 저 아래 진초록의 수림 속에서 압록강이 하얀빛을 토해내며 뱀처럼 꿈틀거린다. 중국 단동에서 보던 넓고 누런 강과 다르다. 고 기자도 얼굴을 창에 들이민다. 그의 얼굴과 내 얼굴이 맞닿는다. 사내끼리 살이 닿은 것이 불편해 얼굴을 빼내자 그 틈에 그는 아예 창에 얼굴을 박아 제 차지로 만든다. 이젠 그의 뒤통수가 가리지 못한 주먹만큼 남은 창으로 푸른 하늘만 얼핏 보일 뿐이다. 너무한다고 등을 툭툭 쳐도 그는 모르는 척한다. 그나 나나 호기심과 감격을 절제하지 못하고 있다. 뒷좌석의 소 기자와 이 연구관도 창을 놓고 비키라면서 옥신각신한다.

　고려항공이 덜컹하며 활주로에 착륙한다. 이름으로만 듣던 순안공항이다. 비에 젖은 황톳빛 야산이 가까이 보이는 긴 활주로를 지난다. 공항 청사가 나타난다. 옛 소련이 지배하던 어떤 공화국에 온 것은 아닌가 착각이 든다. 청사의 투박함과 초췌함이 그들 나라를 빼닮았다. 청사 위에는 '평양'이라는 붉은 입간판이 하늘을 배경으로 세워져 있다. 여기가 평양임을 그것이 명확히 가르쳐주고 있다.

"아! 진짜 왔네요."

고 기자가 여전히 창문에 얼굴을 박은 채 말한다.

트랩을 내려오자 청사 앞 계단에 선 사람들이 보인다. 그들이 승객들을 향해 손을 흔든다. 그러고 보니 그들은 아무나 들어올 수 없는 입국심사대까지 넘어왔다. 힘깨나 쓰는 자들이 친척이라도 마중 나온 것일까? 사회주의 국가에서나 간간히 볼 수 있는 진풍경이다. 우리를 알아볼 사람이야 있을 턱이 없지만, 우리도 그들에게 마주 손을 흔든다. 그런데 그들 중 두 사람의 눈길이 계속 우리를 좇는 것이 느껴진다. 우린 서울에서 온 사람입니다. 알기나 합니까? 약간은 뻐기는 몸짓으로 청사 계단으로 올라선다. 우리에게서 눈길을 떼지 않던 두 사람이 곁으로 다가온다. 양복을 입은 남자들이다.

"반갑습니다. 오시기 어려운 곳에 오시느라 수고가 많았습니다."

우리를 마중 나온 사람들 같다. 입국 수속을 마치고 나서 안내원들을 찾아볼 계획이었는데, 그들이 여기까지 나온 모양이다. 엉겁결에 악수를 나눈다.

"황철호라고 하오. 오늘은 아태 참사로 나왔소."

어? 황철호? 북경역 플랫폼에서 흑갈색 레이벤을 끼고 무게를 잡던 사람? 바라보니 정말 그 황철호다. 배역을 달리해서 여기저기 얼굴을 파는 배우처럼 그가 이곳에 서 있다.

"이인철입니다."

황철호가 웃는다. 다 아는데 뭘, 하는 웃음이다. 나도 따라 웃는다. 속을 다 들여다보인 자에게 보내는 찜찜한 웃음이다. 기자가 문화재 전문가로 변신한 것만 양심에 켕기는 것이 아니다. 결정적인 약점은 그가 나를 반동질을 많이 한 기자로 기억하고 있다는 것이다.

나는 그가 나를 평양에 부르지 않았을까 하는 데에 생각이 미친다. 평양에 아는 사람이 없느냐고 묻던 박 참사의 말이 기억난다. 갑자기 해결된 방북 문제가 미심쩍었다. 누군가 평양에서 우리의 방북 문제에 영향력을 행사했다면 직접 마중까지 나온 그일 가능성이 크다. 무엇 때문에 반동분자를 불렀을까?

"우리 뿔 난 사람 아니지요?"

황 참사 곁에 있는 양 지도원이라는 사람이 끼어든다. 중국에서 북한 관리들을 만났을 때 몇 번 들은 적이 있는 말이다. 같은 말을 연거푸 들으니까 대남 부서 직원들에게 교육된, 우리 식 반공 교육의 야만성에 대한 야유로 여겨진다.

"뿔 난 사람을 본 적 있어요?"

고 기자가 비꼬인 말로 양 지도원의 말을 받는다. 우리는 링 위의 탐색전처럼 서로가 가진 적의를 조금씩 확인한다.

"자, 나갑시다."

황 참사가 고 기자의 어깨를 툭툭 친다. 여긴 평양이야, 얌전히 굴어, 하는 행동 같다. 양 지도원과 함께 우리들의 안내원이 된 그의 말을 신호 삼아 우리는 청사 안으로 들어간다.

6

오늘을 위해 오늘을 살지 말고 내일을 위해 오늘을 살자! 21세기의 태양 김정일 장군 만세! 가는 길 험난해도 웃으며 가자! 우리 식대로 살자! 위대한 수령 김일성 동지는 우리와 함께 영원히 살아 계신다! 붉은색 구호를 이마에 내붙인 건물들이 즐비한 거리를 우리는 지나간다. 개선문과 천리마동상, 김일성광장, 인민대학습당도 지난다. 사진과 영상으로 숱하게 보아온 광경들이다. 그것들이 막상 눈앞에 펼쳐지자 낯선 곳에 있다는 고립감과 단절감이 몰려온다.

황 참사와 양 지도원은 곧장 거대한 김일성 주석의 동상 앞으로 우리를 데려간다. 그들은 이 동상을 '만수대 언덕에 높이 모셔진 위대한 김일성 수령님 동상'이라는 긴 이름으로 불렀다. 거기에 꽃을 바치고 절을 하라고 시킨다. 평양에 오는 사람은 남쪽 사람이든 미국 사람이든, 누구든 가리지 않고 그렇게 해야 한다는 것이다. 첫걸음부터 우리는 낯선 것들과의 갈등에 시달린다.

숙소인 보통강호텔 앞에서 담배 한 대 피울 짬을 낸다. 안내원들이 잠시 한눈을 파는 사이 고 기자가 행인을 세워놓고 어디 사느냐고 말을 건다. 그러다가 말문이 트이면 직업은 뭐냐, 가족은 몇이냐 하면서 이것저것 살아가는 이야기를 물을 속셈일 것이다. 외지에서 만난 사람들에게 보이는 자연스러운 관심이다. 행인은 되레 고 기자에게 어디서 왔느냐고 묻는다. 고 기자의 차림새가 평양 사람답지 않다고 느끼는 모양이다.

"서울서 왔습니다."

"엥? 총련(재일본조선인총연합회) 사람이갔지."

"이제 막 서울서 온 따끈따끈한 서울 사람입니다."

"믿을 걸 믿으라고 해야지."

두 사람이 대화하는 모습을 양 지도원이 발견하고 얼굴을 찡그린다. 행인에게 어서 가라고 호통을 친다. 행인이 머쓱해져 멈췄던 걸음을 옮긴다.

"왜 말도 못 붙이게 합니까?"

고 기자가 양 지도원에게 투덜댄다.

"평양 시민들이 남쪽 사람들을 싫어합니다. 까딱하면 불상사가 생길 수 있단 말입니다."

남쪽 사람에 대한 적개심이 북쪽 사람에게 많다는 말인 듯한데, 어딘지 궁색하다.

"평양 시민들은 서울 사람이 평양에 오고 있다는 사실을 모르는가 봐."

소 기자가 낮은 목소리로 말한다.

"서울 사람이 평양에 오고 있다는 사실을 알지 못하게 하려고 접촉 자체를 금지시키는 것 같은데요."

고 기자가 덧붙인다.

"우리가 이 사람들의 문화를 몰라서 그래. 좀 참아보자고. 알고 보면 참 순박하대."

나는 어이없어하는 그들을 달랜다.

이후 황 참사와 양 지도원은 엉뚱한 데로 우리를 데리고 다닌다. 평양에 오기 전 북경에서 합의한 일정에 명확히 드러나지 않았던 곳들이다. 우리는 김일성 주석이 태어났다는 만경대 고향 집과 주체사상탑, 개선문, 소년궁전, 쑥섬혁명사적지 따위를 구경한다. 방문지마다 배치되어 있는 안내강사라는 이들은 우리에게 평양의 발전상을 소개하려고 무척 애를 쓴다.

"우리 학생들은 방과 후에 이렇게 예능 교육을 받습니다."

소년궁전의 안내강사는 피아노를 연주하고 서예를 하는 학습실을 소개한다.

"참 좋은 일이군요."

초행인 주제에 토를 달기 어려워 우리는 건성건성 고개를 끄덕인다. 그때마다 양 지도원의 표정이 밝아진다. 그는 우리가 자신들의 말을 긍정하는 것으로 착각하여 어느 때는 신이 나 부연 설명까지 한다.

　　　　우리를 태운 밴은 울울창창한 소나무 숲 사이로 난 포장도로를 따라 묘향산 속 깊숙이 들어간다. 우리는 이곳에 있는 고려시대 사찰인 보현사 답사를 원했다. 이제 문화재 답사가 시작되는 모양이다.

　아무것도 없을 것 같은 곳에서 넓은 주차장이 나타난다. 주차장 양편에 청기와 지붕을 얹은 건물들이 보인다. 그런데 청기와 지붕 밑은 시멘트로 지은 현대식 건물이다. 보현사가 아니다. 국제친선전람관이란 데라고 양 지도원이 알려준다. 김일성 주석과 김정일 노동당 총비서가 외국인들로부터 받은 선물을 진열해놓은 곳이란다. 보현사가 아니어서 마음에 들지는 않지만, 호기심에 군말 없이 안내원들을 따라 들어간다.

　"경애하는 김정일 장군님께서는 이 귀한 선물들을 인민들과 나눠 가지겠다고 하시면서 이 전람관을 지으라 하셨습니다."

　여성 안내강사가 전람관을 건립한 배경을 설명하며 눈시울을 붉힌다. 전시실들을 오르락내리락하면서 우리는 우리 눈에는 그리 특별할 것도 없는 선물들을 구경한다.

　"이 만년필은 미국의 전 대통령 지미 카터가 위대한 수령님을 흠모해 바친 것입니다."

　만년필 밑에 부착된 설명서를 보니 94년에 카터가 준 것은 맞다. 당시 평양을 방문한 카터가 김일성 주석에게 만난 기념으로 준 모양이다.

　"양 선생님도 그렇게 믿나요? 카터가 바친 것이 정말 맞아요?"

　고 기자가 가만있지 못하고 입방정을 떤다. 그는 '바친'이란 말에 유난히 악센트를 넣는다.

　"지금 이 안내강사가 기렇다고 말할 때는 어디 갔다 왔나요?"

양 지도원은 눈 하나 끔뻑하지 않고 대꾸한다. 고 기자는 억울하다는 표정을 짓고서 이번에는 황 참사에게 묻지만, 황 참사는 답변하지 않는다.

국제친선전람관을 나왔다. 이젠 보현사를 갈 차례인가 했는데, 차는 청천강 변을 따라 달린다. 묘향산을 빠져나와 평양으로 돌아가는 길이다. 뒤통수를 제대로 얻어맞은 기분이 든다.

이틀밖에 지나지 않았는데도 순안공항에 도착할 때의 흥분이 싸늘하게 식어간다. 그러면서도 우리는 잘 참아내고 있다. 오랫동안 열망하던 곳에 왔으므로. 혹시 고위 관리라도 만나 인터뷰를 하는 행운을 잡지 않을까 하는 취재 의욕을 접을 수 없으므로. 아무래도 우리를 초청하는 데 뭔가 관여한 것 같은 황 참사가 짠! 하며 입맛 당기는 선물을 줄지 모른다고 기대하고 있으므로. 불렀으면 분명 용건이 있을 터. 북한은 가끔 AP나 CNN 따위의 외신기자를 평양으로 불러 자기네 하고 싶은 말을 외부 세계를 향해 발표하곤 했다. 우리에게도 그런 일이 생기지 말라는 법이 없잖은가. 그런 생각을 하노라니 싸늘하게 식은 흥분이 다시 전율로 살아난다.

"문화재 답사 일정은 언제 진행됩니까?"

내가 황 참사에게 묻는다.

"혁명사적지 몇 군데 돌아보는 것도 우리 사회를 이해하는 데 도움이 될 것이오. 좀 더 기다려보시오."

그는 진지한 어투로 양해를 구한다. 양 지도원과 분명 다른 점이 많다. 북경역에서 만났을 때도 그랬지만, 그의 말에서 나름의 무게감이 느껴진다. 양 지도원처럼 감 놔라 배 놔라 하며 촐싹대지 않는다. 양 지도원이 남쪽 사람을 안내하는 자리에는 꼭 낀다는 보위부 요원 같은데도 그는 양 지도원을 부린다. 쫄따구에게 악역을 맡겨놓고 생색내는 일에만 자기가 나서는 더 나쁜 인간인지도 모르지만.

차는 평양 시내로 들어온다. 대동문남새상점이니 창광물고기상점
이니 청춘식당이니 하는 간판들이 보이는 거리를 지난다.

8

　　　　　　　　"우리를 평양에 오게 한 게 황 참사님이신가요?"
저녁 식사를 마친 우리는 호텔 지하에 있는 노래방을 차지했다. 안
내원들은 자신들이 동행하지 않고는 우리를 호텔 밖으로 나가지 못
하게 한다. 거기에다가 밤 시간의 거리는 전기가 끊겨 어둠 천지다.
가로등도 없다. 어디를 가보자고 하려 해도 갈 수가 없다. 날마다 저
녁 식사 후엔 긴긴 밤 시간을 호텔 노래방에서 축내는 수밖에 도리가
없다. 일행이 양 지도원과 함께 술 마시고 노래하는 사이, 나는 황 참
사와 단둘이 다른 테이블에 앉았다. 이 기회를 이용해 벼르던 말을
꺼낸 것이다. 황 참사는 대답 대신 미소를 머금는다.
"이유가 있을 텐데요."
"차차 알게 되갔지요."
더 캐물을까? 그만둘까? 잠시 번민한다. 의젓하게 기다리는 것이
낫겠다는 생각이 든다. 어차피 우리가 평양을 떠나기 전에는 다 드러
날 테니까. 그때 양 지도원이 우리 테이블 쪽으로 허둥대며 다가온다.
"이거 일 났습니다. 제가 왜 이런 대표단을 맡았는지 모르갔습니
다."
나와 황 참사는 웬 호들갑이냐는 듯 양 지도원을 쳐다본다. 양 지
도원이 거친 숨을 내쉰다. 누런 메모지 하나를 테이블 위에 내던진
다. 평소라면 황 참사 앞에서 감히 할 수 없는 행동일 것이다. 황 참
사가 메모지를 집어 든다. 나도 고개를 빼서 메모지를 넘겨다본다.

　　김정일 조선노동당 총비서님께

　저희는 문화재 답사를 위해 평양에 왔으나, 온 지 이틀이 지나도록 약속된 일정이 지켜지지 않고 있습니다. 사소한 약속조차 지키지 못하는 당일꾼들을 데리고 나라를 경영하시느라 얼마나 노고가 많으실지 짐작이 가는군요. 그러니 일국의 최고지도자이신 총비서님께서 쪽잠을 주무시고 쥐기밥(주먹밥)을 드시는 게 아니겠습니까? 머잖은 장래에 강성대국을 이루시겠다는데, 그러려면 무능한 당일꾼들의 정신을 쇄신시켜야 한다는 점을 잊지 마십시오.

　제가 드리는 말씀이 무엄하게 들리십니까? 그렇더라도 은덕 정치를 베푸신다는 분이니 너그럽게 봐주실 것이라고 믿습니다.

　황 참사는 메모지에서 눈길을 떼지 않는다. 장난치고는 좀 심했다. 어디서 주워들었는지 쪽잠이니 쥐기밥이니 하는 낱말까지 등장시켜 비꼬기까지 했다. 이런 낱말들은 김일성 주석이나 김정일 총비서가 인민을 위해 밤낮없이 일한다는 점을 부각시키기 위해 북한 매체들이 자주 사용하는 것이다. 얌전한 이 연구관이 그럴 리는 없다. 기자들 소행일 것이다. 하긴 남쪽에서는 툭하면 대통령도 씹어대는 것이 기자 아닌가. 술 취해 장난한 것일 터다.

"큰일이라도 난 줄 알았네. 사람 놀라게 하긴."

나는 대수롭지 않다는 듯 양 지도원에게 말한다.

"이보다 더 큰일이 어딨어요? 햐아, 이 대표단은 대책이 안 서요."

양 지도원의 목소리가 꽤 격앙되어 있다. 황 참사는 지금까지 마신 술기운을 가라앉히자는 것인지, 고민에 빠진 것인지 메모지만 쳐다본다. 건너편 테이블에는 고 기자가 테이블 위에 고개를 박고 엎어져 있다. 소 기자는 그의 팔을 붙잡고, 이 연구관은 그의 등을 두드려댄다. 고 기자가 술을 많이 마시고 나가떨어진 모양이다. 메모를 쓴 주인공이 그인 것이 뻔하다. 내가 그쪽으로 가기 위해 일어서는데, 황 참사가 내 재킷을 잡아당겨 주저앉힌다.

"경애하는 장군님께 올리는 편지를 이런 종이 쪼가리에 끼적거리는 사람이 어딨소?"

"……."

"상부에 보고하지 않을 수 없는 중대 사건이 되었소. 내용도 불경스럽기 짝이 없고. 후과가 크게 닥칠 것 같소."

고 기자가 그들의 행동을 고자질하려는 마음을 가진 것이 더 미안한데, 황 참사의 말은 그것이 아니다. 그렇더라도 남쪽 사람들의 정서를 이해시키는 것이 필요하다. 평양 물정을 모르는 남쪽 사람이라면 할 수 있는 행동으로 몰아가는 편이 사태 해결에 도움이 될 것이라는 얄팍한 계산을 한다. 나도 어느 정도 취기가 올랐는가 보다.

"보다시피 술 취해 한 장난이잖아요. 장군님 욕을 쓴 것도 아니고. 남쪽은 대통령도 맘에 들지 않으면 욕을 해대는 사회예요. 이런 사소한 실수까지 다 보고하고, 사건 만들고 해야 할 정도로 평양이 야박한 뎁니까?"

양 지도원이 눈동자를 번쩍 키운다. 너도 똑같은 놈이라고 말하는 것 같다. 황 참사가 제 앞의 술잔을 들어 단숨에 비운다.

"글쎄 이걸 저더러 경애하는 장군님께 전하라 하더란 말입니다. 이건 패륜아나 할 짓이잖아요. 경애하는 장군님을 희롱했으니 우리 안내성원들도 덩달아 경을 치게 생겼어요."

양 지도원이 방금 전에 벌어진 일을 설명한다. 나는 조금씩 정신을 차리기 시작한다. 후과가 크게 닥칠 것 같다는 황 참사의 말이 산통이 다 깨졌다는 선언으로 뒤늦게 새겨진다. 당신을 위해 준비한 것들이 이 한 건으로 무참히 날아갔어.

"패륜아라니? 심한 말 아닙니까?"

나는 싹터 오르는 근심을 숨기고 양 지도원의 말꼬리를 잡고 늘어진다. 양 지도원이 날 째려본다.

"경애하는 장군님께 올리겠다는 편지를 술집 메모지에 쓰는 사람은 이 세상에서 저 사람 하나뿐입니다. 기게 패륜아가 아니고 무엇입니까?"

너희 장군님 모시는 것하고 남쪽 사람이 지켜야 할 인륜하고 무슨 상관관계가 있느냐, 는 말이 목을 타고 넘어오려 한다. 하지만 불난 집에 부채질할 수 없어 뱉어내지 못한다. 양 지도원의 기세로 보면 문화재 답사고 뭐고 당장 돌아가라고 할 것 같다. 황 참사가 고개를 든다.

"양 동무, 어찌 기리 목소리가 크오. 모르는 사람도 다 알게 되갔소. 일단 입 다물고 내 지시를 기다리시오."

양 지도원이 눈빛을 죽이고 테이블 위의 빈 잔을 집어 든다. 내가 그의 잔에 술을 따른다. 그리고 고 기자가 있는 쪽을 향해 짐짓 소리를 지른다.

"데리고 룸으로 올라가!"

입사 동기인 소 기자는 내게서 명령조의 말을 들은 것이 언짢을 터다. 하지만 혀 꼬부라진 소리일망정 단장 동지, 인츰 올라가겠습네다, 라고 북한식으로 말하며 내게 거수경례까지 붙인다. 그도 어지간히 취했다.

"딱 비판투쟁감들이군!"

양 지도원이 혀를 찬다. 그들이 고 기자를 부축해 비틀비틀 밖으로 나간다.

"그러니까 일정을 제대로 진행했어야지요."

나는 황 참사에게 투덜댄다. 그가 이마에 잔뜩 주름을 잡은 채 입을 연다.

"우리 인민들은 위대한 수령님과 경애하는 장군님에 대한 숭배 사상이 강하오. 기자들이라면 기런 건 알고 있어야 하는 게 아니오? 우리 사람이 이랬다면 당장 죽어야 하오. 이런 문제를 상부에 보고 안 하면 우리도 크게 문제가 되오."

신과 동격이라는 절대 권력자를 놓고 깐죽거렸으니 크다면 큰일이 맞을 것이다. 나는 오도 가도 못하고 그들과 말없이 맥주를 나눈다.

9

"이미 통고해준 일정대로 진행하는 것이니까니 오해하지 말라요."

우리는 황해도 정방산 성불사로 향한다. 성불사에는 고려 말 건축물인 응진전이 남아 있다. 양 지도원은 지난밤 고 기자가 일으킨 사건 때문에 성불사에 가게 된 것은 아니라고 강변한다. 우리는 북경에서 합의한 일정을 말하는 것인데, 그는 자기들 멋대로 수정한 일정을 말하고 있다.

차 안에서 나는 황 참사와 양 지도원의 자리로 고 기자를 보낸다. 미안하게 됐다고 사과하라고 시켰다. 양 지도원은 사과로 끝날 일이 아니라며 고 기자가 악수하기 위해 내민 손을 외면한다.

"나중에 삼수갑산을 가더라도 일단 일정은 기분 좋게 진행하기오."

황 참사가 양 지도원에게 지시한다. 삼수갑산이란 말이 걸리지만, 걱정한다고 될 일은 아니다. 고 기자가 사과한 것을 핑계 삼아 나는 사건을 잊으려 애쓴다.

차창 밖으로 꾸미지 않은 시골 풍경들이 나타난다. 푸른 산과 들이 상쾌한 감정을 불러일으킨다. 사리원 시내 중심가를 지난다. 도로가 군데군데 패어 나갔기 때문에 차가 몹시 쿨렁거린다. 속도를 낼 수 없다. 페인트칠을 한 적이 없는 것 같은 낮은 건물들이 도로 양편에 펼쳐진다. 종이를 발라 고정시킨 깨진 유리창들까지 자세히 보인다. 황해북도 도당 소재지인데도 과연 맞을까 싶을 만큼 초라하다. 인적까지 드물다. 사람들이 창문 뒤에 숨어서 우리를 주시하는 것만 같아서 소름이 돋는다. 우리는 안내원들이 왜 문화재가 있는 지방으로 데려가지 않으려고 했는지 깨닫는다.

어느 건물 앞에 한 무리의 사람들이 나타난다. 50명은 넘고 백 명보다는 적어 보인다. 천천히 걷는 사람도 있고, 나무에 등을 기대고 구부정하게 버텨 선 사람도 있다. 주저앉아서 가랑이 사이에 얼굴을 박은 사람도 있다. 아예 길에 드러누운 사람도 적지 않다. 사람들이 마약 같은 것에 취한 것처럼 흐느적거린다. 제정신을 가진 사람들이 아닌 듯하다. 왜 저럴까? 그들이 차 소리를 듣고 멍한 눈길로 우리를 바라본다. 건물의 현관에서 흰 바탕에 검은 글씨로 '배급소'라고 쓴 나무 간판이 얼핏 눈에 스친다.

"빨리 몰아!"

양 지도원의 목소리가 정적을 깬다. 그가 운전기사를 향해 외친 것이다. 엔진 소리를 키우며 차가 성급하게 앞으로 나아가는 바람에 우리는 짐짝처럼 덜컹덜컹 튄다. 습관적으로 사람들에게 카메라를 들이대던 소 기자는 창틀에 머리를 된통 찧는다. 양 지도원이 사진을 찍지 말라고 한 번 더 소리를 지르는 순간, 소 기자는 양 지도원을 돌아보다가 두어 번 더 머리를 찧는다. 군중이 시야에서 사라질 때까지 우리는 그들에게서 눈길을 거두지 못한다.

이윽고 차가 도망치듯 중심가를 벗어난다. 우리는 서로 옆자리의 얼굴들을 돌아본다. 방금 본 것들에 대해 해석을 구하거나 말하고 싶은 눈빛들이다. 고 기자는 말을 참느라고 눈을 깜박거린다. 지난밤 사건으로 내게서 주의를 단단히 들은 터라서 더욱 그럴 것이다. 나도 나름대로 이 낯선 광경을 해석한 뒤여서 그의 손을 꽉 잡는다. 그도 맞잡은 손에 힘을 넣는다. 우리는 같은 생각을 하고 있는 것이 분명하다. 추측이 맞는다면, 군중은 기아선상에서 허덕이는 주민들일 것이다. 사진이라도 찍었다면 좋았을 텐데. 하지만 어떤 경우에도 그들이 보여주기 싫은 장면을 사진으로 담아 갈 수는 없다. 양 지도원은 밤마다 사진 검열을 한다. 그는 좋은 것은 다 놔두고 나쁜 것만 찍었다면서 소 기자의 필름을 가위질하기 일쑤다.

아무것도 못 본 것처럼 그냥 지나치기도 어색해 나는 앞자리에 앉은 안내원들을 향해서 묻는다.

"뭐 하는 사람들입니까?"

대답이 나올까? 귀를 쫑긋 세우고 황 참사를 유심히 바라본다. 그에게서 처음 보아서 놀랐다는 표정은 찾으려야 찾을 수 없다. 어쩌면 이렇게 달관한 사람처럼 냉정할까? 우리 쪽으로 돌아앉은 양 지도원이 하기 싫은 말 하듯 대꾸한다.

"내가 어케 압니까? 여기 사는 사람도 아닌데."

자랑하기 좋아하는 그가 말문을 닫는다. 우리가 품은 해석이 그다지 틀리지 않을 것이라는 생각을 한다. 곡창지대까지 이 모양이라니. 재령평야가 이 도시 곁에 있지 않은가. 재령평야는 남쪽의 호남평야에 비견될 만큼 광활하다. 차 안에는 무거운 침묵만이 흐른다.

정방산 성문을 지나 성불사가 보이는 곳에서 차가 멈춘다. 여기서부터는 걸어가야 한다. 양 지도원이 가라앉은 분위기를 띄울 필요를 느끼는가 보다. 노래를 부른다.

인생의 길에 상봉과 이별
그 얼마나 많으랴
헤어진대도, 헤어진대도

　심장 속에 남는 이 있네
　아아, 그런 사람 나는 못 잊어

〈심장에 남는 사람〉이란 자기네 가요다. 도착 첫날 호텔 노래방에서 그는 우리에게 이 노래를 가르쳐주었다. 노래방에 남쪽 노래가 없어 우리는 밤마다 서너 번씩 이 노래를 불렀다. 산길을 오르며 양 지도원의 노래를 따라 부른다. 긴 침묵이 따분하던 참이다. 부르다 보니 하필 이 노래일까 하는 생각이 든다. 배급소 주위에서 우리가 탄차를 바라보던 사람들의 멍한 눈빛이 노래 속에서 되살아난다. 노래로 인해 그들의 눈빛이 오히려 더 뚜렷이 머릿속에 각인되고 있다.

"저길 보라요."

우리의 눈길이 양 지도원의 손가락을 따라간다. 성불사 오른편에 우뚝 솟은 봉우리에서 하얀 물보라가 일어난다. 거대한 폭포다. 봉우리 꼭대기에서 물줄기가 수직으로 낙하하고 있다.

"야아!"

탄성이 터져 나온다. 어둔 곳에서 밝은 곳으로 나온 것처럼 우리의 머리도 일순 개운해진다.

"84미텁니다."

소 기자가 양 지도원에게 카메라를 건넨다. 양 지도원이 우리의 모습과 폭포를 함께 카메라에 담는다. 곧 우리는 의문에 휩싸인다. 저 꼭대기 어디에 이 거대한 폭포수를 감당할 수량이 숨겨져 있을까? 아무리 뜯어봐도 삐쭉 솟은 봉우리지 깊은 계곡이 아니다.

폭포를 원경으로 잡으려고 물이 떨어지는 소 밑으로 내려간다. 나는 소와 연결된 수로를 보다가 못 볼 것을 본 것처럼 그 자리에 얼어붙고 만다. 물줄기가 이제 막 마른 수로를 적시며 달려가는 중이다. 폭포가 조금 전에야 물줄기를 뿜어내기 시작했다는 증거다.

"인민들의 휴식처를 아름답게 가꾸기 위해서 경애하는 장군님께서 만들어주신 폭포입니다."

곁에서 그것을 같이 본 양 지도원이 말한다. 다시 가슴이 답답해진다. 전기 부족으로 물을 끌어들이지 못해 재령평야 일부의 농사를 망쳤다는 기사를 얼마 전 일본 총련계 신문에서 본 적이 있다. 그런 고장에서 우리를 위해 특별히 가동시킨 인공폭포를 구경하다니. 황 참사는 우리로부터 좀 떨어진 나무 밑에서 담배만 피우고 있다. 우리에게 질문을 당하기 싫어 비켜서 있는 눈치다.

"장군님이 막대한 전력을 소비해가며 우리에게 하해와 같은 은덕을 베풀어주시는군."

소 기자가 내뱉는다. 이곳 성불사를 소재로 만들어진 가곡 〈성불사의 밤〉이 떠오른다. 인민은 어디 가고 객이 홀로 폭포를 구경하는구나.

10

보통강 변에 즐비한 버드나무가 석양에 그림자를 길게 늘어뜨렸다. 마당에 떨어진 버드나무 이파리들이 피라미 떼처럼 우우 몰려다닌다. 성불사 답사를 마치고 호텔 로비로 들어서는데, 뒤따라오던 황 참사가 넌지시 내 어깨를 붙잡는다.

"오늘 밤에 나 좀 보기오. 내가 전화 치면 이리로 나오시오. 누구에게도 말하지 말고 혼자 와야 되오."

지난밤 고 기자의 일이 켕긴다. 황 참사를 빤히 쳐다본다. 불씨가 살아 있다는 것은 알지만, 그의 표정으로는 감이 잡히지 않는다. 그는 웬만해서는 감정을 드러내지 않는다. 그래서 뭐든 나는 다 알고 있어, 하는 초월적인 모습으로 읽히기도 하고, 세상일에 자포자기한

허무한 모습으로 읽히기도 한다. 때론 언제 터질지 모르는 시한폭탄 같기도 하다.

가급적 좋은 일 쪽으로 생각을 돌리려고 애를 태운다. 순안공항에서 황 참사를 만난 이래 내밀히 기다려온 특별한 시간이 되었으면 좋겠다고 빈다. 김정일 총비서가 남쪽 사람을 부를 때는 밤이든 낮이든 사전 예고 없이 갑자기 부른다지? 혹 우리 정부에 전달할 특별한 언급이라도 있을지 몰라.

"무슨 일인데요?"

"와보면 아오."

황 참사 역시 보통 북한 사람들의 말버릇과 다르지 않다. 별것 아닐 수도 있는데 용건을 말해주지 않는 면에서는 그도 별수 없다. 언제 말을 걸었느냐는 듯 그는 다시 걸음을 옮긴다. 로비를 가로질러 식당 쪽으로 사라진다.

식사 후 일행들은 오늘도 변함없이 지하 노래방으로 간다. 고 기자에게 지난밤과 같은 추태가 되풀이되어서는 안 된다고 나는 다시 한 번 당부한다. 황 참사와 만나기로 했으니 나는 술을 마시지 않고 룸으로 올라가기로 한다. 황 참사도 노래방에 가지 않고 호텔 밖으로 나간다.

1층 서점에 들른다. 오가며 눈여겨 봐둔 곳이다. 소설책들을 손에 쥐었다 놓았다 하기를 반복한다. 속이 빤히 들여다보이는 그렇고 그런 소설들뿐이다. 그래도 이 책 저 책 끈질기게 들추어본다. 소설 속에는 아무리 감추려 해도 감춰지지 않는 그들의 생활 모습이 스며 있기 마련이다. 마지막으로 손에 쥔 것은 인민예술가라는 칭호를 가진 작가가 쓴 『찬란한 래일』이라는 장편소설이다. 여종업원에게 책값을 달러로 치른다. 몇 센트에 불과한 거스름돈을 받지 않자 빙긋 웃는다. 무뚝뚝한 종업원들만 보아온 터라서 그녀가 웃었다는 사실이 로

붓이 말을 알아들은 것처럼 신기하다.

룸으로 들어왔다. 황 참사가 언제 부를지 몰라 옷을 벗지 않은 채로 침대 위에 비스듬히 눕는다. 방금 산 소설책을 펼친다. 식량난에 허덕이는 어느 지방도시의 이야기가 나온다. 먹지 못해 출근을 제대로 못 하는 사람이 생기기 시작한다는 구절을 읽는다. 어쭈, 이런 소설도 다 있네. 그들이 즐겨 말하는, 수령님의 품에서 행복하게 사는 이야기가 아니다.

도당의 부장급 간부조차 두 사람이나 출근하지 못한다. 점심을 싸가지고 오지 못하는 사람도 있다. 거리에는 허기진 배를 안고 오늘은 여기, 내일은 저기, 하는 식으로 떠돌아다니는 부랑아들도 나타난다. 먹을 것을 구하려 친척 집을 찾아왔다가 길을 잃어 고아가 된 것이다. 도당 책임비서 강철무는 그런 아이들을 이미 여덟 명이나 집에 데려다 기르고 있다. 그가 몇 명 더 기르겠다고 하자 자기 먹을 것도 없으면서 어쩌려고 그러느냐고 측근들이 말린다.

페이지를 넘길수록 소설은 점입가경이다. 노동자들은 아침에는 강냉이죽이나 나물죽으로, 점심 저녁 두 끼는 대용식품으로 끼니를 때운다. 보다 못해 도당에서 나서서 대용식품을 개발한다. 그것은 강냉이떡보다 못한 것이다. 쌉쌀하고 텁텁한 맛이 나는 것이 여간 껄껄하지 않다. 그것이 무엇인지는 구체적으로 밝히고 있지 않다. 식량난은 갈수록 가중된다. 도당에서는 주민들을 총동원한다. 나무가 있고 풀이 있는 곳곳에서 주민들이 칡뿌리를 캐고 대용식품 원료를 구하는 살풍경이 펼쳐진다.

북한 소설답게 당간부를 미화하고 있지만, 그러기 위해 동원된 등장인물들의 비참한 모습이 그대로 드러났다. 내 상상을 뛰어넘는다. 사리원 배급소 부근에서 본 광경들이 소설 속 장면들과 겹쳐진다.

　　　　　　　룸의 전화벨이 울린다. 시계를 보니 10시 10분이다. 같은 룸을 쓰는 고 기자는 아직까지 돌아오지 않았다. 그들은 지금도 노래방에서 죽치고 있을 것이다.

"외출 복장으로 나오시오. 로비에서 기다리고 있소."

황 참사다. 양복을 입을까 물으려 하는데 전화가 끊기고 만다. 단둘이 밖으로 나간다? 기다리던 시간인데도 막상 나가려니 두려움이 밀려온다. 비밀 면담, 밀사, 밀봉교육 같은 밀 자 돌림의 가당치도 않은 낱말들이 튀어나와 머릿속에 굴러다닌다. 남북 정부 사이에 대화가 거의 없는 형편이다. 지난번 북경회담도 힘겨루기만 하다가 흐지부지 끝났다. 내게 밀사 역할을 맡겨도 좋겠다는 생각이 든다. 체류 기간 중 신변 안전과 무사 귀환을 보장한다고 쓰인 방북 초청장의 구절을 떠올린다. 넥타이를 메고 양복을 입을까? 간편하게 노타이 차림을 할까? 너무 앞서 나가는 것 같아 입은 대로 노타이 차림을 택한다.

비상등만 켜져 어슴푸레한 로비로 들어선다. 원통형 기둥에 기대선 황 참사가 희미하게 보인다. 그에게 다가가자 따라오라는 말도 없이 그는 출입문을 밀고 밖으로 나간다.

"어딜 가는 거죠?"

뒤따르며 묻는다.

"가보면 안다잖소."

너나 가라면서 돌아서고 싶은 마음이 문득 인다. 하지만 고분고분 그를 뒤따른다. 호텔 앞 강변길로 나온다. 거리는 검푸른 어둠뿐이다. 개구리 울음소리가 시끄럽다. 오래된 과거로 돌아간 것처럼 시골 같은 정취가 안겨온다. 이 밤중에 어디로 가는 것일까?

오른편 보통강 위에 아치형의 희미한 다리가 보인다. 그는 다리를 건너지 않고 청류관이 있는 왼편 길로 방향을 튼다. 가보면 안다니까 더는 할 말이 없다. 서너 발자국 떨어져 뒤따라갈 뿐이다. 골목길로 들어선다. 어둠이 더욱 짙다. 검은 나무들 사이로 주택인지 사무실인지 구분할 수 없는 건물들의 격자 창문이 간간히 눈에 뜨인다. 거기서 황달 걸린 얼굴 같은 노란 불빛들이 새어 나온다. 혼자라면 저런 불빛들을 기억해둬야 돌아올 수 있을 것 같다.

갈수록 기대한 것들이 머릿속에서 하나하나 지워져 나간다. 벤츠를 타고 고관의 집무실로 가서 인터뷰를 한다고 상상했던 것이 우습다. 남쪽 당국자에게 전할 말을 내 귀에 담아준다 해도 이렇게 밤길, 골목길을 걸어서 가지는 않을 것 같다. 별다른 기삿거리 냄새도 맡아지지 않는다. 김이 샌다. 기대가 공적인 영역에서 사적인 영역으로 바뀌고 있다.

내가 반동질을 하게 된 사연을 해명할까 말까 저울질한다. 그가 평양 방문에 영향력을 행사했다면, 내 행동을 어느 정도 양해했을 것이다. 나는 탈북자 실태를 취재하여 북한 돕기 운동이 일어나는 데 힘을 보탰다. 그것도 모자라 직접 나서서 돕기까지 하고 있다. 그런 인간성에 감복했다면? 생각은 제 맘대로라지만, 우리가 서로 마음이 통할 수 있다면 얼마나 좋을까? 그때 그가 걸음을 멈춘다.

"여기오."

무엇을 두고 여기라고 하는지 분간이 가지 않는다. 사방은 여전히 검푸른 어둠이 막아섰다. 그의 말이 끝나고 1, 2초도 안 되어서 눈앞에 빛이 훅 쏟아진다. 어둠 속이라서 빛이 더욱 강렬하다. 곧 빛에 눈이 익어 실내가 들여다보인다. 그가 어느 건물의 문을 연 것이다. 소파에 앉은 채 우리를 바라보는 사람들이 보인다. 소파 사이에서 서성이는 사람들도 보인다.

열린 문 안으로 그가 성큼 들어간다. 따라 들어간다. 너덧 사람이 일어나 그에게 허리를 굽힌다. 나는 그의 뒤에 붙어 서서 사방을 두리번거린다. 사람들이 내게 따가운 눈길을 던진다. 이방인임을 알아보는 눈길들이다. 이자가 누굴까? 저마다 머리를 굴려보는지 눈길들이 내 몸에 끈질기게 달라붙는다.

창문마다 시커먼 커튼이 드리워져 있다. 외부로 불빛이 새어 나가지 못하도록 빈틈없이 차단했다. 일어난 사람들이 둘러앉았던 낡은 나무 테이블마다 술병이 놓여 있다. 그들 뒤쪽 벽에 '화면음악반주기 술집'이란 상호가 새겨진 작은 현판이 눈에 뜨인다. 가사 자막이 나오는 TV가 현판 바로 옆 벽의 선반 위에 놓여 있다. 그것이 목청껏 북한 가요를 토해낸다. 가라오케를 화면음악반주기라고 부른다는 사실을 나는 금세 눈치챈다. 좀 안심이 된다. 말로만 듣던 당간부들의 유흥 장소일까? 왜 불빛을 차단했을까? 비밀 영업을 하는 곳이든지, 영업시간 외에 영업을 하는 곳이든지, 그것도 아니면 전기 사정이 어려운 지역에서 혼자만 전기를 쓰는 것이 미안하든지, 그중 하나 아닐까?

음산한 홀을 지나자 복도가 나온다. 발을 디딜 때마다 마룻바닥이 삐걱댄다. 황 참사는 복도를 따라 더 안쪽으로 들어간다. 복도 끝에 룸이 딱 하나 있다. 큰 유리창이 달려 안이 훤히 보인다. 한 사내가 아가씨를 옆에 끼고 술을 마시고 있다. 황 참사가 룸 앞에 멈춰 선다. 어느새 뒤따라온 30대 중반쯤 된 양장 차림의 여성이 한발 앞서 룸 안으로 들어간다. 그녀가 술을 마시던 사내의 귀에 대고 뭐라 말하는 것이 유리창 너머로 보인다. 사내가 술잔을 테이블에 거칠게 내려놓고 자리에서 일어나 벽 쪽 옷걸이에 걸린 양복 상의를 집어 든다. 아가씨도 따라 일어난다. 사내가 문을 밀고 복도로 나온다. 씽 바람을 일으키며 우리 앞을 지나쳐 간다.

"저런 것들도 여기 오나? 무역일꾼이라고 으스대는 거야?"

황 참사가 혼잣말로 중얼거린다. 우리는 비어진 룸 안으로 들어간다. 소파나 테이블 따위의 가구들이 재활용품들을 가져다 놓은 것처럼 어설프다. 방금 전까지 사내 곁에 있던 한복 아가씨와 양장 차림이 테이블 위를 치우고 정돈한다. 사람 사는 데니까 이런 데가 없을 수 없겠지. 나는 머릿속의 혼란을 추스른다.

"여기서는 서울서처럼 여자를 함부로 만지면 안 되오."

소파에 앉으며 황 참사가 말한다. 표정이 없는 사람 같은 그의 얼굴이 붉게 상기되었다. 자기 세상에 온 것처럼 숨어 있던 기분이 살갗으로 배어 나오고 있다. 고작 술이나 마시자고 나를 부른 것일까?

한복과 양장이 정돈하던 손길을 멈추고 나를 쳐다본다. 서울이라는 말이 귀에 걸린 것이 틀림없다. 나와 눈이 마주치자 그녀들은 다시 하던 일로 돌아간다. 테이블에 못 보던 양주가 놓인다. 상표를 보니 헤네시 코냑이다. 이름만 들었지 먹어본 적이 없는 것이다. 김정일 총비서가 이 술을 좋아한다는 구절을 어느 책에선가 읽은 기억이 난다.

"이것이 끝이야요."

양장이 황 참사를 바라보고 들릴락 말락 말한다. 얼굴에서 손님을 대하는 반가움보다는 귀찮아하는 기색이 설핏 느껴진다. 외상은 이것으로 끝이라는 선언 같다. 황 참사가 눈을 치켜뜨고 그녀를 째려본다. 양장의 표정이 순간적으로 굳는다. 고개를 떨구고 밖으로 나간다. 한복만 남아 그와 나 사이에 앉는다. 아무 일도 없던 것처럼 경희라고 자신의 이름을 댄다.

"정말 서울서 왔습니까?"

경희가 내게 묻는다. 나는 황 참사에게 눈길을 돌려 대신 대답을 맡긴다. 서울 사람임을 숨기는 안내원들의 행동에 벌써 길들여진 나를 발견한다. 황 참사가 얼굴을 펴고 고개를 끄덕인다. 그녀가 내 얼굴을 찬찬히 뜯어본다. 옷과 시계, 심지어 구두까지도 꼼꼼히 살피는 눈치다. 그러더니 우리 앞의 유리잔에 헤네시를 따른다.

"우리 술집에 온 첫 남조선 분이야요. 이 술 드시고 통일역군이 되시라요."

그래. 우리끼리라도, 오늘 밤만이라도 통일을 해보자. 나는 황 참사와 잔을 마주친다. 술을 입에 털어 넣자 경희가 과일을 포크로 찍어 내 입에 물려준다. 그녀의 행동이 술을 마시기에 적당한 모드로 바뀌어 있다.

"특별한 사람들만 오는 곳 같은데요?"

"기런 거 알려 하지 말고 술이나 양껏 들기오."

이런 자리에 그와 내가 함께 있다는 사실이 우리가 특별한 인연으로 묶여 있다는 것을 알려주는 것 같아 기분이 나쁘지 않다. 엊저녁 사건이 심각하게 번졌다면 이런 부드러운 자리로 나를 데려오지 않았을 것 같다.

"하나 물을 게 있소. 선생 기사에 나온, 땅굴 산다던 에미나이는 지금도 그 지경으로 사오?"

지금은 최 노인의 식당에서 일하는 정연화를 두고 하는 말이다. 이번엔 내가 건배를 제의할 차례여서 잔을 들어 올리다가 멈춘다.

"아는 사람입니까?"

"아니오."

"그럼 왜 묻는 거죠?"

"남쪽 기자들이 미국 CIA의 사주를 받아 기렇게 꾸며 쓴 기사인가 알아보려는 거요."

CIA의 사주? 중고교 시절 북한이 남한을 미제의 식민지라고 부른다고 배우면서부터 들었던 소리다. 대남 사업 분야 간부조차 아직 이런 수준일까? 절벽을 마주한 것처럼 답답해진다.

"실제 제가 이 두 눈으로 똑똑히 보고 쓴 기삽니다. 참사님은 그런 일들이 전혀 일어나지 않는다고 생각하십니까?"

"전혀 안 일어나지야 않갔지. 서울역에 노숙자가 있듯이 일부 기런 사람도 있갔지. 아니, 우리 쪽이 많긴 많갔지. 미제 놈들의 경제봉쇄로 경제가 어려우니까니. 기걸 연변에 가면 탈북자가 지천인 양 쓰는 선생 기사가 문제 아니오? 꼭 땅굴 에미나이 같은 비참한 늠들만 골라내서 쓰고. 기러니 우리 공화국을 음해하려는 정치적인 목적이 개입했다고 볼 수 있고, 미제 놈들 사주를 받았다, 이렇게 짐작해볼 수 있는 거 아니오?"

"남쪽이 미국 식민지라고 주장하시는 겁니까?"

그는 대답하지 않는다. 나는 나를 적극 변호할 필요를 느낀다. 흡사 남북회담장에 앉은 남쪽 대표처럼 질 수 없다는 심정이 된다.

"연변에 가면 실제 탈북자가 지천입니다. 그걸 모르고 계셨나요?"

"선생이 연변을 다 돌아다녀 보았소? 지천이라면 몇 명을 말하는 거요? 수만 명쯤 되오? 좀 있대도 일시적 현상일 거고. 기것 때문에 나라가 결딴난 것처럼 떠드는 건 큰 오류 아니오?"

"연변 지역을 다 돌아다니지 못한 것은 사실입니다. 하지만 탈북자들이 너무 많은 것도 사실입니다. 수만 명은 족히 될 겁니다."

나는 못을 박아 대꾸한다. 그가 좀 멍한 얼굴이 된다. 어이없다는 것인지, 대드는 것이 건방지다는 것인지, 새로운 사실을 알게 되어 놀랐다는 것인지 알 수가 없다. 이런 것이나 따지자고 나를 불렀을까?

"흥분하지 마오. 생각보다 반동 기질이 깊소. 기래, 그 에미나이는 지금은 어케 사오?"

나는 성질을 참으며 목소리를 누그러뜨린다.

"내가 북경에 있는 조선족 식당에서 일하도록 소개했어요. 지금은 거기서 잘 지내죠."

"제 나라 떠나서 잘 있으면 얼마나 잘 있겠소. 밥술이나 뜨자고 갖

은 구박 다 견디며 살았지. 중국 놈들도 자본가가 다 되었소. 자본가
놈들이 기냥 밥 먹여주겠소?”

“땅굴서 사는 것보다는 낫겠죠.”

참는다고 참는데도 내 의지와 달리 말이 비아냥거리는 투로 나간다.

“내가 오래전부터 선생을 눈여겨봐 왔소. 선생이 우리에 대해서 쓴
기사는 일부러라도 다 보았단 말이오. 우리 사정에 비교적 밝고, 우
리 욕을 하더라도 이유 있는 욕이 더러 있었소. 기래서 내가 선생 이
름을 특별히 기억하오.”

내 속을 떠보자는 것일까? 이유 있는 욕? 권력을 유지하기 위해 폐
쇄 체제를 유지하고, 주민들은 살든 죽든 내박치는 북한 정권에 대해
서 나는 비판적인 기사를 자주 썼다. 그가 기사를 제대로 읽고 ‘이유
있는 욕’이라는 표현을 쓰는 것일까?

“한 가지 명심해둘 것이 있소. 남쪽에 흡수통일이라도 될 것처럼
우릴 가볍게 보지 말라는 거요. 이번에 방문한 김에 존엄 높은 주체
조선의 혁명전사들이 성성히 살아 있는 현장을 똑똑히 보고 갔으면
좋겠소.”

평양에 와서 자주 들은, 양 지도원이나 안내강사들의 입에 붙은 말
이 그의 입에서도 나온다. 하고 싶어서 하는 말일까? 의례적으로 해
야 해서 하는 말일까? 잘 나가려다가 삼천포로 빠지는 느낌이 든다.

“그 이야긴 이 정도로 마치오. 자, 술을 냅시다.”

나는 들고 있던 잔을 마지못해 그의 잔에 부딪친다. 우리는 다시
술을 홀짝 입에 털어 넣는다.

“부탁 하나 하갔소.”

원래 노련한 뉴스메이커들은 기자에게 부탁할 때 엉뚱한 말로 기
를 먼저 죽이고 본론을 꺼낸다. 나는 그런 수작에 익숙하다. 뭐든 당
당하게 받아들이자고 마음먹는다. 지난밤의 고 기자 사건이든, 내 반

동질이든, 남쪽 정부에 전할 말이든, 내게 줄 선물이든.

"서울로 돌아가면 인차 내 이름을 대고서 기자 선생에게 연락하는 사람이 있을 것이오. 그 사람을 도와주시오. 선생이면 도울 수 있다고 보오."

"뭘 도와야 하는데요?"

북한 정부의 간부, 더구나 대남 사업을 전담하는 사람을 도와야 한다는 것이 선뜻 내키지 않는다. 설마 간첩질이야 시킬라고? 나는 부정적인 느낌을 지우려고 애쓴다.

"내가 말이오. 앞으로 선생과 통 큰 사업을 하나 진행하려 하오."

"어떤?"

"……."

"저를 찾아온다는 사람이 통 큰 사업과 관련이 있다는 겁니까?"

"관련이 없진 않소. 이 자리서는 내가 진행하려는 사업이 선생이면 충분히 도울 수 있고, 선생한테도 도움이 되는 일이라는 사실만 말하갔소."

혹 남쪽에 있는 탈북자를 도와달라고 하는 것일까? 아니면 그도 탈북을 하겠다는 것일까? 나는 그의 말뜻이 무엇인지 헤아려보느라 분주히 머리를 굴리지만, 감이 잡히지 않는다. 뭔가 추론할 근거가 있어야 대답을 해도 할 것 아닌가. 이 사회주의자들만 만나면 머리가 돌덩이가 된다.

"내용도 모르면서 어떻게 돕겠다 말겠다 말합니까?"

"누이도 좋고 매부도 좋은 일이라고 했잖소. 미제 말로 윈윈하는 일이란 말이오."

"못 하겠다면?"

"하게 될 거요."

그는 터무니없는 자신감을 보인다. 내 속을 꿰뚫어 보고 있기라도

한 듯하다. 더구나 내게 무슨 큰 혜택이라도 베푼다는 듯하다. 문득
나는 그의 눈빛에서 그가 나를 어느 정도 믿고 있다는 사실을 알아챈
다. 통 큰 사업이라고 하는 것을 보니 아무래도 남북 관계 개선에 전
기를 마련하는 사업은 아닐까? 새로운 기대가 슬며시 일어난다. 나
는 다시 그가 내미는 잔에 내 잔을 마주쳐 건배를 한다. 비밀 의식이
라도 치르는 자리처럼 분위기가 차츰 진지해진다.

"그럼 좋습니다. 나도 부탁 하나 하죠."

"말해보시오."

"서관히 말이에요. 그 사람을 왜 총살시켰는지 알려주시겠어요?"

못 먹어도 좋으니 찔러나 보자는 심정으로 과감하게 찌른다. 그가
뭘 하나 준대도 나는 하나 더 달라고 해야 할 형편이다. 북한에 관한
일이면 뭐든 배가 고픈 형편 아닌가.

"기자답게 나오는군. 그건 우리 공화국에서 대외 비밀로 취급하는
사건이오."

나를 당돌한 자로 여길 테지만, 그는 표정을 일그러뜨리지 않는다.
그래도 나는 이 완고한 사회주의자가 중앙당 농업 담당 비서 서관히
의 처형에 대해 입을 열 것이라고 기대하지 않는다. 더구나 옆에 아
가씨가 있다. 그저 말문이라도 열어놓으면 된다. 서관히가 정말 총살
당했는지 어쩐지 나는 아직 정확히 모른다. 그런 소문만 주워들었다.
그의 반응을 떠보기 위해서 총살을 기정사실화한 것인데, 그는 뜻밖
에 대외비로 취급하는 사건이라고 말했다. 처형을 시인한 것이다. 이
쯤에서 물러설 기자는 세상에 없다.

"그 정도가 무슨 비밀입니까? 이미 철 지난 사건인데."

"건물의 깨진 유리창을 방치하면 지나가는 사람들이 돌을 던져 나
머지 유리창까지 다 깬다 하오. 기래서 나중에는 건물이 쓸모없게 돼
버리오. 남들은 비밀답지 않을지라도 우리가 비밀로 정하는 건 우리

나름으론 나머지 유리창까지 깨지지 않도록 지키려는 모질음이오."

"평양 시민들을 모아놓고 공개처형까지 했다면 깨진 유리창을 갈아 끼우자는 의미 아닌가요? 그런 일은 만천하에 공개해서 국가 신용도, 투명도 같은 걸 높이는 데까지 나아가야 되는 것 아닙니까? 주머니 속의 먼지를 털어내기 위해선 그걸 까뒤집어야 하는 것처럼 말이죠."

나는 일부러 '평양 시민들을 모아놓고'라는 말을 끼워 넣는다. 공개처형이라면 당간부들만 불러놓은 제한적인 공개처형인지 아닌지 알고 싶다.

"다 알고 있군. 논쟁하지 말기오. 술맛 떨어지오."

"죽인 이유는 뭐죠?"

"기아 사태까지 터지고 있는데 누군가는 책임져야 하지 않갔소?"

"그러면 이젠 경제가 살아날까요? 그가 죽었으니까 정책이 달라지지 않겠어요?"

"무슨 대답을 원하는지 내가 아오. 그만하기오."

리모컨을 만지작거리던 경희가 황 참사의 눈치를 본다. 내 질문을 막기 위해서일 것이다. 황 참사의 눈짓을 받아 그녀가 리모컨의 숫자 버튼들을 누른다. 정면에 설치된 일제 주크박스가 하얀 숫자들을 나타낸다. 숫자에 맞는 시디를 찾아 주크박스 안의 암arm이 움직이는 소리가 난다. 신식 주크박스는 고물차 옆에 선 늘씬한 벤츠처럼 룸의 낡은 가구들과 어울리지 않는다. 전주곡이 흘러나온다. 프랭크 시나트라의 〈마이 웨이〉다. 묻지도 않고 트는 것을 보니 황 참사가 좋아하는 노래인가 보다.

경희가 자신에게 관심을 가져달라는 듯 내 팔을 자신의 겨드랑이에 긴다. 젖가슴이 내 팔뚝에 뭉클뭉클 스친다. 그녀는 아무렇지도 않은 것 같은데도 내 얼굴에는 후끈 열기가 오른다.

"사리원은 곡창지대인데도 사정이 그렇게 나쁜가요?"

나는 낮에 본 광경을 떠올리며 묻는다.

"자기들이 생산했다고 자기들만 먹는 게 아니잖소. 전국에 나눠줘야 하잖소."

"그럼 전국이 다 그렇게 어렵다는 말입니까?"

"기렇소. 기러나 기억해두시오. 우린 강성대국을 꼭 달성할 것이오. 지금 펼치는 고난의 강행군이 꼭 기걸 이루어낼 거란 말이오."

그의 목소리가 갑자기 지친 듯 들린다. 말끝에 한숨이 딸려 나온다. 성성히 살아 있다는 혁명전사의 모습이 지금 그의 목소리를 통해서는 잘 느껴지지 않는다. 가슴에 알싸한 통증이 인다. 강행군을 하든, 천리마 속도로 내달리든 제발 강성대국이 되어보라고 나는 속으로 뇌까린다. 경희가 내 손을 끌어다 자신의 허벅지 위에 얹어놓는다. 칙칙한 분위기를 더는 방치할 수 없다는 듯이. 황 참사가 일어나 마이크를 잡는다. 주크박스에서 나오는 〈마이 웨이〉를 따라 부른다.

I did what I had to do

난 내가 해야 할 일을 했고

And saw it through without exception

예외 없이 그것을 끝까지 해냈지

노래는 황 참사가 자신에게 힘을 잃지 말자고 다짐하는 소리처럼 들린다. 이어서 노래와 함께 춤이 어우러진다. 남남북녀라더니 남쪽 남자라서 그런지 잘 논다고 경희가 내 귀에 대고 얼러댄다.

황 참사와 나는 갈 때처럼 올 때도 서너 발자국 떨어져 어둠 속을 걷는다. 허공을 한 바퀴 회전하고 내려온 롤러코스터처럼 언제 어울렸느냐는 듯 우리는 서로 시치미를 뚝 뗀다. 황달 걸린 듯하던 창들의 불빛도 다 사라졌다. 달빛만이 골목길을 희미하게 드러냈다. 그가 말한 통 큰 사업에 대해 그에게 확실히 캐묻고 싶은 마음이 인다. 그의 부탁을 무작정 들어줘도 되는 것인지 확신할 수 없다. 그러면서도 선뜻 그것을 묻지 못한 채 걸음을 옮긴다.

"엊저녁 사건은 어떻게 처리할 건가요?"

"상부에서 문제 삼지 않도록 노력하는 중이오. 내게 아직 기런 힘은 남아 있소."

아직? 표현이 마음에 걸린다. 자신이 권력의 대열에서 밀려나고 있는 사람이라는 고백같이 들린다. 얼굴에 달라붙은 냉소와 달관이 범상하지 않다 했더니 전성기를 보낸 우울증 탓일까? 아니다. 자신을 낮추는 겸손에 불과할지 모른다. 내가 너무 예민해진 것이다. 말 한마디 가지고 이렇게 상상력을 멋대로 키우다니.

그는 보통강 변의 풀벌레 소리를 잠재우며 다시 〈마이 웨이〉를 흥얼거린다. 그가 퍽 다감하게 느껴진다. 다가가 손이라도 잡고 싶어진다.

12

　　　　　황 참사가 슬그머니 내 손에 뭔가를 쥐여준다. 빳빳한 지폐의 감촉이 느껴진다. 며칠 전 허탕 친 묘향산에 다시 가 보현사를 둘러본 것을 끝으로 평양 일정을 마쳤다. 나는 황 참사와 차 안에 나란히 앉아 순안공항으로 가는 중이다.

"그날 밤 술자리는 내가 마련한 것이오."

음악반주기술집에서 그가 잠시 룸 밖으로 나간 사이 내가 술값을 치렀다. 아무래도 그가 외상을 많이 진 것 같았기 때문이다. 나중에 우리는 술이 술을 먹는 지경까지 갔는데도 양장 여인은 끝내 술을 더 내놓지 않았다. 그런데 그 돈이 내 손안으로 돌아온 것이다. 나는 지폐를 그의 손에 다시 쥐여주려 한다. 그는 손바닥을 펴지 않는다.

"내가 초대한 자리요. 부탁한 일이나 잘 도와주면 되오."

"북경에 오시면 땅굴에 살던 정연화를 한번 만나서 연변 실정을 들어보세요."

"쓸데없는 소리 마오."

"평양에 한 번 더 올 수 있을까요?"

"두고 보기오."

우리는 출국장 앞에서 긴 포옹을 나눈다. 오래된 친구와 헤어지는 것처럼 섭섭하다. 속을 모르는 우리 일행은 할리우드 액션이라고 비웃는다. 그들은 평양을 떠나게 된 것을 무척 홀가분하게 받아들이고 있다. 제대를 앞둔 병사들처럼. 고 기자는 비행기 트랩에 오르면서 말한다.

"선배, 만수대창작사에서 기념으로 산 청자 접시 있잖아요. 북경공항에 도착하면 우리 그거 하나씩 공항 바닥에 있는 힘껏 내동댕이칩시다. 그래야 스트레스가 풀릴 것 같아요."

"그럼, 그럼. 자기 것 하나씩 꺼내서 확실하게 깨자고."

나 대신 소 기자가 맞장구친다.

비행기가 이륙한다. 옆자리에 앉은 고 기자가 내 귀에 속삭인다.

"그래도 설마 했어요."

"뭘?"

"우리 쪽에서 북한 비방하는 걸 의심한 적이 많았거든요. 그래서 이 사람들의 삶이 피폐하고 부자유할 것이라는 제 선입견이 조금은 틀리기를 바랐단 말이에요."

"고작 코끼리 다리 하나 만지고 코끼리가 기둥이라고 말하려는 거야?"

　"같이 봤으면서 그런 말을 해요? 자유를 찾아 넘어왔다던 귀순자들의 말이 실감 났다니까요. 그런데도 수령님 품에서 행복하게 살고 있다고 허세를 부리는 꼴이라니."

　"그럼 고 기자는 다시 평양에 안 오겠네."

　"무슨 말을 그렇게 해요. 이왕 나섰는데 코끼리 불알도 만져봐야 하지 않겠어요."

　나는 고 기자와 함께 오랜만에 소리 내어 웃는다.

제3장

사회주의자의 꿈

1/

　　　　비바람이 그쳤다. 가로수를 일제히 한 방향으로 고개 숙이게 하던 심한 비바람이었다. 고층 빌딩들 사이로 해가 솟아올랐다. 언제 비바람이 몰아쳤느냐는 듯 햇살이 따갑다. 달리는 차들이 도로에 고인 빗물을 인도 쪽으로 쫙쫙 끼얹는다. 행인들은 차도에서 조금이라도 더 떨어진 인도 안쪽으로 몰려다닌다. 인도라도 빗물이 고인 웅덩이가 많아 구두 속으로 빗물이 스며든다. 도심지인데도 이렇게 물이 안 빠지면 어쩌나? 나는 투덜거리며 꿔마오호텔로 들어선다. 두 번째 방북 문제를 협의하기 위해 아태 박 참사를 만나러 온 것이다.

　방북해서 돌아본 성불사 응진전이나 보현사 석탑들은 남쪽 언론이 분단 이후 처음 접근한 국보급 문화재였다. 그런 점에서 남쪽 문화계에 신선한 반향을 불러일으켰다. 회사는 다른 언론사가 못 한 일을 해냈다는 점에 고무되었다. 세세한 사정도 모르면서 계속 방북할 수 있도록 하라고 내게 압력을 가했다. 나는 나대로 황 참사가 말한 통 큰 사업에 대한 기대를 키웠다. 자연히 사리원 배급소 풍경과 서관히 처형 사실에 대해서는 기사화를 미루어둘 수밖에 없었다. 비겁했지만, 방북이나 기대하는 통 큰 사업에 나쁜 영향이 미치지 않을까 우려하지 않을 수 없었다.

　꿔마오호텔 커피숍에는 예전보다 더 많은 남쪽 사람들이 성황을 이루었다. 바로 며칠 전 H그룹이 금강산 관광을 개시했다. 그것이 북한을 믿을 만한 투자처로 여기게 한 모양이다. 눈 감으면 코 베어 간다는 남쪽 사업가들이 대북 투자의 관문인 아태 직원들을 만나기 위해 이곳으로 몰려든 것이다. 황금을 찾아 아메리카 대륙의 서부로 몰려들던 개척자들처럼.

"지난번에 갔던 노래방에 한 번 더 가야 되는데 어쩌나."

박 참사는 나를 보자마자 농담부터 던진다. 허 지도원도 그날을 상기하듯 빙그레 웃는다. 하지만 그는 턱짓으로 기다리는 사람들을 가리킨다. 바빠서 오늘 밤엔 글렀다는 뜻이다. 얼굴에 안타까운 기색이 역력하다. 아주 맛 들였네. 나는 속으로 뇌까린다. 그러면서도 노골적으로 친분을 드러내는 그들에게서 고마움을 느낀다.

협의는 막힘없이 진행된다. 첫 방북 때에 비해 반 토막에 불과한 방북 대가도 박 참사는 군말 없이 승낙한다. 되레 그들이 기대한 수준보다 더 주겠다고 한 것은 아닌지 헷갈릴 정도다.

"이젠 아태가 일 좀 하자고 결심을 단단히 한 것 같습니다. 단박에 결정을 내리는 걸 보니 시원시원해서 좋습니다."

나는 느긋하게 박 참사에게 말한다.

"언제는 우리가 열심히 일하지 않았습니까?"

"굼벵이가 탈피를 해서 쉭쉭 날아다니는 것 같아요."

"리 선생만 특별히 봐주는 줄 아시라요. 우리야 상부에서 지시된 대로만 하니까니."

상부 지시라는 말에 내 속에 숨은 궁금증이 도진다. 황 참사가 어떻게 힘을 발휘했을까? 그리고 그는 어떤 사람일까? 시치미 뚝 떼고 박 참사를 떠본다.

"누가 그런 지시를 했을까요?"

"웬 내숭을 그리 떠나요? 리 선생이 더 잘 알 텐데."

"그러지 말고 귀띔 좀 해줘요."

"아닌 보살 하지 말라요. 우리도 궁금해서 리 선생에게 물어보려 했어요. 대체 누구에게 힘을 넣었습니까?"

박 참사는 정말 알고 싶다는 표정이 된다. 되레 내가 한 발 빼야 할 처지다. 숨겨둔 보물처럼 황 참사의 이름을 아끼고 싶어진다. 아태 직원들의 콧대를 꺾을 힘이 내 곁에 있다고 생각하니 그의 숨은 손길이 새삼 고맙다. 물론 나를 부려먹기 위해 투자하는 것일 테지만. 도대체 무슨 일로 나를 부려먹으려는 걸까? 통 큰 사업이란 무엇일까?

"이번엔 일정을 확실히 지키겠지요?"

박 참사가 어설픈 웃음을 흘린다. 그 웃음이 너무 많은 걸 기대하지 말라고 실토하는 듯하다.

협의를 마치고 호텔을 빠져나온다. 커피숍을 차지하고 앉은 사람들이 내 협의 결과가 어떻게 되었는지 묻는다. 자신들의 결과를 점쳐보기 위해서일 것이다. 사업가들의 노심초사가 느껴진다. 그저 미소로 답하고 만다.

2

　　　　따가운 햇살이 건물들의 유리창에 반사되어 눈부시다. 플라타너스 가로수에 붙은 매미들이 발악하듯 울어댄다. 나는 따베이야오 쪽으로 걸어간다. 정연화가 있는 스환루 밖 통셴으로 가는 버스를 타기 위해서다. 통셴에 그녀를 보내놓고 바쁘다는 핑계로 돈이나 좀 보내주고 전화 통화만 했지 아직 가보지 못했다.

식당 출입문 앞 기둥에 매인 붉은 깃발이 바람에 펄럭인다. '삼천리불고기'라는 우리말이 쓰여 있다. 출입문을 밀고 들어간다. 카운터에 앉은 지배인 아줌마가 오랜만인데도 나를 알아보고 정연화를 소리쳐 부른다. 기다리고 있던 듯 정연화가 홀 안쪽에서 달려 나온다. 3개월이 갓 넘었는데 전혀 다른 사람이 되어 있다. 다림질한 옷처럼 볼이 팽팽해지고 얼굴이 밝아졌다. 하늘색 앞치마를 두른 폼이 의심할 여지 없이 고급 불고기점의 종업원답다. 땅굴에 살 때의 절박함에

찌든 그늘이 비 갠 하늘처럼 가뭇없다. 그녀는 인사 대신 활짝 웃으며 내 여행가방을 받아 카운터 옆에 가져다 놓는다. 그러고는 얼른 주방 쪽으로 달아난다. 최 노인이 얼마나 닦달했기에 저렇게 변했을까?

잠시 뒤 그녀가 내 앞에 다시 나타난다. 손에는 숯불 화덕이 들렸다. 테이블 가운데 구멍에 화덕을 능숙하게 올려놓고 공기를 조절한다. 점심시간이 지났는데도 점심을 먹었는지 묻지 않고 음식을 내올 셈인가 보다. 이럴 줄 알고 식사를 하지 않고 곧장 여기로 왔다. 더운 날씨라서 냉면이나 하나 먹었으면 하는데, 고기를 먹어야 대접했다고 여기는 조선족들의 관습을 뿌리치기가 번거로워 다른 말을 하지 않는다. 총각이 뱃살이 너무 쪄서 걱정이라고 하면, 지배인은 몸이 실해 보기 좋은데 무슨 소리냐고 반박할 것이다.

"안창살을 좋아하시니까 그걸로 준비하라고 주방에 일러."

지배인이 정연화에게 말한다. 지배인은 진열장에서 백주도 한 병 꺼내 온다. 나는 좀 과장되게 손사래를 친다.

"낮술은 안 하잖아요."

"술 안 드리면 로반(사장)이 욕함다."

지배인은 만류에 아랑곳하지 않고 술병의 포장을 뜯는다. 허례를 정으로 여긴다. 그사이 나는 정연화를 곁에 있게 하고 목을 내밀어 보라고 부탁한다. 목을 찬찬히 뜯어보는 내 눈길을 그녀가 고개를 돌려 피한다. 남자의 호흡만 느껴도 수줍음을 탈 나이의 처녀라는 사실을 내가 깜빡 잊고 있었다. 오디처럼 목에 달라붙었던 붉은 반점들이 희미한 자국으로 남았다. 손목과 팔도 살펴본다. 거기에도 자국만 남았다. 타오르는 숯불에 쪼인 그녀의 얼굴이 수줍음에 화끈 달아오른 것처럼 보인다.

"사장님이 약을 사다 주셨어요."

나는 그녀가 곁에 서서 구워주는 불고기를 먹는다. 같이 먹자고 권

했지만, 말치레에 머물고 만다. 그녀가 종업원 신분임을 잊지 않으려 하는 것이 불편하다.

가져간 여행가방을 그녀에게 넘겨준다. 가방 안에는 젊은 여성들의 헌 옷이 들어 있다. 어머니가 아파트 이웃들에게서 얻은 것이다. 이웃집 여대생의 유행 지난 옷도 그 안에 있다. 그것을 내게 주면서 어머니는 이것도 내가 보면 다 새거야, 맞기나 했으면 좋겠다, 라고 말했다. 그녀가 가방을 열어보기를 기다리는데 그러지 않는다. 그녀의 행동이 내 예상과 다른 것이 어색하면서도 신선하다.

"아이 생각 많이 나지요?"

그녀에게는 생각나도 참으라는 몰인정한 말로 들릴 것이다.

"아직도 젖몸살을 앓는가 봐요. 지금도 가슴을 만지고 있잖아요."

지배인이 끼어든다. 그녀의 가슴 쪽을 쳐다보려는데, 그녀는 벌써 돌아서서 등을 보이고 있다. 젖몸살을 앓으면 앓는 거지, 라고 가볍게 여기려던 마음이 무거워진다.

식사를 마친 뒤 그녀를 앞세워 그녀의 숙소로 간다. 식당 건물 뒷문 밖에 마당이 있고, 마당 건너에 또 하나의 작은 건물이 있다. 그녀는 건물 안으로 들어가 복도를 따라간다. 복도 중간쯤에 있는 나무문을 밀자 어둠이 물러나며 홑이불이 덮인 침대와 침대 머리맡에 놓인 낡은 라디오가 보인다. 방을 대각선으로 가로지른 빨랫줄에 매달린 하얀 팬티들과 브래지어도 보인다. 그녀가 또 고개를 돌린다. 낱낱이 드러나는 자신의 치부가 부끄러운가 보다. 서울 여자 같은 당돌함이나 뻔뻔함이 없다. 그녀가 여자로 느껴지는 것이 싫어 나는 얼른 숙소를 빠져나온다.

3

　　　　　푸르고 붉은 네온사인들과 가로수들도 싼리툰의 카페 거리는 해저 풍광처럼 깊고 아늑하다. 젊은이들이 물고기처럼 나무 사이를 헤집고 다닌다. 아름드리 팽나무 아래서는 여자가 남자의 목을 껴안고 뜨거운 키스를 나누는 중이다. 남자는 기타를 연주하듯 여자를 비스듬히 옆으로 눕혀 가슴에 품었다. 다른 사람들처럼 나도 그들을 힐끔거리며 곁을 지나간다. 이런 광경을 처음 보았을 때는 사회주의 국가의 도심에서 이게 무슨 짓들인가 하여 신기했다. 하지만 서울보다 더 진한 애정 표현이 이 도시에 만연해 있다는 것을 곧 자연스럽게 받아들이게 되었다.

　청스빈관으로 들어서는 계단을 오른다. 게이워옌(담배 좀 줘), 하며 누군가 내게 손을 내민다. 웃통을 벗어 어깨에 걸친 술 취한 사내다. 나도 그런 말은 알아, 자식아! 라고 말하듯 눈을 한번 흘기고 출입문을 당긴다.

　노트북을 꺼내 인터넷에 접속한다. 부장에게 이번 방북 문제도 잘 해결됐다고 보고한 뒤, 이메일을 점검한다. 탈북자돕기단체 활동가 김 선생으로부터 온 이메일이 눈에 뜨인다. 반 씨라는 교사 출신 탈북자를 소개하고 있다. 반 씨는 아내와 어린 두 자식을 데리고 지금 흑룡강성 치치하얼에 은신해 있다고 한다. 이 가족을 취재해서 가족 탈북자들의 고단한 삶을 지면에 소개해달라고 김 선생은 내게 부탁하고 있다. 후원자와 결연시켜준다면 더 바랄 것이 없다는 말도 덧붙여져 있다. 더구나 이 탈북자는 가족을 중국에 놔둔 채 혼자 공안에 잡혀 북송되었다가 얼마 전 재탈출하여 가족과 재회한 사람이란다. 그를 만나 취재하고 싶은 충동이 일어난다. 탈북자들이 송환되면 어떤 처벌을 받을까? 총살을 시킨다느니 하는 말이 떠돌고 있다. 하지만 답장을 쓰지 않고 이메일을 닫는다. 얼마 전까지만 해도 나는 그런 사람을 소개해달라고 김 선생에게 통사정하곤 했다. 그런데 지금은 내가 그런 나를 단속하고 있다.

똑똑. 방문을 두드리는 소리가 난다. 벨을 사용하지 않는 것으로 봐서 호텔 이용에 익숙하지 않은 사람 같다. 밤 8시. 진작부터 이 시간을 기다리고 있었다. 황 참사가 내게 보낸 사람이 올 시간이다. 나는 서울에서 이 사람의 전화를 받았다. 그래서 이번 출장 일정을 일부러 그를 만날 수 있는 날로 커피숍 같은 데서 만나려고 했는데, 그는 지켜보는 사람들이 있을 수 있다면서 호텔로 찾아오겠다고 했다. 탈북자인 정연화를 만난 낌새가 얼굴과 옷에 불고기 냄새와 함께 배어 있는 것만 같다. 화장실에 들어가 거울에 얼굴을 비춘다. 다른 여자를 만난 사실을 애인이 눈치챌까 봐 전전긍긍하는 표정이 거울 속에 있다.

똑똑. 노크 소리가 다시 난다. 방문을 연다. 얼굴이 시커먼 사람이 서 있다. 광대뼈가 불쑥 튀어나온 데다가 눈빛이 강렬하다. 범죄자를 쫓는 수사관 같은 인상이다.

"리인철 선생입니까?"

"네. 제가 이인철입니다."

그가 룸 안으로 들어온다. 눈동자를 빠르게 굴려 룸 안을 살핀다. 몸에 익은 습관인 듯하다.

"어느 단위에서 일하십니까?"

내가 자기가 찾는 이인철이 맞는지 거듭 확인하려는 질문 같다. 자기 이름은 대지도 않고 나에 대해서만 묻는 것이 언짢다.

"H신문에 있습니다."

"저는 오라고 합니다."

그제야 그는 자기 성만 댄다. 의례적인 악수를 나눈 뒤 소파를 가리키며 앉기를 권한다. 안심했다는 듯 그가 소파에 몸을 묻는다. 나

는 미니바로 가서 커피포트 스위치를 누르고, 인스턴트커피가 담긴
막대 봉지를 뜯는다.
　“황 참사님은 잘 계시나요?”
　“예, 일없습니다.”
　질문을 귀찮아하는 어투다. 커피잔에 끓는 물을 부어 그의 앞에 있
는 테이블 위에 놓는다. 그는 커피는 거들떠보지 않고 소파 등받이에
서 몸을 약간 일으킨다. 성질이 까칠해서 그럴까? 매너에 무신경해
서 그럴까? 들고 온 서류가방 밖으로 삐쭉 나온, 둥글게 말린 물건을
꺼낸다. 그것을 무릎 위에 올려놓고 포장을 뜯는다. 정성스런 동작이
다. 빛바랜 유화 한 폭이 나와 펼쳐진다. 이 그림이 황 참사가 도와달
라고 한 말의 단초가 될 것이리라. 나는 그림을 뜯어본다. 그림에 대
해 조예가 있는 사람처럼 찬찬히. 그렇게 해야 그가 나를 신뢰할 것
같다. 그림 속에는 열두어 살이나 될까 싶은 단발머리 소녀의 반신상
이 담겨 있다. 웃을 듯 말 듯 한 표정으로 소녀는 정면을 응시했다.
오 씨는 화가일까? 이 소녀와는 어떤 관계일까? 또 황 참사와는 어떤
관계일까? 이 그림이 황 참사가 말한 통 큰 사업과 관련이 있을까?
내가 도울 수 있는 일이라는 것이 도대체 무엇일까?
　“리쾌대 겁니다.”
　이쾌대라면 나도 이름을 들어본 적이 있는 월북 화가다. 아이를 등
에 업고 봇짐을 머리에 인 여인을 그린, 언젠가 화집에서 본 이쾌대
의 그림이 떠오른다. 일제강점기에 먹고살 수 없어 가족과 함께 고향
을 떠나는 여인이 마지막으로 고향을 돌아보는 모습이었다.
　“참사 동지께서 팔아달랍니다.”
　“이걸요?”
　뜻밖의 말에 놀라 되묻는다.
　“예.”

“황 참사님이 통 큰 사업이라며 도와달라시는 게 이것과 어떤 연관
이 있죠?”

“저는 따로 들은 말이 없습니다.”

“단지 이것을 팔아달라는 게 다라는 말씀이죠?”

“예.”

그를 멍하니 쳐다본다. 이것이 남북 관계를 개선하는 데 어떤 역할
을 할 수 있단 말인가? 북한 그림이 시중에 얼마나 흔한데, 그깟 유
화 한 폭을 가져와 팔아달라니. 값도 안 나가고, 살 사람도 없을 것이
뻔하다. 북한 그림이 남쪽에 넘쳐나는 것을 모른단 말인가? 일부러
가져온 것을 보면 비싸게 부를 텐데 어떻게 감당한단 말인가? 방북
초청장을 미끼로 이것을 내게 강매하자는 꿍꿍이일까? 북한 관리들
에게는 나라가 벌어야 할 돈 백만 달러보다 자신이 받는 백 달러 뇌
물이 더 중요하다는 항간의 소문이 빈말이 아니었던가? 그러고 보면
내가 낸 술값을 황 참사가 돌려준 것도 푼돈은 안 받아, 라고 말하듯
더 큰 돈을 우려내기 위한 술책에 불과할지 모른다.

나는 몇백 달러씩 주고 북한 그림을 몇 점 산 적이 있다. 탈북자 취
재로 중국을 오가기 시작할 때부터였다. 그림을 사면 나 혼자 그 가
치를 발견한 골동품을 손에 넣은 것처럼 매우 기뻤다. 나중에 알고
보니 그 그림들은 친구들에게 선물로 주어도 뒤통수가 근질거릴 지
경으로 값어치 없는 것이었다. 신참내기가 지불해야 하는 현지 학습
비치고는 적잖게 치른 셈이다.

이쾌대가 이름 있는 사람임은 분명하다. 하지만 이쾌대의 작품일
지라도 흔해빠진 북한 그림 중의 하나라는 사실을 부인하기 힘들다.
아무리 유명한 사람이라도 월북한 뒤에는 모두 사회주의적 사실주의
라나 뭐라나 하는 화풍에 빠졌다는 것이다. 그래서 남쪽 사람들의 감
성을 자극하기에는 역부족이라는 것이다. 일제시대 이름을 날리던

대부분의 월북 화가 작품이 고작 수백 달러에 불과했다. 오 씨가 전화를 걸어왔을 때부터, 아니 음악반주기술집에서 황 참사의 이야기를 듣던 순간부터 키워온 기대가 깡그리 사라진다. 실망이 오 씨에게 전달되어 그 또한 실망에 빠질까 봐 나는 다시 한 번 그림을 살펴보는 체한다. 그러면서도 머릿속은 온통 거절할 말을 찾기에 바쁘다.

"서울에서 만 달러 이상으로 거래될 겁니다. 이하로 팔면 안 됩니다. 더 받는 건 선생 마음대로지만, 우리에겐 만 달러만 주면 된다고 참사 동지께서 말씀하셨습니다."

도대체 정신이 제대로 박힌 사람인가? 만 달러면 천4백단 원이다. 북한 그림이 만 달러나 나간다니. 황 참사가 간이 부어도 단단히 부었다.

"북쪽 그림이 남쪽에서 넘쳐나는 건 아시죠? 내가 그림을 아는 사람도 아니고, 어떻게 파는지도 모릅니다."

나는 조금 시큰둥하게 말한다. 그의 기대를 꺾는 것이 안쓰럽다. 그가 씩 웃는다. 나를 무시하는 것이 역력하다. 어디서 저런 자신감이 나올까? 무식하면 용감하다더니.

"인사동에 가져가 보시면 알게 될 겁니다. 인수증이나 하나 써주십시오."

인사동까지 아는 것을 보면 선수들일까? 기자수첩을 한 장 찢어서 그가 부르는 대로 쓴다. 맨 뒤에는 만약 판매가 어려울 때에는 반환하겠다는, 그가 부르지도 않은 구절을 단서로 끼워 넣는다. 그 점에 대해서 그는 아무런 토를 달지 않는다. 물정도 모르는 자가 공연한 자신감을 보인다고 나는 그를 극구 얕잡아 본다. 인수증을 받은 뒤에야 그는 커피잔에 입을 댄다.

"통 큰 사업이라고 해서 별거나 되는 줄 알았습니다. 농담이셨나?"

나는 참던 말을 내뱉는다.

"참사 동지께서는 빈말을 하실 분이 아닙니다. 뭔가 있으니까니 기런 말씀을 하셨갔지요."

헷갈린다. 두드려도 열리지 않는 문 앞에 선 것처럼 답답하다.

"황 참사님도 살기가 꽤 어려우신가 봅니다."

"참사 동지 스스로 말째신 건 둘쨉니다. 챙길 식구들이 워낙 많습니다."

"직계가족이 그렇게 많다는 말입니까?"

"기건 아닙니다."

"그럼?"

"참사 동지께서는 쉐기밥일지라도 같이 나눠 먹자는 사회주의자십니다. 모두가 평등해야 한다는."

당신들도 평등이라는 말을 쓸 자격이 있나, 하는 생각이 머릿속을 스친다. 그와 함께 양 지도원이 보통강호텔 앞에서 행인을 반말로 소리쳐 쫓아내던 기억도 떠오른다. 혹시 황 참사에게 호감을 사게 해서 내 동정심을 끌어내려는 전략일까?

"아버지 장군님 밑에서 평등하자는?"

순간 그는 이마에 주름을 깊게 잡고 나를 올려다본다. 눈빛이 매섭다. 장군님한테 욕이 되는 말인지 습관적으로 헤아려보는 눈치다. 누군가에 의해 머릿속에 입력된 말만 하는 사람이 뜻밖에 감정을 드러낸 것같이 당혹감을 준다. 그가 눈빛을 죽였을 때 나는 말머리를 돌린다. 이 사람에게 말해봐야 될 일이 뭐 있을까 체념하면서.

"식구는 몇 명이나 되는데요?"

"90명쯤 될 겁니다. 우리 실정에는 만 달러가 있으면 90명이 두어 달은 버틸 수 있습니다."

"가족이 아니라면 누구죠?"

그는 묵묵히 앞만 바라본다. 90명이나 되는 사람이 다 황 참사의 부하란 말인가? 그렇다면 황 참사가 조폭? 그와 유사한 조직의 두목? 당간부가 조폭일 리는 없을 것이다.

"나라가 해야 할 일을 왜 황 참사님이 하시지요?"

"그만하기오."

그는 옷을 벗으려다가 도로 입는 사람처럼 마음을 닫으려 한다. 너무 속을 열었다고 깨닫는 것 같다.

"황 참사님이 저에 대해서 물으시는 말씀은 없으시던가요?"

"참사 동지께서는 선생의 활동 소식을 대체로 알고 계십니다. 선생이 쓴 기사를 다 보시거든요."

황 참사도 내게 그렇게 말한 바 있다. 신문에 나지 않는, 이런 날의 내 심정도 그가 알았으면 좋겠다는 생각이 든다. 오 씨는 남은 커피를 후루룩 한입에 삼킨다.

"돈이 마련되면 이 주소로 연락해주십시오. 참사 동지께서 사용하시는 이메일입니다. 거기에 중국에 오시는 날짜도 같이 적어주십시오."

오 씨가 내게 중국 인터넷 사이트의 이메일 주소가 적힌 메모지를 건네며 일어선다.

"중국 전화번호를 주면 연락이 편리할 텐데요?"

"전 중국에 주재하지 않습니다. 용무가 있을 때만 공무출장을 나옵니다."

"평양에서는 이메일을 받을 수 없을 텐데."

"중국에 나오는 사람들을 시켜서 받습니다. 저도 가끔 나오는 편이고요."

"그림을 못 팔면?"

"기런 일은 없을 겁니다. 만약에 기런 일이 생기면 선생이 인수증에 덧쓴 것처럼 그림으로 돌려주십시오."

말과는 달리 나는 어떤 일이 있더라도 그림을 팔아주어야겠다고
마음먹는다. 황 참사가 남을 돕기 위해 이런 짓을 하고 있다는 말이
가슴을 이미 축축하게 적셨기 때문이다. 설령 그가 나를 이용하고 있
다고 해도 그가 내 방북을 돕고 있는 한 그림 하나 팔아주는 것은 어
려운 문제가 아니다.

오 씨는 문을 열고 복도를 살핀다. 내 배웅을 가로막으며 그는 복
도의 어둠 속으로 총총히 사라진다.

4

　　　　　　40도짜리 백주가 목을 얼얼하게 적신다. 석쇠
위에서는 쇠고기와 함께 생오징어가 익어간다. 오 씨와 헤어진 직후,
나는 첸먼에 있는 삼천리식당을 찾았다. 늦은 밤이어서 모처럼 최 노
인과 마주 앉아 술을 한잔 나눈다. 최 노인은 영업이 끝난 시간에나
술을 마신다.

"북조선 동해에서 잡아 온 거야. 어이 먹어."

술잔을 내려놓기 무섭게 그는 말랑말랑하게 구워진 오징어를 내
접시에 옮겨놓는다. 한국에 가면 쌔고 쌘 게 오징어예요, 그것도 다
동해산이라고요, 라는 말이 튀어나오려는데 꾹 누른다. 그놈이 그놈
인데 그는 북한 물건이면 무엇이든 귀하게 여긴다. 북한 물건에서 느
끼는 향수와 조국애 때문에 그것을 선호할 것이다. 그는 식당에 북한
산이 들어온 것이 있으면 내가 좋아하고 안 하고 상관하지 않고 내게
는 무조건 북한산을 내놓는다. 그와 마주 앉으면 그에게서 늘 시골
아저씨 같은 정이 느껴진다.

"왜 정연화를 도와주는 거지?"

그가 묻는다.

"불난 집을 보면 꺼야 한다고 하셨잖아요. 일단 *끄고* 봐야 하지 않겠어요?"

"어찌 다른 집 불은 안 *끄고*? 자네가 탈북자를 한둘 만난 게 아니잖아?"

"땅굴에 간 게 잘못이라면 잘못이죠."

그는 눈웃음을 친다. 내가 정연화를 다른 탈북자들보다 각별히 동정하고 있는 것을 잘 안다는 듯하다. 긍정도 부정도 할 수 없어서 머뭇거린다.

"북경에도 탈북자가 들어와 있더라고."

나는 다소 놀란다. 탈북자들이 빠른 속도로 중국 전역으로 스며들고 있다는 사실을 새삼 깨닫는다. 동북 지역에만 있는 줄 알았는데, 어느새 북경까지 진출한 모양이다.

"들어봐. 북한대사관 직원 둘이 얼마 전 불고기 한번 실컷 먹어보자며 우리 식당으로 찾아왔어. 그래서 식사를 대접했지. 그 사람들이 돌아갈 때 배웅하려고 식당 문 앞까지 따라 나갔는데, 꼬마 하나가 그 사람들에게 다가왔어. 아저씨, 조선에서 왔는데 10원만 주십시오. 그 사람들이 모르는 척하고 가려니까 아이는 옷소매까지 붙잡고 따라가며 조르더라고. 한국 사람인 줄 알았는가 봐. 가슴에 단 휘장을 미쳐 못 본 모양이야."

나는 고개를 *끄*떡인다.

"그들이 나를 흘끔거리며 거북스러워하더군. 아는 척할 수도 없고, 모르는 척할 수도 없었어. 식당으로 들어와 창문을 통해 가만히 지켜보았어. 내가 없는 걸 알고서 소매를 붙잡힌 사람이 돈을 꺼내주더라고. 그러고는 아이에게 뭐라 말하더군. 나는 나라 망신시키고 다닌다고 따귀라도 때리지 않을까 걱정했지. 원래 그런 사람들이니까. 그래서 나도 정연화에 대한 내 마음을 돌려먹었어."

“어떻게요?”

“더 들어봐. 그 사람들도 다 사람으로서 정이 있는 거야. 나라 말만 맹목적으로 따르는 것 같아도 사람으로서 할 도리는 안다고. 내 앞에서는 탈북자가 다 배신자니까 공안에 신고하라고 말했지. 겉하고 속이 영 달랐어. 그래서 나도 이젠 정연화에게 더 따뜻하게 대해주어야겠다, 이해해야겠다, 이렇게 결심했어.”

그가 백주잔을 들어 입을 적신다.

“그런 사람도 다 있군요.”

“아이가 대사관 사람들의 뒷모습을 멍하니 바라보고 있더라고. 돈을 준 사람이 자기네 조선 사람이란 걸 뒤늦게 안 거야.”

“정연화를 북한으로 돌려보내지 않으실 건가요?”

“응. 자네가 서울로 데려간다면 내가 도와줄 테야.”

말속에 함정이 숨어 있을까 봐 조심하며 듣던 중이다. 나는 눈을 키운다. 고맙다고 해야 할까? 화를 내야 할까? 농담일지라도 정연화를 평양으로 돌려보내겠다는 말을 하지 않는 것이 무척 고맙다. 하지만 서울로 데려가라는 말은 정도를 넘어선 주문이다. 지금처럼 조금 도와주는 척하는 것도 나로서는 벅찬 일이다. 이 양반이 국경을 넘는 걸 장난으로 아시나?

“뭐 그런 희한한 조건을 붙이세요?”

“그럼 중국에다 놔둘 테야? 그동안 그 처자를 요해해봤는데, 그만하면 괜찮아. 가정교육이 잘된 처자야. 한국에 손해 끼치며 살진 않겠어. 자네가 무조건 데려가.”

말을 다 듣기도 전에 화부터 낼 필요는 없다. 그가 무엇을 어떻게 도와주겠다는 것인지 나는 들어나 보자는 심정이 된다.

“여권을 만들어줄게. 한국 비자는 자네가 해결해.”

“그 여자는 신분증만 만들어달라고 했어요. 신분증 들려줘서 중국 사람 만드는 게 쉽잖아요?”

“그 나이 먹도록 중국말을 하나도 못 하는 중국 사람이 어딨어? 아직도 내 말 못 알아들어?”

술자리가 파한 뒤 식당에서 나왔다. 천안문광장 쪽을 향해서 천천히 걷는다. 바람이 서늘하다. 탈북자돕기단체 활동가 김 선생이 소개한 탈북자 반 씨가 떠오른다. 10월이 오면 저 북쪽 하늘 밑 치치하얼엔 눈보라가 몰아칠 것이다. 거기서 반 씨는 긴긴 밤 쭈그리고 누워 오라는 곳 없는 겨울을 한탄할 것이다. 자신의 몸도 주체하기 쉽지 않을 텐데, 아내와 자식까지 딸렸으니 얼마나 막막할까? 나는 왜 정연화와 그를 차별할까? 정연화는 북경까지 데려왔으면서 반 씨 가족은 왜 만나기조차 꺼리는 걸까? 방북을 위해 더 이상 탈북자를 만나지 않으려는 이기심 때문일까? 단지 그것 때문에 반 씨는 내게서 냉대를 받아야 하는 걸까? 기자는 말이야, 불이 났다고 외치는 사람이지 불을 끄는 사람이 아니야, 라고 나는 중얼거린다.

꽤 취했는가 보다. 정신을 차리려고 고개를 살래살래 흔든다. 호텔로 돌아가기 위해 택시를 잡아탄다. 정연화가 생각 이상으로 내게 단단히 묶여지는 것이 못마땅하다. 이쾌대 그림은 또 뭔가? 진흙탕 길에서 구두에 진흙을 덕지덕지 묻히고 다니는 기분이다. 취재와 관계없는 일에 시달리는 내가 한심하다.

5

가을이 성큼 다가왔다. 시야가 훤히 트이고 대기가 상쾌해졌다. 미술평론가로 이름을 날리고 있는 대학 선배를 그가 강사로 있는 대학으로 찾아갔다. 미술대학 건물 모퉁이에서 남녀 학생이 팔짱을 끼고 걷고 있다. 정연화가 생각난다. 그녀에게도 저런 시절이 있었을까? 장군님만을 모시고, 장군님의 충직한 전사로 살아야 한다고 외치던 날도 있었을 테지만, 가을 햇볕이 내리쬐는 캠퍼스에서 남학생의 눈길을 느끼며 즐거워하던 순간도 있었으리라.

선배의 학과사무실로 들어선다. 그의 책상 위에 가져간 이쾌대의 소녀상을 펼쳐놓는다. 선배는 그림을 바라보며 말을 아낀다. 전화로 북한 그림을 가지고 가겠다고 할 때부터 그는 탐탁하게 여기지 않았다. 북한 골동품은 99프로 가짜야. 현대회화는 진품이든 뭐든 너무 흔해빠졌고, 똥값이라고. 그는 그렇게 내 기를 죽였다. 그런 그가 그림을 봐주는 것만도 고마울 지경이다. 찾아온 후배에 대한 성의 표시일 것이다. 이윽고 그가 서가로 다가가서 책 한 권을 뽑아 온다.

"『조선미술가편람』이라는, 북한에서 발행한 책이야. 여기 좀 봐."

그가 펼친 곳에 '리쾌대'라는 이름이 보인다. 거기에 내가 가져온 것과 같은 〈소녀〉란 제목의 그림 사진이 실려 있다.

"그나마 이걸 베꼈다는 말인가요?"

"아니. 진짠 거 같아."

못 팔게 돼도 왜 못 팔았는지에 대한 이유를 알 필요가 있다. 황 참사에게 설명을 해주어야 할 테니까. 다시는 이런 소소한 일에는 신경쓰지 말라고 쐐기를 박아야 할 테니까. 그래야 내가 진정 마음을 내서 도울 수 있는 좀 더 근사한 일을 도모해보라고 설득할 수 있을 테니까. 그의 다음 말을 기다린다.

"돈 좀 되겠어."

"농담하지 마시고."

비웃는 듯한 말에 나는 다시 한 번 기가 꺾인다.

"앉아봐."

선배는 그때야 내게 자리를 권한다. 우리는 회의용 탁자를 마주하고 앉는다.

"북한 그림은 우리의 정서에 맞지 않아. 용해공(용광로를 다루는 노동자)이 일하는 모습, 자연 풍광, 전투 장면, 국가적 기념물, 이런 것이나 그리니 모두 우리 정서에 맞지 않는, 이발소에 걸면 알맞은 그림들이 되는 거야. 너무 흔해서 희소성도 없고. 어떤 대북 사업가는 거래 대금 대신 북한 그림을 한 컨테이너나 받아 왔대."

"이것도 이발소에 걸면 딱 어울리겠네요."

체면이라도 차리려고 그의 말을 거든다.

"북한 현대회화 중에 값이 나가는 게 있기는 해. 일제 때 선전(조선미술전람회)에서 입상하거나, 해외에서 공부해 이름을 날린 화가들이 60년대 이전에 그린 작품이 여기에 해당하지. 북한 화가들은 60년대에 주체미술을 주창하면서 화풍을 사회주의 리얼리즘도 아니고 뭐도 아닌, 이상한 걸로 바꿨거든. 그 주체미술의 영향하에서 그린 작품들이 지금 한국에 흘러 다니는 북한 작품의 대부분이야. 그래서 우리 정서에 안 맞는 거야. 하지만 60년대 이전 작품은 우리 정서와 별로 다르지 않아 화상들이 값을 쳐주는 편이지."

그의 설명에서 희망이 조금은 있다는 점을 느낀다. 이쾌대는 일제 때 일본 유학을 했다. 선전에서 입상한 경력도 있다. 『조선미술가편람』에는 〈소녀〉가 59년에 그려졌다고 적혀 있다. 거참! 아직은 안심할 수 없지만, 얼굴에서 웃음이 스르르 피어나려 한다. 그의 갈에 더 바짝 귀를 세운다.

"내가 아는 화상을 소개해줄게. 나중에 술 한잔 사."

그럼 그렇지, 하고 반기다가 나는 이내 새로운 걱정에 휩싸인다. 이것이 팔려서 푼돈 몇 푼 받게 되면 오히려 더 골치 아플 일이 생길지도 모른다. 황 참사가 너무 싸게 팔았다고 우기면 그가 받기를 희망했던 금액과의 차액은 고스란히 내가 뒤집어쓸 가능성이 크다. 차라리 그에게 그림을 반환하고 돈을 좀 챙겨주면 생색이라도 낼 수 있을 것이다.

　선배는 마장동의 화상에게 전화를 건다. 화상은 자기도 가지고 있는 『조선미술가편람』을 찾아보겠다고 한다. 화상은 전화를 끊었다가 잠시 후 전화를 걸어온다. 그때까지 나는 꼬여만 가는 일을 걱정한다. 선배는 통화 중에 손가락 두 개를 펴서 내 의사를 묻는다.

　"고작 2백만 원? 안 돼요. 그럴 바에는 그냥 돌려주자고요."

　나는 시무룩해져 고개를 내젓는다. 선배가 송화기를 손으로 막고는 2천만 원이면 적게 쳐주는 것이 아니라고 말한다. 뭐? 2천만 원? 나는 얼굴을 활짝 편다. 그리고 고개를 크게 끄덕인다.

제4장
마이 웨이

1

　　　　황 참사가 양 지도원과 함께 전처럼 공항 청사 계단에 서서 우리를 향해 손을 흔든다. 눈에 익은 얼굴과 몸집으로 우리는 즉각 그들을 알아보고 마주 손을 흔든다. 비행기 트랩을 내려간다.

평양이 다시 한 번 우리에게 문을 열었다. 서울을 떠나기 전 편집국장은 가당찮은 기대까지 걸었다. 김정일 국방위원장 인터뷰를 추진해봐. 세계 최초의 인터뷰일 뿐만 아니라 세계적인 특종이 될 거야. 며칠 전 김정일 총비서가 국방위원장에 추대되었기 때문에 한 말이었다. 누군 할 줄 몰라서 안 하나요? 나는 볼멘소리로 대꾸했다.

황 참사와 양 지도원이 청사 계단 밑까지 내려와 무겁지도 않은 우리의 손짐들을 받아 든다. 황 참사와 나는 혈육을 다시 만난 것처럼 굳게 악수를 나눈다. 남들이 알 수 없는 교감이 마주 잡은 손을 타고 흐른다.

그런데 황 참사는 만수대 언덕 김일성 주석의 동상을 참배하고 나서 돌아가겠다고 한다.

"내가 계속 안내를 맡지 못할 우리 내부 사정이 생겼소. 체류하는 중에 우리 둘이 만날 수 있도록 조직하갔으니 그때 보기오."

그가 돌아간 뒤, 양 지도원은 지난번 방문 때 황 참사가 우리 안내를 맡은 것은 자기네 의전 관습으로는 잘못된 것이라고 말한다. 기자 정도를 상대하기엔 격에 맞지 않는 분이라나.

"지난번 불경 사건까지 무마시키고, 이번에도 일부러 공항까지 마중 나온 것을 보면 리 선생 일행에 대한 참사 동지의 배려가 각별한 것 같습니다."

그가 무엇을 몰라도 한참 모른다.

2

　　　　　우리는 고려호텔 뒤뜰에 마련된 식탁에 둘러앉
았다. 여장은 보통강호텔에 풀었지만, 저녁 식사를 위해 인근 고려호
텔로 온 것이다. 북한에서 가장 큰 호텔이라서 구경을 겸했다. 귀뚜라
미 소리가 요란하다. 하늘에선 보름달이 부지런히 구름을 헤쳐 간다.

　양 지도원은 소고기, 돼지고기, 오리고기 각 7인분, 모두 21인분의
불고기를 주문한다. 그를 포함한 안내원 둘, 운전기사 하나. 우리 일
행 넷, 모두 일곱 명이니까 1인당 3인분씩이나 시키는 셈이다. 지난
번 왔을 때도 가끔 음식을 과도하게 시키는 것을 보고 우리는 놀랐
다. 안내원들이 모처럼 포식하려나 보다 해서 모르는 체했다. 종류가
다른 고기를 섞어 시키는 것도 남쪽 사람의 취향에 맞지 않는 일이
다. 지금 생각해보니 그때마다 황 참사의 표정이 일그러지곤 했다.
그러지 말라고 말리는 사인이었을 것이다. 지금은 눈치 볼 사람이 없
으니 양 지도원이 막 시킨다.

　"그걸 어떻게 다 먹습니까? 주문을 좀 줄입시다."

　고 기자가 배 터지겠다고 구시렁대다가 입을 연다. 그가 과음하지
못하도록 나는 그에게 우리 일행의 회계를 맡겨놓았다.

　"그 정도는 먹어야 하지 않습니까?"

　양 지도원이 대꾸한다. 사내들의 양이 왜 그리 적냐고 지청구를 하
는 듯하다. 먹는 것 가지고 야박하게 구는 것이 미안해진다. 나는 이
번에도 양 지도원이 주문한 대로 놔두자고 고 기자에게 눈총을 보낸
다. 그러면서 안내원들이 듣지 못하게 작은 소리로 말한다.

　"45층짜리 쌍둥이 빌딩이 텅 비었잖아. 매상을 올려달라는 말이라
구."

　45층짜리 쌍둥이 빌딩은 고려호텔을 말하는 것이다. 거대 호텔이
라서 유지비도 만만치 않을 것이다. 고려호텔도 보통강호텔과 마찬

가지로 투숙객이 거의 없다. 커피숍, 식당, 만장(스카이라운지) 모두 썰렁하다. 그러니 매상을 올려주어야 하나 보다 여기는 것이다.

석쇠에서 고기가 지글지글 익는다. 소 기자는 식탁에 놓인 룡성맥주 맛에 반한 모양이다. 맥주를 연거푸 들이켠다.

"이런 맛있는 맥주를 왜 수출 안 하는지 모르겠어요."

"우리 먹을 것도 없는데 수출은 무슨 수출?"

양 지도원이 소 기자의 말을 퉁명스럽게 받는다. 빈말일지라도 그렇게 대꾸하는 것이 무척 낯설다. 경쟁력 있는 좋은 상품은 수출해서 돈을 벌어야 하는 것이 우리들의 상식 아닌가.

"쯧쯧, 이런 일꾼들을 믿고……."

고 기자가 끼어든다. 또 장군님을 거론할까 봐 나는 깜짝 놀란다. 소 기자가 재빠르게 그의 말을 가로막는다.

"맛있는 건 남 못 준다는 말이네요. 인민들부터 먹여야 하는 게 주체사회라는 뜻인가요?"

고 기자가 알아채고 입을 다문다. 두 번째 왔다고 말들이 많이 늘어났다. 이것저것 참견도 하고, 화장하지 않은 민낯으로도 충분히 아름다운 접대원들에게 농도 건네면서 고기를 먹는다.

식사가 끝나고 식탁에서 물러나는데, 카운터 쪽에서 큰 소리가 들린다. 고 기자 목소리 같다. 가슴이 철렁 내려앉는다. 나는 잰걸음으로 카운터 쪽으로 다가간다.

"12인분밖에 안 나왔다니까."

고 기자가 회계원 아가씨에게 식대를 따지고 있다. 그와 계산대를 사이에 두고서 회계원은 억울해 죽겠다는 표정으로 서 있다. 별일 아닌 것에 나는 안심한다. 큰소리치지 말라고 고 기자의 등을 툭툭 친다. 내가 개입할 상황은 아니어서 딴짓을 하는 척하며 두 사람의 대화에 귀를 열어둔다. 회계원의 손에는 소설책이 들려 있다. 지금까지 보고 있던 것인가 보다. 펴는 쪽의 두 귀퉁이에 두껍게 보풀이 일어났다. 내 어린 시절 보고 또 보던 만화책들처럼 너덜너덜하다.

"야아, 21인분이 나갔으니까니 21인분이라고 하지요. 우린 거짓말할 줄 모릅니다."

"내가 접시를 다 세어봤대도."

양 지도원이 무슨 일인가 해서 다가온다. 상황을 알아채고서 우리가 서울내기들이라 의심이 많다고 회계원을 거든다.

"서울내기들도 이렇게 치사한 짓은 안 해요. 그럼 가봅시다. 식탁에 고기 접시가 그대로 있으니까. 세어보면 알 것 아녜요?"

회계원은 억울해 죽겠다는 표정과는 달리 식탁으로 가려 하지 않는다. 대신 하소연하듯 양 지도원을 쳐다본다. 무슨 말이든 해명해달라고 그에게 강렬한 눈빛을 보내고 있다. 고 기자가 12인분으로 계산한 돈을 그녀에게 내민다. 그녀는 받지 않는다. 그녀의 눈길은 줄곧 양 지도원에게 꽂혀 있다. 양 지도원이 에라, 모르겠다는 듯 슬그머니 자리를 피한다. 고 기자가 돈을 계산대에 탁 소리가 나게 놓고 돌아서려 한다.

"아니, 이러면 어쩝니까?"

고 기자가 정말 돌아선다.

"나머지는 운전기사 동지가 다 가져갔단 말입니다."

다급해진 그녀가 소리친다.

"뭐야? 운전기사가 혼자서 9인분을 다 먹어?"

고 기자가 몸을 돌려 그녀에게 묻는다. 턱도 안 닿는 소리 하고 자빠졌네, 하는 다음 말이 그녀에게 들리지 않을 정도로 새어 나온다. 운전기사는 우리보다 일찍 식사를 마치고 식탁을 떠났다. 나는 그녀의 책에서 눈길을 뗀다.

"고 기자, 그러지 말고 다 줘."

고 기자가 나를 흘겨본다.

"선배가 책임질 테야?"

내가 고개를 끄덕인다. 고 기자가 마지못해 지갑을 열어 나머지 돈을 계산대 위에 올려놓는다. 울상이 된 접대원이 비로소 얼굴을 편다. 나는 고 기자와 함께 로비에서 기다리는 일행에게 향한다.

"그러니까 운전기사가 고기를 빼돌렸다는 거죠?"

고 기자가 묻는다.

"그렇지 않으면 어디 갔겠어?"

"우리를 졸로 보았네요."

"안내원들과 나눠 먹겠지."

"이 비싼 특급호텔 음식을?"

"모르는 척해."

황 참사가 아랫사람들의 식량을 조달해주고 있다는 말을 들어서일까? 가슴이 더없이 먹먹해진다.

"회계원의 계산이 맞지요? 칼 같은 애들인데 괜한 시비를 걸고."

로비에서 기다리던 양 지도원이 우리에게 묻는다.

"뻔뻔한 자 같으니라고."

고 기자가 시부렁거리며 양 지도원에게 눈을 흘긴다.

3/

　　　　바람이 목덜미로 파고든다. 차갑다. 버드나무에서 나뭇잎들이 우수수 떨어진다. 낙엽을 밟는 푹신한 감촉이 구두 밑에서 느껴진다. 황 참사는 보통강 변을 따라가다가 청류관에서 오른쪽으로 꺾는다. 어디로 가는지 알 만하다.

그동안 우리는 을밀대 등 고구려 성터와 중앙역사박물관, 대성산

광법사, 안악궁터, 단군릉, 동명왕릉 등지를 둘러보았다. 나는 이제나저제나 황 참사가 나를 찾기를 기다렸다. 평양을 떠나기 사흘 전에야 그가 찾아왔다. 호텔 로비의 어둠 속에서 그는 나를 지난번처럼 기다리고 있었다.

챙겨 온 돈 봉투를 그의 손에 찔러준다.

"만 3천 불입니다."

이쾌대 작품 값 2천만 원을 달러로 환산한 금액이다. 몇백 불이 남지만, 그 돈으로는 판매를 주선한 선배에게 술을 샀다.

"약속대로 8천 달러만 주면 되오."

"약속대로라면 만 달러죠. 저는 그림 장사해서 돈 벌 생각이 없어요."

"오 동무가 만 달러라고 했소?"

"네."

그가 걸음을 멈추고 뒤돌아본다.

"확실하오?"

"그렇지 않고요."

"그 동무가 물정을 좀 안답시고 한 푼이라도 더 받아내려고 했는가 보오. 거래를 야박스레 하면 안 되는데……."

그가 돌아서서 가던 길을 간다. 오 씨에 대한 불만을 내 앞에서 다 드러낼 수 없어 어정쩡하게 마무리 짓는 것 같다. 오 씨의 잔뜩 그늘이 진 얼굴이 떠오른다. 그가 2천 달러를 떼먹으려 했을까? 그는 그림을 팔면 중국에서 만나자고 했다.

"기림 만 달러만 주시오. 나머지는 선생이 쓰시오. 한두 번 하고 말 거 아니오."

목소리에 단호함이 실렸다. 돈 봉투가 내게 돌아온다. 돈 욕심 없는 사람이 어디 있을까? 남는 3천 달러면 내 한 달 봉급이다. 결혼 전에 전셋집 얻을 자금을 마련하기 위해 나는 적금을 붓고 있다. 퇴근 후 친구들과 어울리는 데도 이것저것 재야 하는 처지다. 정연화의 여권을 만들겠다는 최 노인에게도 돈이 필요할 것이다. 나는 여권 대신 중국 신분증을 만들기를 원하지만. 이 돈이면 여권이든 신분증이든 그것을 만드는 비용으로도 넉넉할 것이다. 달빛이 길을 드러내고 있다. 길 위에서 나뭇가지 그림자가 잔물결처럼 하늘거린다.

황 참사가 마침내 걸음을 멈춘다. 그가 음악반주기술집 문을 열자 예전처럼 안에서 빛이 왈칵 쏟아져 나온다. 양장 여성이 안면이 있다고 나를 술집 여자 특유의 과장된 웃음으로 맞는다. 황 참사에게 술을 내놓는 데 인색하던 지난번 모습과 다르다. 돈 냄새를 맡은 여유 같다고나 할까. 외상값을 받아내기 위해서 이 날을 기다렸는지도 모를 일이다.

우리는 룸으로 들어간다. 경희를 옆에 앉히고 헤네시를 딴다. 모두 전과 다름없는 절차다. 값비싼 양주를 마실 필요가 없다고 하는데도 황 참사가 손님 대접을 그렇게 하면 안 된다면서 우긴다. 내가 그의 사정을 안다고 여겨서 더 그러는 것 같다.

주크박스에서 〈마이 웨이〉가 낮은 톤으로 흘러나온다. 프랭크 시나트라가 담담히 토로한다.

I've lived a life that's full

난 충만한 삶을 살았고

I traveled each and every highway

정말 많은 것을 경험하며 돌아다녔지만

And more, much more than this

그보다 훨씬 더 굉장했던 건

I did it my way

난 늘 내 방식대로 살았다는 거야

"이 노랠 좋아하나요?"

황 참사와 잔을 부딪치면서 묻는다.

"많이."

"영국에서는 장송곡으로 불린다던데요?"

"기래서 더."

장송곡이란 말이 나와서 그런지 그의 눈가에서 비장미 같은 것이 언뜻 비친다.

"무슨 사연이라도 있나요?"

그가 피식 웃는다. 속을 감추는 버릇이 또 도졌는가 보다. 하긴 도지고 말고 할 것도 없이 늘 그런 식일 것이다. 내가 만난 북한 사람들 대부분이 한결같이 속을 보여주지 않는 데 익숙해 있다. 심지어 도와달라고 애걸하는 탈북자들조차 속을 털어놓지 않는다. 감시가 일상화된 사회의 병폐일까?

그가 〈마이 웨이〉를 좋아하는 이유에 대해 나는 나름대로 추리한다. 인생을 후회 없이 살아야 한다는 의지를 다짐한다? 아니면 자기네 식대로 살자고 다짐한다? 그것도 아니면 세월이 어지러우니 흔들릴 수밖에 없는 마음을 다잡는다?

"자, 쭉 내기오. 수고했소."

잠깐 생각에 잠긴 나를 그가 일깨운다. 그는 전처럼 술을 한입에 털어 넣는다. 자신을 추스르려는 행동처럼 단호한 데가 있다.

"아까 그 봉투 이리 주시오."

봉투를 받더니 돈을 꺼낸다. 경희가 눈을 번쩍 뜨더니 곧 황 참사에게 안주를 집어 주면서 무관심한 척한다. 황 참사가 백 달러짜리 지폐를 한 장 한 장 센다. 딱 30장째에서 떼어내 반 접어 자기 쪽의 내 바지 포켓에 쑤셔 넣는다.

"윈윈해야 일이 된다니까니."

일을 할 줄 아는 사람의 처세일까? 아니면 사내다운 허세일까?

"국가적인 대사업을 하고 나서 받으면 안 될까요?"

그가 지난번에 말한 통 큰 사업을 나는 일부러 국가적인 대사업으로 바꿔 말한다. 그가 슬쩍 미소를 흘린다. 그 문제에 대한 뒤틀린 내 심사를 읽었을까?

"이제부터요."

엉? 따로 무엇이 있긴 있다. 그것도 국가적 대사업이 맞는가 보다. 잠자던 가슴이 다시 뛴다. 국가적 대사업이 기다리는 마당에 단돈 3천 달러에 눈을 판다는 것이 내키지 않는다. 돈이 들어 있는 포켓을 만지작거리며 다시 꺼내놓을까 망설인다.

"딸린 식구가 많다던데요?"

"오 동무가 그런 말도 했소? 가벼운 놈."

"식구는 부하들을 말하는 겁니까?"

"사회주의 대가정이란 말을 모르시오? 우리 조선 인민은 모두 한 아버지를 모시고 한 가정에 사는 거나 마찬가지요. 자, 자, 술 냅시다."

질문이 성가신 모양이다.

"굶는 가족을 보살펴야 하는 처지에 술은 무슨 술?"

그가 멋쩍게 히쭉 웃는다.

"동업자를 잘 대접해야 하는 거 아니오? 내가 오늘은 소식을 하나 알려주려고 했는데, 선생이 정신을 딴 데다 파니까니 기런 맘이 슬슬 없어지고 있소."

이렇게 이것저것 캐묻는 것도 챙겨 갈 것이 뭐 없나 살피는 속셈이기도 한데, 아예 내주겠다니 반갑다. 하지만 나는 이제 무엇을 좀 아는 사람이 되었다. 이 사람들의 입이 무거운 것이 생존본능이라는 점을 깨달은 것이다.

"정말 기사가 되는지 보겠습니다. 내놔보세요."

그가 내 잔에 자신의 잔을 부딪친다. 쨍강! 울림이 경쾌하다.

"먼저 할 일이 있소. 우리 의형제를 맺읍시다. 이번 일 처리하는 걸 보고 선생이 더 맘에 들었소. 내가 다섯 살 위요. 선생이 아우 하시오."

"저는 참사님에 대해 아는 것이 아무것도 없잖습니까?"

"처음부터 어찌 다 알겠소. 형제 삼고 지내다 보면 알게 될 것 아니오? 북남 간에도 마찬가지요. 서로 재고 따지는 것보다 가슴부터 열면 이해가 쌓이는 것 아니오? 기래야 통일도 될 테고."

"어느 정도는 알아야 가슴을 열 것 아닙니까? 창녀처럼 무턱대고 열 수는 없잖아요?"

나는 말로는 부정한다. 하지만 친형에게 투정을 부리듯 말하여 실제로는 수락하고 만다. 경희가 그런 중요한 약속은 손가락을 걸어야 한다며 끼어든다. 우리는 그녀가 가르쳐주는 대로 새끼손가락을 걸고 엄지손가락을 맞댄다. 그러고 보니 남쪽 아이들이 하는 식이다. 북한 사람들은 의형제를 맺으면 친형제처럼 여긴다던 말이 기억난다. 장난기 어린 사소한 의식이지만, 손가락을 잘라 피를 나눠 마신 것처럼 분위기가 엄숙하다. 그가 조금씩 진심을 보이고 있다.

곁에 둔 가방에서 그가 뭔가를 꺼낸다. 호텔에서 만났을 때부터 그는 손에 서류가방을 들고 다녔다. 가방에서 나온 물건은 둘둘 말린 족자다. 그가 족자를 든 손을 치켜들자, 족자가 아래로 쫙 펼쳐진다. 내가 살필 겨를을 주려는 듯 잠시 들고 있다. 추사 김정희의 필체가 확연하다. 바라던 기삿거리는 아니다. 그렇다고 국가적인 대사업이라고 여기기도 어렵다. 그는 그것을 둘둘 말아서 가방에 도로 넣는다. 그러고는 가방째 내게 내민다.

"마침 아우가 오는 시점에 맞춰 준비가 됐어. 이번엔 좀 커. 8만을 받아줘."

그는 반말을 하기 시작한다. 이 순간을 기다렸던 듯 친동생에게 하는 반말처럼 자연스럽다. 나도 홀가분함을 느낀다. 하지만 추사 글씨를 받은 것만은 마음이 편치 않다.

"정말 문화재 밀매꾼이라도 된 기분이네요."

"기렇지 않았던가?"

우리는 마주 보며 웃는다. 그는 멋쩍어 웃는지 모르지만, 나는 밀매꾼이 되어가는 내가 기가 차서 웃는다. 그가 경희에게 눈짓을 한다. 그녀가 문밖으로 나간다. 내게 기삿거리를 줄 시간이 된 것일까? 비로소 국가적인 대사업을 털어놓을 시간이 된 것일까? 그는 지난번엔 그녀가 곁에 있는 것을 개의치 않고 하고 싶은 말을 했다. 그녀를 내보낸 것은 그만큼 비중이 큰 이야기라는 것일까? 그의 입이 열리기를 기다리는데, 그는 안주로 나온 마른 명태를 느긋하게 씹고 있다.

"기삿거릴 준다고 했잖아요."

목에 차오른 말이 방정맞게 튀어나온다.

"소식을 알려준다고 했을 뿐이야."

"그 말이 그 말이죠. 말해봐요."

"지금 말이야, 금강산 관광이 중단됐어. 걱정이 이만저만이 아니라구."

그럼 그렇지. 제대로 된 소리가 나온다. 하지만 선뜻 믿어지지 않는다. 시작한 지 얼마 되지 않은 남북 최초의 협력 사업 아닌가. 더구나 김정일 국방위원장이 직접 지시해 추진한 사업이다.

"그저께 오후에 관광객 에미나이 하나가 금강산에 있는 우리 측 환경감시원에게 귀순 공작을 했단 말이야. 탈북자들이 남쪽에 들어와 잘산다, 환경감시원에게 이렇게 말했다는 거야. 환경감시원이 그 말을 기냥 들어줄 수 없으니까니 귀순 공작을 한 걸로 취급해 에미나이를 붙잡아 놓은 거란 말이야."

구체적인 상황을 들으니 이해가 간다. 기삿거리라는 흥분보다 당신네가 하는 짓이 그렇지, 하는 실망감이 앞선다.

"그래서요?"

"남쪽 대통령이 나서서 관광을 중단하라 명령했어. 억류 관광객 석방과 재발 방지를 약속할 때까지 관광을 중단한다는 거야."

정신을 가다듬는다. 그가 지금까지 말한 것만으로는 기사가 될 수 없다. 이미 남쪽 언론에 다 나온 이야기일 것이다. 언론은 지금쯤 관광객의 현재 상태와 북한 측의 신병 처리 방침에 대해 초미의 관심을 보일 것이다. 우리 회사도 지금 내게 그것을 파악하도록 지시하지 못해서 안달이 났을 것이다. 더구나 나는 지금 남쪽 기자로서는 유일하게 평양에 들어와 있지 않은가. 무슨 수를 쓰더라도 억류된 관광객을 직접 만나고 싶은 욕망이 굴뚝같이 일어난다.

"이 사건이 터졌기 때문에 아우한테 늦게 찾아온 거야. 이제야 사건 처리 방침이 섰거든."

"어떻게요?"

"관계 부문에서 조사가 끝나는 대로 석방한다, 조사는 앞으로 3, 4일을 더 넘기지는 않는다, 이렇게."

"그렇게 발표했나요?"

"아우가 이 소식을 처음 듣는 남쪽 사람이 된 거야. 어차피 인츰 알려질 거니까 서울에 도착하자마자 기사를 쓰려면 쓰라우. 내가 알려줬다는 말은 빼고. 지금 남쪽 신문들은 석방을 하기나 할 건지 밝히라고 아우성을 치고 있어."

"이런 일도 형 담당입니까?"

"통전부에서 다루는 대남 사업은 대부분 내 손을 거쳐 가지."

"억류된 관광객을 만나게 해줄 순 없나요?"

대답 대신 그는 테이블 위에 있는 리모컨을 들어서 주크박스의 음량을 키운다. 시나트라는 난 내가 해야 할 일을 했었고, 한 치도 예외 없이 그것을 끝까지 해냈지, 라고 노래하고 있다. 노랫소리로 인해 우리의 대화는 동강 난다. 수단 방법 가리지 말고 까라는, 수습 시절 귀에 못이 박히게 들은 선배들의 성난 목소리가 귓전에 메아리친다. 하지만 그를 몰아붙여서 달팽이 주둥아리처럼 천천히 열리기 시작한 가슴을 닫히게 하고 싶지 않다. 우리는 술잔을 비운다. 시간은 시나트라의 차지가 되어서 더디게 흘러간다.

"가방 안에 서류봉투가 하나 더 있어."

나는 그가 내게 건넨 가방을 열어본다. 안에 누런 서류봉투가 보인다. 두툼하다.

"기게 남쪽으로 넘길 국가 재보에 대한 자료야."

"국가적 대사업이라는?"

"기건 아우가 한 말이야. 난 통 큰 사업이라고 했어."

"뭔데요?"

"신라시기 금관을 넘길 거야."

"네에?"

금관이라니. 금관을 남쪽에 넘기겠다니. 금관을 남쪽에 넘기는 일도 국가적 대사업이 될 수 있다. 국보급 문화재가 분명할 테니까. 가슴이 펄떡펄떡 뛰기 시작한다.

"오 동무는 다른 나라 경매시장에 내다 팔갔다고 하는데, 그쪽에는 양심상 못 넘겨주갔어. 우리 민족의 재보니까니 우리 민족의 손에 있어야지. 기렇지 안? 아우가 팔아줘."

결국 이것도 팔아달라고? 민족적 재보 어쩌고 하는 말이 도둑놈이 양심 자랑하는 것처럼 들린다. 가방에서 봉투를 꺼내 서류를 보려고 하니까 그가 손사래를 친다.

"서울에 가서 살펴봐. 발굴 보고서와 입증 서류들이야. 팔 수 있는 지 먼저 알아봐서 이메일로 연락하라우."

어쨌든 평생 한 번 올까 말까 한 대특종이 눈앞에 다가온 것만 같다. 눈먼 거북이 망망대해에 뜬 판자 구멍에 고개를 내민 기분이 이럴까? 정신을 차리려 애쓴다. 내가 먹을 수 있는 떡인지 알지도 못하면서 침만 삼켜서는 안 된다. 금관이 실제 거래된다면 그는 온전할까? 북한 정부가 그를 가만 놔둘까?

"몰래 파는 게 맞죠?"

그가 멋쩍게 웃는다.

"얼마를 받아야 할까요?"

"기것도 아우가 알아봐줘."

"물건은 어딨어요?"

"파는 게 결정되면 중국으로 가지고 나갈게."

우리는 술을 마시기 시작한다. 이젠 무엇을 더 구하지 않아도 이만하면 충분히 성취한 듯한 포만감이 차오른다. 그나 나나 곧 술에 취하는 경계선을 넘어선다. 다른 날보다 선을 넘는 속도가 빨라진 것 같다.

나는 취기를 빙자하여 억류된 관광객을 만나게 해달라고 다시 한번 졸라본다. 그래서 그녀를 안전하게 보호하고 있다는 점을 남쪽 사회에 과시하라고 얼러댄다. 하나 주니까 둘 달라고 한다고 그가 얼굴을 찡그린다.

문 여는 소리가 난다. 여자가 들어온다. 저게 경희? 이제까지의 경희가 아닌 새로운 경희가 테이블 앞에 선다. 나는 벌어진 입을 다물지 못한다. 아까 황 참사가 그녀를 내보낸 것이 그녀의 이런 차림을 준비시키기 위한 것이었나?

살을 다 드러낸 그녀의 가슴 위에서 황금빛 브래지어가 형형한 빛을 내뿜는다. 무릎 통이 넓은 인도풍의 바지는 배꼽 밑으로 내려갈 데까지 다 내려가 골반에 간신히 걸쳤다. 맨살의 허리에선 금줄이 찰 랑거린다. 남자를 한 코에 낚아챌 관능미가 그녀의 온몸에서 뿜어져 나온다. 나는 삽시간에 부끄러움을 잊는다. 술 먹었을 때 저지른 일 을 술 깼을 때 수습하기가 쉽지 않다는 것을 기억하지만, 두 눈으로 똑똑히 그녀를 바라볼 수 있는 용기가 솟아난다. 그렇게 바라봐 주어 야만 그녀에 대한 경탄을 제대로 드러내는 것이라는 생각까지 불쑥 고개를 쳐든다.

어느새 복도와 룸 사이의 창문이 블라인드로 가려졌다. 조명조차 줄여 엷은 어둠이 부드럽게 주위를 감쌌다. 그녀가 천천히 골반을 흔 든다. 손을 하늘로 뻗쳐 올려 손목을 돌린다. 이마 가운데에 찍힌 연 지가, 육감적인 허리와 엉덩이가, 속살이 들여다보이는 인도풍 바지 가 몽환적인 인도 음악에 맞춰 천천히 움직인다.

"아우, 아우가 날 도와줘야 해."

황 참사가 내 손을 꽉 쥔다. 내가 당장 도망치기라도 할 듯 그의 눈 빛에 유약함과 애틋함이 함께 배었다. 나는 경희에게서 눈길을 떼지 못하고 간신히 귀를 열어둔다.

"해방 후 얼마 동안까지는 공산주의 경제가 통했어. 머슴살이하고 소작하던 노동자 농민들이 새 세상이 왔다고 흥겹게 일했으니까니. 자신들이 주인이 되는 세상이 올 수 있다는 징조를 보았고, 누구나 평등하게 살 수 있다는 자신감이 있었지. 기래서 나라가 많이 발전했 어. 우리 공화국이 70년대 초까지만 해도 남조선보다 잘살았다는 걸 인정하지?"

"그거 다 아는 이야기잖아요."

"기런데 공산주의 경제를 너무 오래 하다 보니까니 병폐가 생겼어. 열심히 일한 놈이나 기렇지 않은 놈이나 배급이 똑같이 나오니까니

126

세월이 흐를수록 인민들은 노동 경쟁력을 잃어갔어. 지금은 아예 채찍 앞에서만 일하는 체하는 사람들이 되었어."

경희의 배꼽이 여러 개로 보이기 시작한다. 달항아리 같은 엉덩이가 허공에 뜬다. 나는 쏟아지는 유혹을 뿌리치려고 눈길을 황 참사에게 돌린다.

"해마다 전국에서 알곡 수확량 보고가 올라오는데, 어느 해는 엄청 남을 만큼 수확고가 좋았어. 위대한 수령님께서는 관계 부문 일꾼들을 치하하고서 여분을 수출하라고 지시하셨지. 기런데 지방마다 난리가 났어. 수출하면 다 굶어 죽는다는 거야. 알곡 창고가 텅텅 비었다는 거야. 목표량을 초과 달성했다고 하면 평가가 좋아지니까니 허위 보고를 했던 거지. 실제론 배급조차 몇 개월씩 못 주고 있으면서. 이게 지금처럼 배급이 완전히 끊기게 되는 전조 증상인 줄 기땐 몰랐어. 아부꾼들의 허위 보고가 대책을 만들 시간을 물거품으로 만들어버린 거야."

중앙당에서 고위직에 있던 탈북자가 한 말이 생각난다. 그는 김일성 주석 말년에는 김정일의 직접 승인 없이는 누구든 김일성 주석과 만나거나 통화할 수 없었다고 했다. 김정일이 수령님께 심려를 끼칠 보고는 어떤 것도 올리지 못하도록 엄격한 규율을 세워놓았었다는 것이다. 수령님이 기쁨과 만족 속에서 말년을 보내도록 해드려야 한다고 하면서. 사실을 보고하는 것이 아니라 심기를 편안하게 하는 보고만이 허용됐다는 것이다.

"그러니까 하루속히 개혁개방을 해야 한다, 그 말씀이네요."

"무슨 소리?"

그가 정색을 한다. 개혁개방이란 말에 알레르기 반응을 보이는 다른 북한 사람과 차이가 없다.

"경제 관리 체계를 개선하면 되지. 채찍을 만들어 일하지 않는 자는 자동적으로 후려치도록 관리 체계를 새로 만드는 거야."

같은 뜻의 말을 다른 용어를 써서 말하는 느낌이다.

"그게 시장경제를 도입하는 거고, 개혁개방을 하는 거 아닙니까?"

"달라. 유일체계를 지키는 정치 관리 체계는 잘돼 있으니까니."

"그건 너무 잘돼 있죠."

나는 비꼬는 투가 되고 만다. 무소불위의 권력을 유지하기 위해서 철저히 인민 생활을 통제하는데, 경제가 어디에 발붙일까? 의견 차이가 있기는 하지만, 그가 속을 보여주는 것이 한편 고맙다. 그가 내게 뻗친 덩굴손을 통해서 그와 나 사이에 내밀한 의식의 교류가 물꼬를 튼다.

"제가 도와드릴 일이 있으면 언제든지 말해줘요."

"평양에 오고 싶거든 내게 이메일을 보내. 도와줄게."

경희가 춤을 멈추고 내 무릎 위에 올라앉는다. 그녀의 풍만한 엉덩이가 웅크리고 있던 욕망을 자극한다.

"선생님, 제게 미사일을 발사해주어요."

나는 그렇게 하면 안 된다는 것을 잘 알면서도 그녀의 엉덩이를 어루만진다.

"제발 저를 초토화시켜주어요."

경희가 내 목을 끌어안는다. 나는 이번에는 그녀의 황금빛 브래지어 속에 손을 넣어 가슴을 더듬는다. 세상에서 가장 질감 좋게 만들어진 물건이 손바닥과 손가락의 감각을 예민하게 살려낸다. 여자를 함부로 만지면 안 되다던 황 참사는 못 본 체하고 있다.

"나도 남자야. 하지만 불을 꺼야 섹스를 하는 여자처럼 나도 분위기를 탄다고. 평양에서는 안 되지, 안 되고말고."

나는 경희를 밀어내고 황 참사 쪽으로 몸을 돌린다.

4

　　　　　지난밤 일에 대해 나는 시치미를 뚝 뗐다. 아무
일도 없었던 것처럼 양 지도원이 가자는 곳으로 따라다닌다. 문화재
답사 일정이 더는 없다면서 그는 주체사상탑이니 개선문이니 평양산
원이니, 북한이 혁명의 기념비적 건물이라고 자랑하는 곳들로 우리
를 안내한다. 개선문과 주체사상탑은 지난번에 갔던 곳을 또 간다.
　"혹한에 건축을 했더랬습니다. 야, 이거 얼어터지면 안 되는데. 평
양 시민들은 콘크리트 기둥의 동파를 막기 위해 그 어느 나라 인민도
따라올 수 없는 뜨거운 열정으로 자신들이 덮고 자는 이불까지 가져
다가 이 기둥들을 감싸주었더랬습니다. 우리 인민들은 이렇게 고매
한 인품을 지녔습니다."
　개선문 앞에서 이 연구관은 안내강사의 말투를 흉내 내 안내원들
과 안내강사를 웃긴다. 고 기자가 이 연구관의 말 뒤에 양 지도원님
만 빼고, 라고 덧붙인다. 양 지도원에 대한 불만이 섞여 있다. 동화
속의 세계처럼 비현실적인 것들로 가득 채워진 기념물들의 거리를
헤매고 다니는 데에 신물이 날 만큼 난 것이다.

5

　　　　　"선배, 엊저녁에 통일둥이를 하나 만든 것 아냐?"
　저녁 무렵 대동강 건너 동평양대극장 공연장을 빠져나오는데, 고 기
자가 내게 묻는다. 우리는 동평양대극장에서 가극 〈꽃 파는 처녀〉 공
연을 관람했다. 밤 시간에 노래방에 처박혀 있어야 하는 따분한 신세
를 지난밤 나는 황 참사에게 투덜댔다. 덕분에 그가 양 지도원을 시켜
우리에게 공연 관람을 권유했다. 우리는 따질 것 없이 즉각 승낙했다.
　"말해봐요. 나만 알고 있을 테니. 남남북녀의 최초 결혼? 자오즈민

하고 안재형하고 결혼하면서 한중수교가 이루어졌잖아요. 남북이 통일하려면 그런 이벤트가 필요하지 않겠어요?"

같은 룸을 쓰는 고 기자가 지난밤의 내 행적을 과장되게 캐묻는다. 지난번 왔을 때부터 한밤중에 석연찮게 나가서 술에 취해 들어오니까 그 나름 짚이는 것이 있는 모양이다. 나는 대답하지 않는다. 몇 마디 말해준들 혼자서만 즐겼다고 핀잔을 들을 것이 뻔하다. 양 지도원 같은 사람이 냄새를 맡게 되면 좋을 것도 없다. 이 연구관에게 신라 금관에 대해서 아는 것이 있는지 물어볼까 하다가 그것도 참고 있는 중이다. 대신 방금 본 〈꽃 파는 처녀〉의 소감을 말한다.

"사상성만 좀 빼면 세계 무대에도 도전할 만하지 않겠어?"

고 기자는 동문서답하지 말라며 눈총을 준다. 결국에는 내 입이 더 열리지 않는 데에는 무엇인가 이유가 있다고 여기는 듯 더는 묻지 않는다.

극장 로비를 지나오는데, 조금 전부터 보이지 않던 양 지도원이 나타난다. 웬일인지 벌겋게 달아오른 얼굴이다. 공연 관람 중에 우리 주변에서 무언가 와글거리며 끓고 있다는 느낌을 받았는데, 그것이 우리를 향한 것이었음을 그의 얼굴이 여실히 말해주고 있다. 그가 팔을 벌려 우리를 로비 구석으로 몬다. 오리 새끼 다루듯이. 예의 없이 구는 행동으로 봐서는 예삿일이 아니다.

"정식으로 해명을 요구하갔습니다."

우리는 미안한 마음 반, 뻔뻔한 마음 반으로 그를 바라본다.

"왜 기립해서 박수 치지 않았나요? 기것에 대해서 해명해보라요."

"언제요?"

모르는 척해본다.

"위대한 수령님과 경애하는 장군님 영상이 화면에 비칠 때 말입니다."

와글와글 끓는 느낌을 갖게 한 원인이 내가 생각했던 바와 다르지 않음을 확인한다. 〈꽃 파는 처녀〉 공연에 앞서 어느 시인이 무대에 올라와 김일성과 김정일 부자를 찬양하는 시를 낭송했다. 그때 김일성, 김정일 두 사람의 사진이 무대 스크린에 차례로 비쳤다. 그러자마자 응당 그래야 한다는 듯이 관객들이 일제히 일어나 박수를 쳐댔다. 야아! 함성도 질러댔다. 교회에서 광적인 신도들이 아멘! 할렐루야! 하고 외치는 것처럼. 극장으로 오는 차 안에서 양 지도원은 이런 상황을 예상했는지 우리에게 기립박수를 부탁했다. 수령의 동상에 꽃 바치고 절하는 것과는 또 다른 차원의 일이었다. 화면을 보고 박수를 쳐대는 난센스까지 따라 하기는 싫었다. 그러면서도 기립박수를 거부하여 공연 관람을 놓치고 싶지도 않았다. 그래서 아예 대꾸하지 않았는데, 그는 말없는 동의로 받아들였는가 보았다.

함성이 극장 안에 우렁우렁 울려 퍼질 때 나는 자리에 앉은 채 꼼짝하지 않았다. 갑작스러운 일에 당황하기도 했다. 에라, 모르겠다, 하는 오기도 작용했다. 우리 일행 모두 나를 따라 일어서지 않았다. 지난번 메모지 사건으로 주눅이 든 고 기자는 얼떨결에 일어나려고 무릎을 세웠다가 앉아 있는 나를 보고 도로 주저앉았다. 우리는 그렇게 10여 초간의 생소한 시간을 버텼다. 우리 뒷줄 관객들의 웅성거림이 느껴졌다. 이런 버르장머리 없는 놈들 봤나, 하고 우리를 욕했을 것이다. 두 사람의 사진은 몇 차례 더 화면에 떠올랐다. 이젠 일어나는 것이 쑥스러워 아예 내질러 앉아 있었다. 웅성거리는 느낌이 와글와글 끓는 느낌으로 변했다. 신성모독죄에 걸린 것이다. 광신자 집단에서 자신들이 믿는 신을 부정하거나 능멸하는 것보다 더 큰 죄는 없을 것이다. 저질러놓고 보니 괜한 일로 문제를 일으킨 것 같은 후회가 인다. 잘 따라하다가 대중이 보는 데서 제대로 성깔을 드러내고 말았다. 하지만 나는 목소리를 사뭇 키운다. 무조건 짖어대고 보자는 듯이.

"무슨 소리 하는 거요? 내가 그런 순간에 일어서겠다고 답변한 적

있나요? 우리도 못 할 건 못 하지요."

양 지도원은 나를 뚫어지게 쳐다본다. 극장에서 나오던 사람들도 내 목소리에 놀라 우리 쪽으로 눈길을 돌린다. 아예 걸음을 멈추고 구경하는 사람들도 더러 있다.

"기래서 양해를 구했잖아요. 보는 사람들이 많으니까니 예의를 지켜달라고."

"내가 그렇게 하겠다, 답변한 적이 없다니까요. 동상도 아니고 사진에…… 너무하잖아요? 선생도 서울에 오면 우리가 시키는 대로 다 할 겁니까?"

구경꾼들에게 우리가 남쪽 사람임을 드러낸다. 어떻게든 빠져나오기 위해 안간힘을 쓰는 것이다. 결국 양 지도원은 경위서를 쓰라고 할 것이다. 그것을 쓰면 다시 평양에 오지 못한다는 말을 들은 적이 있다. 어떤 이는 자신들의 방북 기사가 실린 노동신문을 서울로 가져가려고 챙겨놓았다가 경위서를 썼다. 신문을 접어 호텔 룸 안에 정돈해 두었는데, 청소원이 그것을 발견하고 신고했다. 신문에 실린 김정일 국방위원장의 얼굴 사진이 접혔기 때문이다. 경위서를 쓴 탓에 그는 다시 평양에 가지 못하게 되었다고 투덜댔다.

"공연 끝나고 총연출가에게 불려 갔었습니다. 어느 놈들인데 일어나지 않느냐고 내게 벌컥 화를 내는 겁니다. 남조선 사람이라고 했더니 왜 이런 자리에 남조선 놈들을 불러왔느냐고 따졌습니다. 앞으로 또 이렇게 하겠습니까?"

"놈이라니?"

고 기자가 정색을 하고 끼어든다. 나도 마침 잘 걸렸다는 듯이 가세한다.

"놈이라고 했어? 도대체 누구야? 그 사람에게 당장 갑시다. 엄중히 항의해야겠어요."

되레 총연출가에게서 내가 경위서를 받아내야겠다는 듯이 대차게 대든다. 배보다 배꼽이 더 커진 언쟁이 된다. 되는 말 안 되는 말 다 동원하여 격전을 치른다. 구경하던 사람들이 슬슬 자리를 뜬다. 그와 함께 양 지도원의 목소리가 차츰 잦아든다. 홀이 텅 비어갈 때쯤에는 그의 낯빛이 완연히 누그러진다.

"이젠 됐어요. 차로 가자요."

그가 말다툼의 종료를 선언한다. 차에 가서 2차전을 치르자는 말 같아 걱정이 다 사라진 것은 아니다.

차가 대동강을 건너는 중에 양 지도원이 입을 연다.

"원래는 경위서를 받아야 하는데, 경위서는 안 써도 되갔습니다. 황철호 참사 동지 덕분인 줄 아시라요. 총연출가에게 참사 동지가 보냈다고 사실대로 말했어요. 내가 항의하는 모습까지 관객들에게 직접 보여주기까지 했으니까니 이젠 일없을 겁니다."

"우릴 데리고 놀았군."

안도하면서도 내가 퉁명스레 말한다. 양 지도원이 슬며시 웃는다.

"황 참사님을 팔면 척척 해결이 됩니까?"

황 참사가 보통 사람은 아니라고 짐작하지만, 얼마나 센 사람인지는 나는 아직도 알지 못한다. 그에게 몇 번 물었어도 통전부 참사 이상의 대답은 나오지 않았다.

"경애하는 장군님께서 기억하시는 분이니까요."

"보였다, 안보였다 하는 그 낮도깨비 같은 분이 통전부 부부장 정도는 되나 보죠?"

고 기자가 슬쩍 유도 질문을 던진다.

"낮도깨비? 야, 큰일 날 소릴 합니다."

양 지도원은 고 기자를 잠시 흘겨본다. 정말 못 말릴 사람이라는 듯.

"직급이 중요한 게 아니지요. 경애하는 최고지도자 동지께서 친애하시면 급을 따질 수 없는 거야요."

"장군님이 친애한다? 그럼 측근? 실세?"

고 기자가 말꼬리를 붙잡는다. 양 지도원은 붉게 물들기 시작한 강물에 눈길을 던지고서 더는 대꾸하지 않는다.

"그럼 우리에게 야단은 왜 쳤어요? 비싼 밥 먹고 그리 할 일이 없어요?"

양 지도원을 대신해 내가 대답한다.

"양 선생도 책임을 면해야 하잖아. 나도 화가 나서 그 따위 반동분자 놈들을 혼냈다, 하는 연극을 한 것이지. 관객들 앞에서. 맞죠?"

"평양 전문가가 다 됐습니다."

양 지도원이 우리를 돌아보고 웃는다.

6

　　　　　북경공항에 도착했다. 우리는 오랜 잠수 뒤에 수면으로 고개를 내민 고래처럼 참았던 숨을 푸후 몰아쉰다. 그래도 지난번과 달리 평양 여정에 어느 정도 이골이 났는지 도자기 같은 것을 깨서 스트레스를 풀자고 말하는 사람은 아무도 없다.

나를 제외한 일행은 북경공항에서 곧장 서울행 비행기로 갈아탄다. 나는 정연화를 만나기 위해 하루 일정으로 북경에 남는다. 황 참사가 일러준 금강산 관광객 석방 예고 정보는 공항에 도착하자마자 휴대폰을 켜 부장에게 보고했다. 답사 기사는 고 기자가 평양특별취재팀이란 바이라인을 달고 쓰기로 했다. 나는 보조기사 두어 꼭지만 쓰면 되어서 남는 데 부담이 없다. 신라금관을 처리하는 문제가 마음을 재촉하지만, 서두른다고 될 일이 아니다.

제5장

상사화

1

       북경의 가로수들도 잎새를 떨구기 시작했다. 북
경은 서울보다 기온이 조금 높아 계절이 늦게 찾아온다. 바람에 휘날
리는 낙엽들이 가을이 깊어가고 있다고 이구동성으로 말하고 있다.
  쌴리툰의 청스빈관으로 향한다. 정연화를 떠올린다. 내가 왜 그녀
에게 집착하고 있는 것인지 나도 나를 모르겠다. 곰곰이 따져본다.
불이 났다고 외쳤으면 그것으로 기자로서의 소임은 끝난 것이다. 그
런데도 불까지 끄려 드는 자신이 아무리 생각해도 한심하다. 여자라
서? 아냐. 짐승일지라도 상처를 입고 울안에 뛰어들면 차마 내치지
못하는데, 하물며 사람을 어떻게 내칠까? 혼자서는 설 수 없는 사람
인데, 누군가는 지지대가 되어줘야 하지 않을까? 나만 바라보고 있
는 그녀가 오락가락하는 내 속마음을 눈치챈다면 얼마나 불안할까?
죽을 고비를 넘기고 서울에 들어온 여성 탈북자가 하던 이야기가 생
각난다. 그녀가 중국 국경을 넘어 태국으로 밀입국하는 중이었다. 늪
지대에서 수렁에 빠졌다. 너무 깊어 헤쳐 나올 수 없었다. 가슴께까
지 빨려 들어가고 있었다. 마침 한발 앞서 가던 일행 중 한 사내의 바
짓가랑이를 움켜잡고 살려달라고 외쳤다. 사내는 그녀를 외면했다.
그녀가 뇌주지 않는 바지를 홀랑 벗어버리고 사내는 혼자서 갔다. 절
체절명의 순간에 혼자서만 살겠다고 도망친 사내를 결코 잊을 수 없
다고 그녀는 말했다.
  통센의 삼천리식당으로 전화를 걸어 정연화를 바꿔달라고 한다.
  "호텔로 오세요. 내가 북경에 하루만 체류할 예정이라서 시간이 없
거든요."
  시간이 없다는 말은 핑계다. 실제로는 그녀에게 집착하는 마음을

조금이라도 억누르고자 하는 의도가 더 클 것이다. 북경 시내에서는 웬만해서 신분증 검사를 하지 않는다. 중국에서 살려면 나다니는 일에도 익숙해져야 한다. 그녀를 호텔로 오게 하는 이유를 나는 스스로에게 둘러댄다.

"갈 수 있어요. 걱정 마십시오."

설령 찾아올 자신이 없어도 호텔 오는 길을 안다고 했을 것이다. 반가움이 밴 목소리가 그 사실을 말해주고 있다. 길이라도 잊어 괜한 고생을 시키는 것은 아닌지 걱정이 든다.

호텔을 체크인하고 룸에 들어간다. 노트북에 인터넷을 연결한다. 평양에 머무는 동안 온 수십 통의 이메일이 쌓여 있다. 그중 하나, '도와주십시오'라는 제목의 이메일을 연다.

저는 남조선 사람으로서 조선으로 귀순하기를 간절히 원합니다. 1962년생으로 대구에 있는 대학에서 화학공학을 전공했습니다. 올봄 사업거리를 찾아보려고 2천만 원을 들고 중국에 들어왔습니다. 석 달 만에 성과도 없이 돈을 모두 날리고 보니 자본주의 사회에 환멸을 느꼈습니다. 그래서 조선에 귀순하고자 결심했습니다. 북경대사관에 연락하니 심양영사관으로 연락하라고 합니다. 심양영사관에서는 담당이 아니니 북경대사관으로 연락하라고 합니다. 제발 이러지 마시고 도와주십시오. 제가 직접 조선으로 넘어가려고 합니다. 그 길이라도 알려주십시오. 지금 저는 심양에 있습니다. 죽는 목숨 살려주시는 셈 치고 꼭 길을 알려주십시오.

김영수 올림

이메일 끝에는 자신의 주민등록번호와 경상북도 청도군 어쩌고 하는 주소까지 적혔다. 별사람도 다 있다. 잘못 온 이메일일까? 그렇게 여기고 말기에는 석연치 않은 구석이 한둘이 아니다. 이 사람은 나를 북한 당국자로 간주한 것이 틀림없다. 왜 내가 그렇게 오인되었을까? 북으로 넘어가겠다고 북한대사관 직원들을 귀찮게 구니까 그들이 내 이메일을 가르쳐주었다? 하필 왜 내 이메일일까? 내 이메일 주소에는 남쪽 사람이면 누구나 다 아는 언론사 명칭이 붙어 있다. 이 사람이 그것도 몰랐을까? 알았다면 나를 친북 인물로 여겼다는 말이 된다. 그것도 아니라면? 서울의 수사기관이 내 속을 떠보기 위해 가짜로 보낸 이메일일까? 평양을 드나들고 북한 사람을 만나니 사상적 편향은 없는지 의심할 만도 할 것이다. 알 수 없는 함정 속으로 빠져드는 기분이 든다.

불길한 생각을 떨쳐내려고 나는 스트레칭을 한다. 팔을 들어 올리고 허리를 비튼다. 어디선가 앙칼진 여자의 외침이 들려온다. 그 소리가 땅거미가 지는 대기를 갈가리 찢는다. 창 너머로 눈길을 돌린다. 노동자체육관 앞 꼬치구이 노점 부근에서 나는 소리다. 젊은 남자가 땅바닥에 쭈그려 앉은 여자의 목 위에 올라탔다. 그가 여자의 뺨을 사납게 후려치고 있다. 꼬치구이를 먹던 사람들이 멀뚱하게 그 광경을 구경한다. 구경꾼들 속에는 공안원 복장을 한 이도 보인다. 그도 그저 구경이나 하고 있을 뿐이다. 남자의 죄가 더 커지길 기다리고 있는 것일까?

2

정연화가 왔다. 갈색 바바리코트 안에 보라색 니트 스웨터, 하얀 패랭이꽃들이 사방 무늬로 수놓아진 파란 치마를 입었다. 눈에 익은 차림이다. 옆집 여대생이 이런 차림으로 늦은 밤 아파트 단지의 가로등 밑에서 남자와 헤어지는 것을 본 적이 있다. 어느 땐가는 그 여대생이 또 이런 차림으로 엘리베이터 안 거울 앞에서 옷매무새를 고치는 것을 본 적이 있다. 옷을 얻어 온 어머니에게 말해주리라. 썩 잘 어울리더라고. 서울 처녀들 못잖게 예쁘더라고.

그녀는 많이 달라졌다. 옷차림뿐 아니라 심신에도 희망의 새순들이 자라나는 것이 느껴진다. 얼굴은 더욱 싱싱하게 펴졌고, 웃음기도 돈다. 최 노인은 그녀가 종업원들과 말도 잘 나누는 편이라고 했다. 예의도 바르고, 성격도 좋더라고. 그러니 얼른 서울로 데려가, 라고 말했다.

정연화를 데리고 호텔 밖으로 나왔다. 조금 전 남자가 여자를 폭행하던 노동자체육관 앞길을 걷는다. 꼬치구이 노점 부근은 언제 그런 일이 있었느냐는 듯이 다시 사람들의 웃음소리와 떠드는 소리로 채워져 있다. 그녀에게 무슨 말을 하긴 해야겠는데 마땅한 말이 생각나지 않는다. 지내기 어때요? 불편한 건 없어요? 돈은 떨어지지 않았어요? 이렇게 몇 마디 묻고 나니 더 할 말이 없다. 무슨 말을 해야 한다는 강박관념에 빠질수록 더욱 할 말을 찾을 수 없다. 별난 현상이다. 내가 아는 오리구이집이 보일 때까지 우리는 묵묵히 걷는다.

"북경에서 오리구이를 먹지 않고선 북경에 왔다고 하면 안 된다는 말 들어봤어요? 저기 보이는 식당이 오리구이를 아주 잘하는 집이에요."

오리구이를 앞에 놓고 마주 앉는다. 그녀는 음식을 쳐다보고만 있다. 나는 밀전병을 한 장 들어 손바닥 위에 올려놓는다.

"이걸 손바닥에 펴요. 쌈처럼. 이 위에 고기를 한두 점 얹고, 양파 썬 것을 소스에 찍어 얹고, 이렇게, 이렇게……."

쌈을 그녀에게 준다. 그녀가 어쩔 줄 몰라 하면서 받는다.

"최 사장님이 무슨 말씀 안 하세요?"

그녀가 먹기를 멈추고 나를 바라본다.

"아무 말도 못 들었어요?"

"예."

"신분증을 만들어주시겠다고 했거든요. 중국 신분증."

최 노인은 신분증이 아니라 여권을 만들어주겠다고 했다. 나는 그녀를 한국에 데려갈 마음이 없다. 그래서 여권 대신 신분증을 만들어달라고 고집을 부릴 작정이다. 그녀의 눈이 점점 커진다.

"신분증요?"

고개를 끄덕인다. 그녀의 가슴이 반복적으로 부풀어 올랐다가 가라앉는다. 격한 감정이 끓어오르는 모양이다. 눈에 눈물이 그렁그렁 맺힌다.

"한잔할래요?"

내가 먹던 잔에 백주를 절반쯤 채워 건넨다. 눈물방울이 그녀의 볼 위로 흘러내린다.

"하루라도 빨리 증명사진을 찍어서 최 사장님께 가져다 드려요."

신분증이 나오면 무엇부터 하고 싶으냐고 물으려다가 그만둔다. 부모를 찾고 싶을 것이다. 아이도 데려오고 싶을 것이다. 그런 것을 새삼 확인시켜 그녀를 더욱 슬프게 하고 싶지 않다.

"저는 오늘 평양에서 나왔어요."

그녀는 내 입에서 나온 소리가 맞는지 의아해하는 눈초리다. 이내 잘못 들었다고 간주하는 듯 별다른 반응을 보이지 않는다.

"두 번째 다녀오는 길이에요."

그녀가 나를 뚫어져라 쳐다본다. 도저히 믿기지 않는다는 눈빛이다. 포켓에 남아 있는 고려항공 보딩패스를 꺼내 보여준다.

"그 사람들 사는 걸 보고 마음이 많이 아팠어요."

그녀는 창밖 먼 데로 눈길을 돌린다. 흐르는 눈물을 가리기 위한 행동만은 아닌 것 같다. 모르긴 해도 지금 부모, 학교, 친구, 고향, 그런 것들이 기억 속에서 천방지축으로 튀어나와 가슴을 헤집고 다닐 것이다. 한참을 그렇게 있다가 앞에 놓인 백주잔을 들어 느릿느릿 비운다. 그 잔에 술을 채워 내게 넘겨준다.

"상사화라는 꽃을 아시나요? 고향 집 뒤뜰에 그 꽃이 아주 많이 피어나곤 했어요."

그녀에 대한 새로운 사실을 알게 되어 그녀에게 더 깊이 끌려들어갈까 봐 슬며시 겁이 난다. 하지만 내 귀는 자꾸 그녀의 입 쪽으로 기운다. 싫든 좋든 이제 나는 그녀의 가장 파란 많은 시기에 그녀의 조력자가 된 것이다.

"늦여름에 꽃이 피는데 붉은 그물을 펼쳐놓은 것처럼 아주 예쁩니다. 입이 다 말라 흔적조차 없이 사라진 뒤에야 꽃이 피어나는 까닭에 꽃과 잎이 같은 몸에서 태어났으면서도 서로 보지 못하고 그리워만 한다고 해서 상사화라고 부른대요. 문득 그 꽃이 생각나네요."

그녀가 슬며시 가슴속에 숨죽이고 있는 것들을 꺼내놓으려는 것 같다.

"상사화는 가난한 사람들의 꽃이래요. 가난한 사람들은 그리운 것이 많거든요. 이미 떠나가 영원히 갖지 못할 것을 그리워하게 되지요. 가난하면 만나고 싶어도 못 만나고 평생 그리워만 하면서 살게 되잖아요. 어머니는 상사화가 피면 그걸 뽑아서 울바자 밖으로 팽개치곤 했어요. 이놈들은 기가 센 데서 피어나야 해. 절간에서나 피어나야 할 게 어찌 우리 집에서 피어날까? 어머니는 그렇게 말하곤 했어요."

그녀는 티슈로 눈물을 닦는다. 진정이 좀 되는 듯 내가 가르쳐준 대로 오리고기를 밀전병에 싼다. 그것을 내게 내민다. 그러고는 이젠 자신과 상관없는 일이 되었다는 듯 북에서 살던 때의 이야기를 담담하게 풀어놓는다.

"아버지는 살아도 같이 살고 죽어도 같이 죽자고 결의했던 군대 시절의 전우를 찾아 신의주에 가셨었어요. 식량을 구하려고. 신의주는 우리나라에서 가장 큰 무역도시라 그래도 낫겠거니 했는데, 그분이 사는 모습도 우리와 다를 게 없더래요."

부모에 대한 그리움에 목말라서 하는 말이 아니라, 그리움을 털어내기 위해서 하는 말로 여겨진다. 그녀가 무슨 말을 하든지 나는 다 들어줄 작정을 한다.

"줄 게 없으니 전우는 아버지를 데리고 도둑질을 하러 갔대요. 도둑질은 그분이 늘 해오던 짓이었대요. 그 짓밖에는 식량을 구할 길이 달리 없었나 봐요."

그녀는 오리고기를 먹으면서 차근차근 이야기를 이어나간다.

땅거미가 진 뒤 아버지와 전우, 두 사람은 신의주역에 붙은 야산으로 숨어들었단다. 역과 시가를 구분하는 담장을 따라서 유난히 많은 사람들이 서성이는 것이 그들의 눈에 띄었다. 산속에도 적잖은 사람들이 나무 밑 어둠 속에 은신해 있었다. 들고양이들처럼 눈빛을 번쩍이며. 압록강 철교 쪽에서 기적이 울렸다. 그것을 신호 삼아 사람들이 일어섰다. 머리통에서 하얀빛을 뿜어내며 기차가 역 안으로 들어왔다. 이제 막 중국에서 압록강을 건너온 화물열차였다. 플랫폼 주위에 소총을 둘러멘 철도원들이 길게 늘어서는 것이 불빛에 보였다. 기차가 끼익! 소리를 내지르며 긴 여정의 마지막을 알렸다. 그때 사람들은 역을 둘러싼 철조망을 넘었다. 건너편 쪽에서도 담장을 넘으려는 사람들이 담장 위로 모습을 드러냈다. 아버지와 전우도 철조망을 넘었다. 기차가 정지했다. 사람들은 기차를 향해 쏜살같이 달려갔다. 삐이익! 삐이익! 호각 소리가 날카롭게 밤공기를 갈랐다. 짐승 사체에 꼬인 개미 떼처럼 사람들은 기차에 달라붙었다.

사람들 틈에 낀 아버지는 전우가 가르쳐준 대로 철사로 화물칸의 널빤지 이음새를 후볐다. 이음새에서 허연 가루가 풀풀 떨어졌다. 밀가루였다. 비닐봉지를 대서 그것을 받았다. 후비고 받기를 반복했다. 봉지에 밀가루가 조금씩 쌓였다. 삐이익! 삐이익! 서슬을 퍼렇게 세운 호각 소리, 뛰어다니는 철도원들의 발자국 소리, 그들의 발에 차인 자갈이 구르는 소리⋯⋯. 그런 소리들이 역구내의 긴장을 끌어 올렸다. 하지만 밀가루를 훔치는 사람들에게는 모두 다 공허하게 들리기만 했다. 그들은 화물칸에서 떨어지지 않았다. 어미의 젖을 놓치지 않으려는 새끼들처럼 더 바짝 달라붙어 이음새를 후벼댔다. 뒤늦게 사람 사이를 비집고 고개를 들이미는 여자들도 있었다. 철도원들은 자기들에 대한 무시를 더는 견디지 못했다. 탕! 탕! 총소리가 났다. 비명 소리가 터져 나왔다.

그제야 사람들은 철조망으로, 담장으로, 숲으로 도망쳤다. 그런 와중에도 여자들이나 아이들을 발견하면 그들의 손에 든 밀가루 봉지를 빼앗았다. 여자들은 자신들보다 나약한 아이들의 것을 빼앗았다. 실랑이 끝에 봉지에서 터져 나온 밀가루들이 허공에 뿌옇게 흩뿌려졌다. 악다구니를 퍼붓는 소리, 숨죽여 우는 소리, 욕하는 소리, 도망치고 쫓는 발자국 소리, 호각 소리⋯⋯. 아비규환의 현장이었다.

"선생님은 평양에서 그런 광경을 보았나요? 우리 조국이 그런 곳인 줄 이젠 아셨나요?"

그녀의 목소리에서 숨겨온 비밀을 고백한 듯한 후련함이 전해져 온다. 나는 황 참사의 이야기를 꺼낸다. 나라의 식량을 훔쳐 먹는 사람들이 있듯 나라의 물건을 훔쳐서 자기 부하들을 챙기는 사람도 있더라고. 그것도 90명이나. 하지만 곧 그 말을 한 것을 후회한다. 제목숨 부지하기 위해 도둑질하는 사람들과 아직도 남을 도울 수 있는 힘을 가진 황 참사를 비교하는 것이 어울리지 않았다. 가슴이 축축하게 젖어든다. 축축함을 견뎌내려고 나는 연거푸 술잔을 비운다.

식사를 마치고 함께 호텔로 돌아왔다. 나는 그녀를 통셴의 식당으로 돌려보내지 않았다. 그녀는 갈 수 있다고 말했지만, 술까지 마신 여자를 보내는 것이 내키지 않았다. 손님들이 늦게까지 식당에 남아 있을 텐데, 그녀가 남은 일들을 무시할 것 같지도 않았다. 오늘 밤은 나를 핑계 삼아 쉬도록 해주고 싶었다.

룸에는 더블베드 하나밖에 없다. 그녀가 마다하는데도 침대를 그녀에게 내줬다. 나는 침대 밑에서 침대 덮개를 깔고 덮고 누웠다. 잠이 오지 않는다. 정연화의 어머니를 떠올린다. 뒤뜰에 피었다는 상사화도 떠올린다. 아버지가 식량을 구하기 위해 갔었다는 신의주역 풍경도 어렴풋이나마 잡아낸다. 그것들을 오래도록 머릿속에 붙잡아둔다.

흐느끼는 소리가 들린다. 가만히 일어나 정연화를 바라본다. 그녀는 얇은 이불을 뒤집어썼다. 창밖에서 들어온 빛에 몸의 굴곡이 희미하게 보인다. 그것이 조금씩 들썩이고 있다. 다가가 얼굴을 가린 이불을 살며시 끌어 내린다.

"내가 있잖아요. 연화 씨 곁에 내가 있잖아요."

그녀가 팔을 뻗어 내 목을 끌어안는다. 맞닿은 내 뺨 위로 그녀의 눈물이 줄줄 흘러내린다.

"어디든 가야 하는데 갈 데가 없어요. 누구든 만나야 하는데 만날 사람이 없어요."

나도 그녀의 등 뒤로 팔을 둘러 그녀를 꼭 끌어안는다.

3

공항으로 나가려고 호텔을 나선다. 북경에 남은 이유가 정연화를 만나는 것이었으므로 이젠 북경에서의 일은 다 끝났다. 아침 식사 후, 정연화는 통셴으로 돌아갔다. 호텔 출입문 밖으

144

로 나오는데, 휴대폰이 울린다. 회사의 부장에게서 온 전화다.

"당장 연변으로 가야겠어."

몸속 어딘가에 감춰져 있던 피로가 한꺼번에 확 밀려 나온다. 일주일 동안이나 평양에서 긴장해 있었다. 지난밤에는 딱딱한 바닥 잠을 잤다. 짜증까지 왈칵 인다. 내가 연변으로 가나 서울에 있는 다른 기자가 연변으로 가나 시간과 비용 면에서 큰 차이가 없다. 북경 특파원도 있으니까 특파원이 움직여도 될 일이다. 그냥 귀국하면 안 되겠느냐고 철없이 묻는다.

"야! 탈북자들이 폭동을 일으켰다는 말 아직 못 들었어? 담당이 가야지, 누가 가!"

비상벨이 울리듯 부장의 목소리가 앙칼지다.

"연변에서 폭동요?"

정신이 번쩍 든다. 제대로 걸린 것 같다. 부장은 오늘 아침 일본 신문이 보도한 폭동 기사를 읽는다.

"중국 도문에 있는 탈북자수용소에서 지난 18일, 그저께야, 60명의 탈북자가 폭동을 일으켜 수용소 일부를 장악하고 긴급 투입된 백 명의 중국 변방대원들과 대치 중이라고 긴급행동북한주민구조라는, 이름 한번 되게 기네, 일본 단체야, 알지? 탈북자 지원 단체는 밝혔다. 폭동은 수용소 간수가 수감된 탈북자들을 심하게 구타한 것이 발단이 되었는데, 평소에도 간수들의 잦은 구타와 열악한 식사 제공, 뇌물 요구, 성상납 강요에 시달려온 탈북자들이 공분을 느껴 몇몇의 항의에 편승, 폭동으로 발전했다고 이 단체는 전했다. 이상이야."

들어보니 폭동이 주는 어감처럼 폭력적이며 떠들썩한 대규모 소요는 아니다. 수용소 안에서 탈북자 수십 명이 항의하는 수준이다.

"간다고 될 일이 아닌데요. 도문에 있는 탈북자수용소는 변방구류소를 말하는 건데, 그 안에서 일어난 일을 취재하긴 쉽지 않아요. 여긴 한국이 아네요. 한국 기자를 인정 안 해요. 제가 취재 비자를 가지고 여기 들어온 것도 아니고요. 취재 비자를 가졌대도 구류소나 연변 공안에 줄을 대지 않고서는 간접 취재조차 불가능하단 말이에요."

"누군 취재 비자 가지고 가서 중국서 취재하나? 한심하긴. 줄이 없단 말이지?"

"그쪽에는 협조자가 없어요."

가급적 부정적으로 말한다.

"아직까지 그런 줄 하나 제대로 만들어놓지 않고 뭘 했어? 좋아. 그럼 수용소 주변 스케치하고, 탈북자들을 만나서 변방구류소 실태라도 알아봐. 그건 할 수 있겠지?"

체포된 탈북자라야 구류소에 들어간다. 그러니까 구류소 내부 사정을 아는 탈북자는 북송됐다가 재탈북한 흔치 않은 부류의 사람들이다. 그런 사람들이 나 재탈북자요, 명함 돌리고 다닌답니까, 라고 부장에게 따지려다가 참는다. 바쁜 시간에 대들다 트집 잡히면 당하는 것은 아랫사람일 뿐이다.

"알았어요. 가든 안 가든 취재는 해보지요."

"가든 안가든? 너 많이 컸다."

"취재하겠다니까요."

"아무튼 좋아. 현장 취재가 어렵다는 건 인정할 테니까 취재할 수 있는 데까지 하고 들어와!"

서울행을 포기한다. 어떻게 할 것인지 망설이다가 일단 호텔에 눌러앉는다. 그동안 나는 치치하얼의 교사 출신 탈북자 반 씨를 의도적으로 피해왔다. 정연화 한 사람을 돕는 일도 여간 신경이 쓰이지 않았다. 이제 어쩔 수 없이 반 씨에게 연락을 취해야 할 처지가 되었다. 그는 치치하얼에서 잡혀 북송되었다가 재탈북한 사람이다. 십중팔구 이번 소요 사태의 현장인 도문변방구류소를 거쳤을 것이다. 탈북자돕기단체의 김 선생이 보낸 이메일에서 그의 연락처를 찾아낸다. 마지못해 전화를 건다. 신호음이 그가 숨은 곳을 향해 내달린다. 물에 빠진 사람 지푸라기라도 잡듯 그가 내게 매달리면 어쩌나 하는 찜찜한 기분을 떨쳐내지 못한다. 김치 장사 아줌마가 전화를 받는다. 그의 가족 잠자리로 자기네 집 창고를 내줬다는 이다.

"그 사람 이 옆에 새로 생긴 물엿 공장에서 일하다가 며칠 전 식구 다 데리고 도망쳤습구마. 물엿 공장 주인이 개점 기념으로 동네 사람들을 불러다가 잔치를 벌였는데, 그 자리서 이 사람은 탈북자다, 내가 이 사람을 돕고 있다, 하고 자랑했담다. 그러니 또 잡힐까 봐 도망치지 않고 어쩌겠습구마? 어디로 갔는지 나도 모름다. 나중에 또 전화 칩소. 나한테 오긴 올 거구마."

연변방송국의 친구들과 연변자치주 정부에서 일하는 지인들에게도 전화를 건다. 그들은 나를 통해서 구류소 소요 소식을 처음 듣는다고 넉살을 피운다. 그들 대부분은 알고 있대도 모르는 척 내숭을 떨 사람들이다. 연변 소식도 늘 한국 TV를 보고서야 알게 된다고 말하는 그들이다. 서로 감시하고 감시당하면서 살던 옛날 버릇을 다 버리지 못한 까닭일까? 전도원 김 씨에게까지 전화를 건다. 김 씨는 알아봐 줄 테니 비용을 대달라고 한다. 그답다. 돈을 받기 위해서라면 모르는 것도 아는 척 말할 사람이다. 그가 모르게 정연화를 북경으로 데려온 것이 늘 께름칙했는데, 그는 아직도 내 소행인 줄 알아채지 못하고 있다.

"그 처자는 리 기자님이 떠나고 나서 바로 내뺐슴다. 그떠 취재하길 참 잘했슴다. 탈북자는 믿을 놈이 한 놈도 없슴다."

룸 안에 머물며 이 궁리 저 궁리 한다. 마땅한 해결책을 찾을 수 없다. 기사를 보내지 않는 나를 두고 너 배짱 많이 늘었다, 하면서 눈살을 찌푸릴 부장의 얼굴이 머릿속을 어지럽힌다. 예약해둔 비행기 탑승 시간을 놓친 탓에 바로 서울로 돌아갈 수도 없다.

4

　　　　　첸먼 삼천리식당으로 들어서자 최 노인은 자루 걸레로 식당 바닥을 닦고 있다. 남는 시간에는 허드렛일이라도 해야 직성이 풀리는 그다.

"종업원들을 시키세요."

내 목소리를 알아채고 그가 허리를 편다.

"안 갔구먼. 그럼, 그럴 사람이 아니지."

다른 때보다 반기는 표정이 더 진하다. 그냥 갔으면 서운했겠다 짐작하면서도 사실대로 말한다.

"아침에 가려고 했는데, 갑자기 다른 취잿거리가 생겨서 못 갔어요."

"정말? 그냥 가려고 했단 말이야?"

그가 눈을 흘긴다.

"월급쟁이 신세잖아요."

시간이 날 때에나 그를 찾아오곤 했는데, 오늘따라 유독 나를 기다린 것은 내가 평양에 다녀왔기 때문일 것이다. 더구나 지난번 방북 때와 달리 북경에 남았다는 소식을 들었는가 보다. 따지고 보면 그는 나를 기다린 것이 아니라 평양 소식을 기다린 것이다. 내게서 평양 이야기를 듣고, 느슨해지지 않도록 망향의 끈을 조이려는 것이다.

"이젠 나는 안중에도 없구먼. 연화만 만나면 다야? 연화랑 같이 자기까지 했다면서?"

헉! 나는 할 말을 잊는다. 나를 아는 여종업원들이 놀란 눈으로 일제히 나를 쳐다본다. 섣불리 부인했다가는 빼도 박도 못하고 오해를

148

뒤집어쓸 판이다. 그도 여종업원들 듣는 데서 말을 심하게 했다고 느끼는지 더는 말하지 않고 식당 위층 사무실로 앞장서 올라간다.

"같은 침대에서 잔 것은 아니에요."

"청춘 남녀가 한방에서 잤으면 됐지 뭘 더 따져야 하나?"

"정말 결백하다니까요."

그가 다 알고 있다는 듯 얄궂은 미소를 입가에 머금는다. 까딱하면 몰염치한 자라는 누명을 뒤집어쓸 판이다. 나는 가슴을 퉁퉁 치면서 다른 일은 없었다고 다시 말한다.

"그만 발뺌해. 뒤가 구린 놈이 말이 많은 법이야."

나는 더는 변명하지 않고 가방에서 준비해 온 봉투를 꺼내 그에게 내민다. 봉투 안에서 퍼런 달러가 나오자 그가 의아한 눈길로 나를 바라본다. 황 참사가 준 돈 3천 달러에서 절반을 떼어낸 것이다. 나머지는 정연화를 위한 비상금으로 남겨두기로 했다.

"제게 공돈이 생겼어요. 신분증 만드는 데 쓰세요."

"이 사람이? 신분증이 아니라 여권이야. 연화 월급에서 여권 값을 제할 거니까 이 돈은 넣어둬. 나중에 더 큰일 생기면 써. 비행기표 값도 만만찮을 테고."

최 노인이 봉투를 내 쪽으로 밀어놓는다.

"알아보니까 연화와 같은 또래 사람을 구해서 여권 발급 신청을 하게 하는데, 그때 사진을 연화 사진으로 바꿔치기하면 된다는 거야. 돈만 주면 공안에서 사람도 구해주고, 발급도 척척 알아서 해준대. 비자는 한국대사관에서 찍어주는 거니까 자네가 해결해. 자네가 대사관 사람들하고 가깝게 지내잖아. 연화 그 처자, 자네 만나서 운이 확 트였네."

"무슨 말씀이세요? 신분증만 만들어줘도 된다니까요. 본인도 그것만 원해요."

땅굴에서 그녀를 만났을 때 신분증을 만들어달라던 그녀의 말을 기억해낸다. 달러가 든 봉투를 그 앞으로 밀어놓는다. 그는 봉투를 집어 들어 아예 내 가방 속에 쑤셔 넣는다.

"그 처자 때문에 내 가슴이 미어져서 그래."

"왜요?"

"얼마 전이야. 일과가 끝난 밤에 결산을 하러 통셴에 갔네. 그 처자가 어둔 식당 구석에 서서 멍하니 창밖을 바라보고 있더라구. 내가 온 줄도 몰라. 가만 보니까 훌쩍이고 있어."

"그런 일이 있었어요?"

"기척을 하니까 엉겁결에 인사를 하더니만 막 제 숙소 쪽으로 도망쳐. 혹시 지배인한테 혼이라도 났나 해서 알아봤더니 그렇지 않아. 다른 복무원(종업원)들하고도 잘 지낸대. 그런데 왜 울까, 생각해보니까 우는 게 정상이다 싶어. 손님들 앞에서 늘 웃고 있어서 참 낙천적인 처자다, 그렇게만 생각했어. 우는 게 맞다, 하는 생각을 하니까 내 가슴이 막 미어져. 그래서 어떻게든 웃음을 찾아줘야겠다, 내가 그렇게 작심하고 있네."

내게 꼭 해주고 싶었던 말을 하는 것처럼 그는 조금은 숙연하기조차 한 표정으로 말한다. 말하면서도 내가 귀담아듣고 있는지 살핀다.

"그 처자 때문에 매상은 까먹지만, 손님들에게 하는 짓도 다른 복무원들하고는 비교가 안 돼. 한족들은 요리를 테이블 위에 산더미처럼 쌓아놓고 먹지 않는가? 그런데 그 처자가 너무 많이 시켜서 남기면 뭐하냐고 손님들에게 못 시키게 한다는 거야. 그렇게 착해. 장가안 간 아들이 있으면 내가 며느리를 삼고 싶은 심정이야. 데려가서 자네랑 결혼해서 산대도 손색이 없어."

"네엣?"

나는 입을 다물지 못한다. 아무리 농담일지라도 이 양반이 못 사내들에게 유린당한, 거기에 사생아까지 낳은 그녀에 대해 알고나 하는 말일까? 결혼은 무슨 놈의 결혼. 통셴 식당의 지배인 아줌마는 정연화가 아이를 낳았다는 사실을 알고 있던데, 그에게는 발설하지 않은 모양이다.

"노총각 신세 면할 절호의 기회 아냐?"

나는 쳇! 하고 혀를 찬다. 농촌 노총각들이 동남아 여자와 결혼한다니까 나도 그럴 줄 아나? 다만 나는 그녀의 형제처럼 그녀가 나를 의지해서 살아갈 수 있도록 도와주어야겠다는 마음은 먹고 있다.

최 노인의 눈빛은 이제 평양 이야기를 풀어놓을 시간이 되었음을 내게 알려주고 있다. 나는 마지못해 보따리를 푼다. 지배인 아줌마가 녹차를 내온다. 주둥이가 누렇게 변색된 오래된 주전자에서 찻잎 부스러기와 함께 차가 찻잔으로 쫄쫄 흘러나온다. 차를 따른 뒤에도 그녀는 머뭇거리며 내려가지 않는다. 뭔가 할 말이 있어 직접 올라온 것 같은데, 최 노인은 눈길도 주지 않는다. 방해 말고 어서 내려가라는 듯 그녀를 향해 손을 내두를 뿐이다. 지배인이 멋쩍은 웃음을 머금고 돌아간다.

나는 동평양대극장에서 박수 안 쳐서 당한 일도 이야기하고, 고려호텔 식당에서 안내원들이 음식을 빼돌린 일도 이야기한다. 노래방엔 영어 노래가 쌨는데 민족끼리라는 말을 입에 달고 살면서 남쪽 노래는 없더라는 이야기도 한다. 모란봉에서 바라보는 대동강의 풍광이 아름다웠다는 것을 빼놓고는 칭찬한 것이 별로 없어서 미안해진다. 황 참사와 의형제를 맺은 사실은 말하지 않았다. 황 참사와 나 사이에 누군가 끼어드는 것이 아직은 불안하다. 둘만의 비밀이 더 자라나야 한다고 믿는다.

"황철호 이야기를 안 하는 걸 보니 이젠 다 파악이 된 모양이지?"

황 참사를 처음 북경역에서 만났을 때부터 나는 그가 누구인지 알아봐 달라고 최 노인에게 부탁했다. 지난번 평양에 다녀왔을 때도 그를 만났다는 소식을 전하며 똑같은 부탁을 했다. 하지만 여태 아무런 답이 돌아오지 않았다. 나는 귀를 세운다.

"내가 알아냈지. 중앙당 조직지도부에 있던 사람이래. 조직지도부면 백두산 호랑이도 인사하고 가는 데야. 지금은 통전부에서 일한다는군. 밀려난 것 같아도 무시할 수는 없대."

잠자던 궁금증들이 한꺼번에 깨어난다.

"얼마나 높은 사람이래요? 직급이랄까, 뭐 그런 게 있을 테지요?"

"참사가 맞대. 얼마나 높은 계급인지는 나도 몰라. 웬만하면 다 참사라고 하니까. 북남 고위급 회담에도 참사가 대표로 나왔잖아. 그렇다고 남쪽의 장관급은 아닌 것 같고."

"조직지도부에서 왜 밀려났대요?"

"그자들도 더는 모르는 것 같아. 알면서 말 안 하는지도 모르겠고. 크레믈(크렘린)에서 배운 버릇을 여태 써먹는 사람들이니까."

"그분, 괜찮은 사람이더라고요. 이번에도 따로 만나 술 한잔했어요."

"그 사람이 자네 평양 가는 걸 도와주고 있는 거 아냐? 자네는 인복이 많아. 돌멩이에 차여도 그게 금덩이야."

지배인 아줌마가 최 노인을 또 찾아왔다. 그 틈을 타 나는 일어서기로 한다. 최 노인은 지배인을 흘끔 올려보더니 내게 한마디 덧붙인다.

"그리고 말이야, 다음에 올 때 옷 좀 더 가져와. 자네가 가져온 옷 중에서 연화가 저한테 치수가 안 맞는 걸 다른 복무원들에게 나눠준 모양이야. 복무원들이 서울 것이라고 좋아서 야단들이라는 거야. 그 소문이 여기 첸먼까지 번져서 자네 오면 여기도 가져다 달라고 하라고 복무원들이 우리 지배인에게 부탁하더란 말이야. 복무원들 등쌀에 못 이겨 지배인이 그 이야기 해달라고 지금 온 거야."

"우리 아파트 단지 헌 옷 수거함을 통째로 들고 올게요."

지배인 아줌마가 웃는다. 일어서며 나는 다시 가방에서 돈 봉투를 꺼낸다. 최 노인이 봉투를 든 내 손을 자기 쪽으로 뻗지 못하도록 팔목을 누른다.

"결혼식 때 내게서 축의금 받을 생각 마."

또 그 소리! 아무리 농담이라지만 지나치다.

저녁 시간 개점 준비로 분주해진 홀을 지나 거리로 나온다. 두 주 전쯤 추석을 쉰 것 같은데 벌써 첫눈이 내릴 것처럼 어둡고 스산하다. 이른 시각이지만, 상점들이 불을 켜기 시작한다.

5

내일 아침 서울로 떠날 것이므로 나는 느긋한 마음이 된다. 황 참사가 준 신라금관에 관한 자료가 든 봉투를 룸 귀퉁이에 있는 여행가방에서 꺼낸다. 진작부터 마음은 콩밭에 가 있었다. 봉투에서 서기가 뿜어 나오기라도 하는 것처럼 평양에 머물고 있을 때에도 나는 봉투에 시선을 자주 빼앗겼다. 테이블 위에 봉투 속의 자료들을 펼쳐놓는다.

붉은 천을 배경으로 찍은 8×10 크기의 사진이 나온다. 금관이 사진 속에서 실물처럼 몸 전체에 반사광을 매달고 반짝인다. 휘황하다. 발굴 보고서와 조선중앙역사박물관 입고증에는 푸르고 붉은 스탬프들과 도장들이 찍혀서 중요 서류임을 강조하고 있다. 가슴이 두근거린다. 내가 국제범죄 조직의 중요 멤버라도 된 듯 두렵기도 하다.

천천히 서류들을 읽는다. 발굴 보고서는 금관이 1966년 금강산에서 발굴된 것이라고 밝히고 있다. 그해 금강산 유점사 인근에서 댐 축조 공사를 하던 중이었단다. 많은 양의 흙이 필요해 군인들을 동원

하여 야산을 해체했다. 야산에는 왕릉이라고 구전되는 봉분이 있었
다. 봉분을 보호하기 위해 그 앞부분까지만 흙을 팠다. 그런데 거기
서 돌무지가 발견되었다. 돌들을 들춰내고 보니 무덤이었다. 사람 뼈
와 뼈의 머리 부분에 놓인 금관, 칼 등 여러 가지 유물이 나왔다. 무
덤 칸이 봉분 앞쪽에 있어서 도굴되지 않은 것 같다고 당시 발굴자들
은 적고 있다. 발굴자 중에는 우리가 이번에 중앙역사박물관에 갔을
때 소장품들을 설명하던 리정남 학예연구실장과 같은 이름도 있다.
아마도 그의 사회 초년 시절 이력 같다.
　서울에 가면 해야 할 일이라고 생각해둔 일들을 되새긴다. 우선 진
품 여부를 확인해야 한다. 구매자도 찾아야 한다. 그다음엔 황 참사
로부터 금관을 인수해야 한다. 그는 어떤 조건으로 금관을 내줄까?
이쾌대 그림의 처분 방식이 예가 되지 않을까? 금관을 입수한 뒤에
는 어떤 식으로든 기사를 쓰리라. 그러면 나는 북한 특종으로 나를
물먹였던 수많은 타사 기자들에게 둘러싸일 것이다. 허구한 날 남 이
야기만 쓰면서 내가 뉴스메이커가 되는 상황을 나는 또한 얼마나 바
랐던가. 거보라구. 내가 한 건 했잖아. 나는 그들을 향해서 거만하게
웃을 것이다.

6

　　　　마장동 화상의 가게에는 세 벽의 진열장과 선반
에 도자기와 그림 액자들이 빽빽하게 들어차 있다. 안쪽 진열장 앞
자신의 책상에 앉아 오래된 수묵화를 살피다가 화상은 나를 맞는다.
내 가방에서 추사 글씨 족자가 나오자, 얼굴이 단박에 환해진다.
　"도대체 어떤 줄을 탔기에 이리 좋은 물건들이 나옵니까? 내가 요
구하는 물건도 내올 수 있겠습니까?"

뭐가 뭔지 모르는 문외한이면서도 기분이 좋다. 칭찬이 값을 깎는 수완일지 모른다고 의심하면서도 나는 히쭉 웃는다. 그는 두말하지 않고 황 참사가 받으라는 값보다 비싸게 글씨 값을 쳐준다. 생무지를 얼러대는 통에 싸게 파는 것은 아닌지 찜찜하기까지 하다. 하지만 마땅히 트집 잡을 꼬투리는 없다. 그래도 황 참사가 부른 8만 달러보다 물경 1만 달러나 더 받은 것을 위안 삼는다. 1만 달러면 우리 돈으로 1,350만 원이다. 기자 생활 그만두고 골동 브로커나 할까? 망상에 휩싸였다가 나는 피식 웃는다.

"이것도 좀 봐주세요."

내가 내민 서류를 펼쳐보던 화상이 이번에는 고개까지 번쩍 치켜든다. 어지간히 놀란 모양이다.

"이것도 북한 겁니까?"

"네."

"나라가 다 망했군요."

"살 사람이 있을까요?"

"물론 있죠. 대신 극비리에 진행해야 합니다."

"이런 건 누가 삽니까?"

"아무래도 돈 많은 재벌가에서 사겠죠."

"어느 정도 받을 수 있을까요?"

"부르는 게 값이죠. 물건은 어디 있습니까?"

"기다려보세요. 감정부터 받고 나서 자세한 이야기 나누죠."

"당연하죠. 감정부터 받아야 합니다. 감정은 어디서 받으시게?"

"잘 아는 전문가가 있어요."

"어딘데요?"

"그건 말씀드릴 수 없고요."

"맞아요. 극비리에 진행하세요."

가게를 나오는 내게 화상은 한마디 덧붙인다.

"그 물건 저랑 거래하는 거죠? 그래야만 합니다."

그는 자신에게 팔지 않을까 봐 나를 못 미더워하는 눈치를 보인다.

7

　　　　　　휴대폰이 울린다. 문화재연구소 이 소장이다. 평
양에 같이 다니던 이 연구관이 며칠 전 소장으로 승진했다.

"사진만으로는 감정이 안 됩니다. 물건을 직접 감정하면 확실한데,
그럴 수는 없는 형편이고."

그는 공무원답게 흥분을 숨긴다. 하지만 서류를 택배로 보낸 지 세
시간도 안 돼서 전화를 걸어온 것을 보니 북한에서 금관이 온다는 사
실에 그도 적잖이 놀란 것이 확실하다.

"우리가 이번에 중앙역사박물관에 갔을 때 거기 학예연구실장에게
들은 이야기 있잖아요. 북한 박물관에서는 교육 기능을 앞세우기 때
문에 진품은 수장고에 넣어두고 이미테이션을 만들어 전시한다는
말, 기억하지요? 그래서 말인데, 이 양반들이 이미테이션을 진품으
로 착각하고 가져오겠다는 것은 아닌지 모르겠어요. 반드시 감정을
해야 할 텐데 방법이 없을까요?"

"저 역시 그 점을 우려해요. 방법이 없지는 않아요. 금관이 들어오
려면 시간이 오래 걸릴 테니까 금관에 붙은 영락이나 곡옥을 한두 개
씩 떼어서 미리 보내줄 수 있는가 알아보세요. 그걸 보면 진위를 파
악하는 데 크게 도움이 될 겁니다."

"진품이라고 판단되면 바로 거래될까요?"

그는 문화재 분야에서 내가 가장 신뢰하는 전문가일 수밖에 없다.
평양을 두 번이나 같이 갔다 오면서 그의 인품이나 전문 지식에 어

느 정도 반한 데다 돈벌이를 목적으로 하는 마장동 화상과는 분명 다를 테니까. 하지만 그는 금관은 거래될 수 없는 물건이라고 대뭇부터 꽝꽝 박는다. 지금까지 나눈 말이 무색해진다. 그럼 뭐하러 감정을 해?

"금관은 땅속에서 꺼낸 물건일 수밖에 없고, 그런 매장문화재는 모두 국가 소유예요. 더구나 왕이 사용하던 물건이어서 금관은 모두 국보급 문화잽니다. 국보급 문화재는 장물인 경우 국제법에 따라 소유국이 돌려달라면 돌려주어야 합니다. 그러니 거래할 수 없는 물건이라는 말이 성립되는 거죠."

"다른 것도 아니고 우리 민족의 귀중한 문화재가 제 발로 걸어 들어오는 것 아닙니까? 일본에 약탈당한 문화재도 찾아오는 판국 아닙니까? 갑갑한 소리 하지 마시고 방도를 짜내보세요."

"없진 않아요. 두 가지 방법이 있어요."

그는 미리 생각해둔 듯 처분 방안을 차분히 설명한다.

"하나는 제가 권할 수는 없지만, 몰래 파는 방법이에요. 법적으로 크게 문제 될 수 있어요. 더구나 사기당할 가능성도 커요. 산 사람이 돈을 안 주면 받아낼 방법이 있겠어요? 액수가 크니 물건이나 돈을 주고받는 과정도 복잡할 거고, 그러다 보면 자칫 생명도 위험해요. 아마추어로서는 정말 할 일이 못 돼요."

"받으면 얼마를 받을 수 있는데요?"

"금관은 거래 실적이 없으니 값도 없어요. 제대로 받으면 수십 억? 수백 억?"

"둘째 방법은 뭐죠?"

"제가 좀 생각해보았어요. 우리 정부가 사는 거예요. 하지만 정부는 북한에 돌려준다는 걸 전제로 살 수밖에 없어요. 산 뒤 우리는 너희 금관을 우리가 가지고 있다, 발굴지를 공동 조사하자, 그걸 수용하면 금관을 즉각 돌려주겠다, 이런 식의 반환 조건을 북한에 정식으로 통보하는 거죠. 북한이 이를 받아들이면 남북 정부 간에 처음으로 문화재 공동 발굴 조사가 이루어지는 셈이죠."

"공동 조사를 위해서 정부가 거금을 쓸 용의가 있다는 말이네요."

"정부 차원의 문화재 분야 교류 협력에 첫발을 떼게 된다는 점에서 공동 조사가 가지는 의미가 아주 크죠. 어느 정도 금관 구입비를 쓰더라도 아깝지 않을 겁니다. 물론 돌려줄 거니까 제값을 주고 구입할 수는 없고요."

말은 원칙대로 하지만, 그의 호흡은 진작부터 가느다랗게 떨리고 있다. 국가 문화재 연구기관장으로서 자신에 의해 금관의 역사가 한 페이지 추가될지도 모른다는 기대감을 애써 감추고 있다. 그러니까 감정부터 하자고 덤비는 것이다.

우리 정부가 금관 입수 사실을 발표하면 북한 정부가 바로 도난 사실을 알게 될 것이다. 이런 우리 쪽 계획을 알고서도 황 참사는 내게 금관을 팔아달라고 할까? 방법이 두 가지라고 하지만, 황 참사를 위해서는 위험을 무릅쓴 밀매 방법 한 가지밖에 없는 것이나 마찬가지다. 물론 나를 위해서는 우리 정부가 나서는 것이 좋다. 국가 차원의 일이 되면 기사 가치가 훨씬 더 클 테니까.

"누가 그 귀한 물건을 팔겠다고 나선 겁니까?"

"그런 사람이 있어요."

"경애하는 장군님?"

우리는 낄낄거리다가 전화를 끊는다.

큰일을 치르는 데 우여곡절이 없을 수 없다. 황 참사에게 이메일을 쓴다. 감정을 위해서 곡옥과 영락을 떼어서 보내달라고. 처분 방법이 옹색하다 어쩌다 하는 말은 아예 쓰지 않는다. 미리 초를 쳐서 일을 망치고 싶지 않다.

8

　　　　　　기사 마감 시간을 앞둔 바쁜 시간이다. 관광객 억류 사건으로 중단된 금강산 관광에 관한 전망 기사를 쓰는 중이다. 행정지원팀 직원이 우편물을 나눠주고 다니면서 작은 봉투 하나를 책상에 올려놓는다. 주소도 없이 발신자는 '황'이라고만 적혔다. 평양에서 얼핏 본 적이 있는 황 참사의 글씨체다. 중국 단동 우정국 소인이 찍혔다. 중국에 나오는 인편을 통해 부친 것 같다. 그러고 보니 그에게 이메일을 보낸 지 일주일이 지났다. 이 소장이 요구한 영락과 곡옥이 한 개씩 편지와 함께 봉투에 담겨 있다. 쓰던 기사를 미루고 편지를 읽는다.

　진품이 확실하오. 하지만 필요한 절차인 것 같아 물건에 달린 치레거리 (장식물)를 떼서 보내오. 보내라는 대로 각 하나씩, 합해서 두 개요. 실물은 관계 부문 일꾼이 인즘 가지고 나가도록 조치했소. 늦어도 한 달 내로 대면하게 될 것이요. 이달 8일에 내가 북경에 나갈 일이 있소. 그때에 맞춰 추사 글씨 값을 가지고 북경으로 나오시오. 경의.

　한 달 후면 금관이 나를 완전히 다른 사람으로 변모시킬 것이다. 닷새 후 8일이면 그를 만날 수 있다는 사실까지 더해져 기분이 한껏 들뜬다. 다만 회사 형편이 시간을 허락하지 않아 걱정이다. 하필 이런 때 사표를 낸 후배가 야속하다. 그 친구 때문에 요즘은 뻑하면 휴일도 반납하는 처지가 되었다.

　서둘러 기사를 마무리하여 데스크에 넘기고 문화재연구소가 있는 경복궁으로 향한다. 인왕산 봉우리에 먹구름이 꼈다. 곧 비라도 내릴 것같이 음산한 기운이 감돈다.

　"어! 진짜 같네. 곡옥의 산화 정도를 보면 이미테이션이 아녜요."

소장실에서 만난 이 소장은 영락과 곡옥을 보고 감탄부터 한다. 그는 그보다 나이가 많아 보이는 금속공예실장을 불러 그것들을 넘긴다. 실장이 실험실에 들어가 감정을 하는 사이, 나는 커피를 마시며 이 소장으로부터 금관에 대한 이야기를 듣는다.

"북한 지역에서 신라금관이 발굴된 사실이 학계에 보고된 바가 전혀 없어요. 그런 만큼 금관이 진품이라면 신라사 연구에 새로운 전기를 제공할 거예요."

한 시간쯤 지났다. 금속공예실장이 소장실로 들어온다. 신물질이라도 발견한 과학자처럼 표정이 환하다. 그 표정이 금방 이 소장에게 옮아가 그의 표정 역시 환해진다. 실장이 우리 앞에 앉는다.

"곡옥이 산화된 정도로 봐서는 오래된 것임에 틀림없습니다. 곡옥에 뚫린 구멍 속에 낀 떼도 전자현미경으로 분석했는데, 백 년 내에 낀 때가 아닙니다. 가짜라면 적어도 백 년 전에 만든 가짜라는 이야깁니다. 백 년 전이면 구한말인데, 그 시절에 누가 이걸 가짜로 만들었겠습니까?"

"영락은요?"

이 소장이 묻는다.

"금제영락도 현미경 분석을 했습니다. 두드림수법이나 오림수법이 동경박물관에 있는 신라금관과 일치합니다. 신라시대와 동일한 제작 도구를 활용했다는 의미입니다."

"결론적으로 진품이란 말씀입니까?"

이 소장이 흥분하여 나보다 먼저 묻는다.

"이것만 봐서는 진품임이 확실합니다만, 나머지를 보지 못했으므로 단정할 수는 없습니다."

시원하게 결론을 내지 않는 어법에서 전문가로 세월을 보낸 관록이 느껴진다. 실장은 곡옥과 영락을 내게 돌려준다. 너 같은 문외한의 손에 있어서는 안 될 물건인 것처럼 아쉬움이 잔뜩 밴 표정이다. 실장이 나간다. 이 소장이 은근한 어조로 말한다.

"가져오세요. 그러면 통일부와 협의해서 우리가 사도록 해보겠어요."

나는 나아갈 수도, 물러날 수도 없는 곤혹스런 상황에 처했음을 깨닫는다. 내가 웃을 때 황 참사는 울어야 할지 모른다.

"합법적인 밀매 방법은 없을까요?"

"합법적인 밀매라는 말이 성립이 돼요?"

그가 웃는다.

"샀으면 그만이지 그런 중대 문화재 사범들을 보호해야 할 가치가 있습니까? 제가 추천할 방법이 더는 없어요."

중대 문화재 사범이 황 참사라는 사실을 밝힐 수 없어서 대신 나는 그에게 눈을 흘긴다.

밖으로 나왔다. 어둠 속에서 가을비가 추적추적 내린다.

9

비는 이틀이나 내리다가 그쳤다. 빌딩 사이로 드러난 퍼런 하늘에 낮달이 떴다. 달이 구름 사이로 부지런히 달음질친다.

"저놈의 달까지도 바쁘네."

고 기자가 시부렁댄다. 그도 지금 격무에 시달리고 있다. 사표 낸 후배의 출입처들을 그와 내가 나눠 맡았다. 이런 마당에 부장에게 휴가 신청서를 내밀 염치가 없다. 더구나 도문탈북자수용소 소요 사건 취재를 어영부영 넘긴 이래 부장은 나를 괘씸하게 여기고 있다. 달리 방법이 없다는 것을 이해했으면서도. 황 참사가 알려준 금강산 관광객 석방 예고 기사가 관계를 회복시켜주나 했는데, 이마저 부장은 그렇지 않다는 H그룹 측 취재원을 더 신뢰한 까닭에 관련 기사 뒤에 석방 예고 기사를 덧붙여 다뤘다. 그래서 특종으로서 빛을 완전히 잃었다. 그렇다고 다른 이유를 내세워 출장을 가겠다고 하기에는 양심이 켕긴다. 금관 일을 발설하기에는 아직 이르다. 실패하면 미운 털만 더 박힌다.

편집회의에서 돌아오는 부장에게 다가간다. 냉큼 입이 안 열려 뒤통수를 긁어댄다. 부장이 별놈 다 보겠다는 듯이 외면하고 자리에 앉는다.

"북한 사람이 중국으로 나온다는데, 그 사람이 우리에게 호감을 가진 사람이거든요. 실세라는 설도 있고……."

황 참사의 편지를 받고 나서 내내 속에 담아둔 말을 겨우 뱉어낸다.

"그래서 가봐야겠다, 그 말이지?"

다시 뒤통수를 긁는다. 지금 당신 정신 있어? 라는 호통이 당장 튀어나올 것 같다.

"북한 취재를 잘되게 하려면 투자를 더 해야 한다, 그 말이지?"

비비 꼬는 그의 말이 영 귀에 거슬린다.

"방금 회의에서 편집국장께서 당신을 칭찬하더라고. 타사에 한발 앞서 평양에 들어갔다는 것 자체만으로도 당신이 이번 창사기념일 표창감이라는 거야. 주기로 결정이 난 건 아니니까 김칫국부터 마시진 말고."

고분고분 나오는 것이 의외다.

"지금 남북 민간 교류가 진전되는 걸로 봐서는 머잖아 평양에 특파원을 보내야 될지도 모른다는 거야. 기회는 살리고 봐야지. 출장 신청서를 내봐."

편집국장 말 한마디에 태도를 바꿀 그가 아니다. 그사이 방북에 대한 이해가 깊어졌다는 말일까? 관광객 석방 예고 특종을 깔아뭉갠 미안함 때문일까? 그의 승낙 자체가 반가워 나는 이것저것 따져보지도 않고 물러난다.

10

　　　　　　　은행 직원이 무식한 사람 다 봤다는 듯 난감한 표정을 짓는다.

"결론부터 말씀드리면, 손님의 경우엔 9만 달러나 되는 거액을 환전해서 국외로 반출할 방법이 전혀 없습니다. 1만 달러 이상 반출하려면 무역 거래 서류가 있어야 합니다. 또 현금으로 직접 들고 나가려면 한국은행의 현금 소지 승인도 있어야 합니다."

추사 글씨 값을 회사 부근 은행에서 환전하려는 참이다. 나는 구전으로 챙겨도 되는 1만 달러까지 다 환전할 작정을 했다. 돈에 미련을 갖고 문화재 밀매 일을 계속하게 될까 봐 나보다 더 돈이 아쉬운 황 참사에게 돌려주기로 맘먹은 것이다. 그런데 환전과 송금이 모두 가능하지 않다는 것이다.

회사로 돌아왔다. 경제부 동료에게 의견을 구한다. 그 역시 나를 한심한 사람 취급한다.

"옛날에 말이야, 어떤 유명 목사가 7만 달러를 구두 박스 속에 숨겨 나가다가 공항에서 외화 밀반출로 잡혔잖아. 왜 그랬겠어?"

"방법이 없을까?"

"문화재 담당 기자와 상의해봐."

퇴근하고, 생맥줏집에서 문화부 동료를 만났다.

"내가 지금부터 하는 말 비밀로 해줄 거야?"

"나 입 가벼워. 비밀이라면 말하지 마."

“그러지 말고 듣고 조언 좀 해.”

다 듣고 난 그가 자못 진지해진다.

“그거 진짜 추사 거면 괜찮은 기삿거린데?”

“다 까발리면 죽게 되는 사람이 생길지 몰라.”

“그렇다면 더 쓰고 싶어지는데 어쩌나?”

“이걸 팔아서 부하들 식량 대주는 북한 관리가 있단 말이야.”

“그런 공산당원도 있어? 제가 먹을 거면서 순진한 너를 이용하려
니 하는 핑계 아냐? 저도 먹고 높은 놈들 뒷돈도 대줘 제 보신하고.
그야말로 꿩 먹고 알 먹자는 놈 아냐? 남이나 북이나 돈에 환장한 놈
들 천지인 세상인데 그런 말을 믿어?”

“그런 게 아니래두.”

내가 목소리를 조금 높인다.

“뭐가 아냐? 그놈들 하는 짓이 뻔하지.”

“아휴, 아니라니깐.”

“내가 직접 본 게 아니니까 참는다. 맥주 값을 오늘부터 일주일만
네가 내.”

“오늘 건 낼게.”

그는 생맥주를 한 모금 들이켠다.

“네가 한 짓이 바로 세금을 포탈한 문화재 밀매야. 얼른 중국 무역
상을 통해서 무역 서류를 만들어. 백 년 이상 된 골동품이나 예술품
은 감정서가 있으면 무관세야. 이 두 가지 서류면 대금 반출에 문제
가 없어.”

“추사가 죽은 지 백 년이나 됐나?”

그가 어처구니없어 웃는다. 미로를 헤매다 출구를 발견한 것처럼
시원하면서도 골치가 아프다. 까딱하면 탈세 혐의로 조사도 받아야
할지 모른다. 이러다가 정말 문화재 브로커가 되는 것이 아닐까? 황

참사는 북경에서 며칠이나 체류할 수 있을까? 이 모든 일들을 처리하고 내가 북경에 갈 때까지 기다려줄까?

"입에 지퍼 꽉 채워."

나는 생맥주 글라스를 동료의 것에 부딪친다. 그때 벽에 붙은 TV 화면이 눈길을 잡아당긴다. 다리 건너 나뭇가지 사이로 김일성 주석의 대형 초상화가 보이는, 눈에 익은 두만강 풍경이 화면 속에 있다. 실내의 소음에 묻혀 소리는 들리지 않지만, 자막이 도문탈북자수용소 폭동이 진압되었다고 전하고 있다. 중국 정부가 폭동에 가담한 탈북자 전원을 북송한 사실이 뒤늦게 밝혀졌단다. 나는 아주 흔한 일을 겪듯 별 감정 없이 생맥주를 꿀꺽꿀꺽 마신다.

11

　　　　　　가죽점퍼를 입은 사내 둘이 편집국으로 들어와 두리번거린다. 나를 찾는 경찰관임을 나는 대뜸 알아챈다. 그들을 기다렸다. 취재 나갔다가 돌아오니 서울 시경에서 찾아오겠다는 전화가 왔음을 알리는 메모지가 책상 위에 놓여 있었다. 무역 서류를 의심한 세무서에서 벌써 경찰에 연락을 한 것 같다.

"이인철 기자가 어느 분입니까?"

내가 엉거주춤 손을 들어 올린다. 그들이 다가온다. 나는 그들을 편집국 옆 빈 인터뷰실로 안내한다.

"협조해주셔서 감사합니다."

예의 바르게 나오는 것이 비수를 숨긴 것 같아 더 걱정된다. 둘 중 젊은 축에 드는 사람이 가방에서 서류를 꺼낸다. 그것을 바라보며 묻는다.

"1965년생이시죠?"

"네."

그가 볼펜으로 받아 적기 시작한다.

"주민등록번호와 현주소를 말씀해주시겠습니까?"

나는 주눅이 든 목소리로 대답한다. 남북 교류를 하는 사람은 교도소 담장 위에 서 있는 것과 같다는 한 여사의 말이 생각난다. 보안법이나 남북교류협력법 위반도 아니고, 하필 문화재 관리법 위반으로 걸린단 말인가. 창피하다.

"김영수와는 모르는 사이였던가요?"

김영수? 마장동 화상의 이름은 아니다. 내게 익숙하지 않은 이름이다. 그를 머릿속에서 찾아내려고 눈동자를 굴리자 답변을 기다리던 젊은 축이 기억을 되살려준다.

"북한으로 넘어가겠다던 김영수 말입니다."

아, 그 김영수. 기억의 갈피 속에서 월북을 도와달라던 김영수의 이메일이 폴짝 뛰어나온다. 진작 그렇다고 말할 것이지. 속으로 투덜대며 나는 어깨를 편다.

"전혀 모르는 사람입니다."

"그럼 김영수가 이메일을 보낸 이유가 어디에 있다고 보십니까?"

"글쎄, 너무 뜬금없는 일이라서 누가 장난친 건 아닌가 하는 생각도 들고요. 김영수라는 사람이 실제로 있기는 있어요?"

"실제 있습니다. 중국으로 출국한 것도 맞고요. 부인과 아이가 집에 있는데, 아이는 소아당뇨에 걸렸고, 사업은 실패의 연속이었고, 그런 걸 비관하여 넘어가려 했던 것 같습니다."

"넘어간 건 확인이 되나요?"

"아직 안 돼요. 요즘은 넘어가면 북에서 바로 돌려보내요. 쓰레기 같은 놈들은 필요 없다, 뭐 그런 뜻이겠지요. 남북 관계가 좋아진 측면도 있을 테고요."

　나이 든 경찰관이 자세를 고쳐 위엄을 차린다. 거꾸로 나한테 심문을 당한다고 생각하는 모양이다.

　"정말 모르는 사람이 맞죠?"

　"그렇다니까요."

　경찰관들은 몇 가지 쓸데없는 질문을 더 했지만, 20분도 안 돼 조사는 싱겁게 끝났다. 사건 처리를 위해 요식행위로 찾아온 것이다. 젊은 경찰관이 내 오른손 엄지에 인주를 묻혀 서류 위에 찍는다. 마른 잎새 같은 붉은 지문이 거기에 옮겨진다. 도둑이 제 발 저리다더니 내가 그 짝이었다.

제6장

대면

1
/

　　　　　북경공항 세관검사대를 지나 입국장으로 나온
다. 마중 나온 사람들 사이로 황 참사의 얼굴이 눈에 들어온다. 우리
는 알아보고 서로 손을 흔든다. 다가가자 그가 내 어깨를 끌어안는
다. 등을 두드리는 손바닥에 힘이 느껴진다. 나를 기다리면서 가끔씩
자신을 사로잡았을 불안을 털어내려는 듯하다. 만나기로 약속한 날
짜보다 그는 무려 닷새를 더 기다렸다. 중국에 식량을 구매하러 나왔
는데, 만남이 지연되는 사이 대금을 치르지 못해 곤혹스런 나날을 보
냈다. 나는 대뜸 그에게 거금 9만 달러가 든 가방을 내민다. 그가 달
라는 8만 달러보다 1만 달러가 더 들어 있다는 말은 하지 않는다. 내
게 돌려주겠다고 나서면, 그의 완고한 성질을 감당하기 어려울 것이
다. 등짐을 부려놓는 홀가분한 심정이 된다. 임무를 끝낸 것도 그렇
고, 만 달러에 대한 미련을 버린 것도 그렇다.

　"수고했어. 정식으로 하자면 기렇게 복잡하군. 다른 사람은 엄두도
못 냈을 거야. 뒷구멍으로 살짝 해제끼고 말았을 테지."

　그가 전에도 누굴 통해서 이런 일을 해왔다는 짐작이 간다. 어떤
사연이 있기에 그 바통이 내게로 넘어왔을까?

　"이런 일 이제 그만둡시다."

　금관 때문에 그럴 수 없다는 것을 잘 알면서도 빈말을 던진다.

　"길을 훤히 알아놓고 시운전도 했으니 이젠 더 쉽게, 더 잘할 거야.
흐흐흐."

　"전에는 누구랑 했어요?"

　우리는 공항 건물 밖으로 나온다. 찬 바람이 욱하고 몰려든다. 택
시 정류장으로 걸어가면서 대답을 기다린다.

"기런 사람이 있었댔지. 그 동무 지금은 저세상에 가 있어."

"남쪽 사람인데?"

나는 깜짝 놀라 묻는다.

"아니, 우리 사람. 남쪽 대방은 그 동무가 알지 나는 몰라."

그가 구름이 가득 낀 하늘을 올려다본다. 담배 한 개비를 빼어 문다.

"그 동무가 욕심을 너무 냈지. 제 꾀에 제가 넘어갔단 말이야."

연기와 함께 토해내는, 회한인지 안타까움인지 모를 그의 한숨이 깊다. 나는 그가 다시 입을 열 때까지 기다린다. 택시를 타고서야 그의 말은 계속된다.

"내 아랫사람이었어. 심양에 내보내 남쪽 사람들에게 고려청자 따위 골동품을 팔게 했지. 장사가 잘되었어. 진품만 가지고 나가 싸게 팔았으니까니. 사귀어봐서 신뢰가 가는 사람들하고만 거래했대. 외상도 주었지. 나중엔 외상이 수만 달러나 깔렸댔어. 기래도 우리는 적잖게 벌어 썼지. 문화재는 말이야, 기걸 애호하는 사람 손에 있어야 해. 골동품 장사를 하면서 나는 내가 기런 생각을 하고 있다는 걸 위안 삼곤 했지."

나는 비웃는다. 처녀가 애를 배도 할 말이 있다더니. 비웃음은 그만을 향한 것이 아니다. 도둑의 동업자가 된 내게도 나는 똑같은 무게의 비웃음을 날린다. 그도 말하고 보니 염치가 없는 모양이다. 입가에 객쩍은 웃음을 머금는다. 그도 나처럼 어쩔 수 없이 이 일에 나섰을 것이리라.

"기런데 이 동무가 자제력을 잃었어."

그는 담배 연기를 몰아내려 택시의 창문을 조금 연다. 부르룩부르룩. 도로의 소음이 바람에 실려 차 안으로 몰려들어 온다.

"우리 사람들에게 남쪽 어딜 제일 가고 싶으냐고 물으면 백에 백 제주도를 꼽을 거야. 남쪽 사람들이 백두산에 가고 싶어 하듯이 말이

야. 이 동무도 제주도에 대한 호기심이 상당했었던가 봐. 남쪽 손님
을 만나면 제주도에 대해서 묻곤 했대. 기러니까니 남쪽 손님들이 제
주도에서 잘 모실 테니 한번 오라, 미인도 하나 붙여주갔다, 기렇게
구슬려댔대. 외상을 안 갚고 연락을 끊은 자도 몇 있었던 모양인데,
그놈들도 데려오갔다, 외상도 받아주갔다, 하고 꼬셨대. 기땐 이 동
무가 응하지 않았어. 그 정도는 알 만한 동무였지. 그 사람들이 돈도
안 주고 신고하면 남조선 당국이 간첩 잡았다고 난리를 피우지 않갔
어? 그 사람들은 돈도 떼먹고, 포상금도 받을 테지? 이 동무는 대신
엉뚱한 짓을 벌였어. 은밀히 중국 여권을 만들어 중국인 관광단에 끼
어 제주도에 간 거야."

"그래서?"

"잘 놀았갔지. 돈 있갔다, 여자 끼고 밤낮 미친 짓 다 하고, 구경 다
하고."

"제주도에 진짜 갔단 말이에요?"

"기렇다니까니."

"정말 미쳤군."

"그 동무가 안 보이자 심양의 우리 일꾼들이 초비상에 걸렸어. 이
동무가 탈북자가 된 줄 알았어. 일주일쯤 지나자 벙글벙글 웃으며 나
타났다는데, 미친놈이 따로 없더래. 이미 상부에 보고가 됐는데 기것
도 모르더라니까니. 도대체 뭣에 홀려 기랬을까 지금도 의문야. 당연
히 남조선 간첩 혐의를 뒤집어썼지. 기리고는 가슴에 총알 한 방을
마지막 선물로 받았지."

"평양 사람들은 걸핏하면 아무나 간첩으로 몰아 죽이데요. 남쪽에
서는 보내지 않는 것 같은데, 그쪽엔 왜 그리 남쪽 간첩이 많아요?"

"누가 쐈는지나 물어봐."

"형이?"

"응, 내가."

"직접 쏘았다는 겁니까?"

"응."

곁에 있는 살인자의 얼굴을 들여다본다. 황 참사는 아무렇지도 않은 표정으로 창밖을 내다본다.

"그렇게 마음대로 죽여도 됩니까?"

"배때기에 기름기가 너무 껴서 다시 우리 공화국 사람으로 살기에 부적당한 놈이었어. 기런 놈을 죽였는데 뭐랄 사람이 누가 있갔어."

"장군님하고 가깝다던데, 그러면 사람을 죽여도 죄가 안 되나 보지요?"

그가 희미하게 웃는다.

"나도 죽일 수 있겠네요?"

"기런 일이 없어야지."

"수틀리면 죽이겠다는 말이네요?"

그는 못 들은 척한다. 그의 무응답에서 나는 그의 속을 들여다본 것 같은 기분에 젖는다. 갑자기 몸에서 한기가 돈다. 불쾌하고 불안하다.

나는 한 번도 어둠의 세계로, 법이 지배하지 않는 세계로 가차 없이 뛰어들 생각을 해본 적이 없다. 그런데 지금 그런 충동을 부추기는 기막힌 우연과 만났다. 내게 한 걸음씩 다가오는 금관이 그것이다. 금관을 포기해야 할까? 포기한다면, 금관이 가져다줄 대특종이 물거품이 될 것이다. 회사가 기대하는 북한과의 교류도 당장 지장을 받을 것이다. 그렇다고 황 참사에게 어영부영 끌려가기도 싫다. 그가 부하 죽이듯 나까지야 죽이지는 않는다고 하더라도 그 끝이 알 수 없는 불행으로 마무리될 것 같은 예감이 머릿속에서 떠나지 않는다.

나는 마음을 고쳐먹는다. 위험을 감수하지 않고 성취할 수 있는 일은 아무것도 없다. 목숨이란 것이 쉽게 누구의 손아귀에 맡겨질 수도 없지만, 설령 그런 상황이 온다고 해도 맞서리라. 해보는 거야. 할 데까지 해보는 거라구.

"사람도 함부로 죽이는 권력자가 무슨 돈이 그리 필요해요?"

"권력? 사람 한둘쯤 죽일 수 있는 권력이야 있지. 기러나 식솔을 먹여 살릴 만큼의 권력은 없어서 근심이야."

"금관은 언제쯤 국경을 넘어요?"

"임박했어. 인츰 오 동무가 아우에게 연락할 거야. 리쾌대 그림 가져갔던 오 동무 기억하지?"

그는 시일을 너무 끌었기 때문에 심양에 구매해놓은 옥수수 대금을 치르기 위해서 바삐 움직여야 한다고 덧붙인다. 하지만 점심때가 다 되었으므로 어차피 밥은 먹어야 할 것이 아니냐고 나는 그를 붙잡는다. 우리는 택시를 통셴의 삼천리식당으로 돌린다.

2

　　　　　정연화가 황 참사와 함께 들어서는 나를 반긴다. 다소곳이 팔을 모으고 인사를 하는 그녀의 얼굴에 홍조가 가득하다. 누군지 모르면서 황 참사에게도 고개를 숙인다. 황 참사는 어쭈, 아우가 저런 미인도 알고 지내나? 하는 표정으로 정연화를 유심히 바라본다. 점심도 점심이지만, 이쯤에서 나는 황 참사가 그녀를 만나는 것이 필요한 일이라는 생각을 했다. 그는 평양에서 나를 처음 만났을 때 땅굴에 산다던 그 에미나이는 지금도 그 지경으로 사느냐고 물은 적이 있다. 그도 조국을 탈출한 자기네 사람들이 어떻게 사는지 궁금할 것이다. 이런 뜻밖의 확인을 통해서 우리의 우정도 익어가는 것이리라.

우리가 앉은 테이블로 정연화가 음식을 내온다. 종업원들이 그녀의 등 뒤에서 바닥에 내려놓은 내 여행가방을 기웃거린다. 내가 또 옷을 가져오지 않았나 해서 그러는 것이 분명하다.

"연화 씨, 인사드려요."

영문을 모르는 그녀가 다시 한 번 허리를 굽힌다.

"나를 평양에 초청해준 분이에요. 공화국 정부의 큰 간부십니다."

그녀가 눈을 번쩍 치켜뜬다. 황 참사와 나를 번갈아 바라보다가 얼굴이 하얗게 굳는다. 음식 배열을 건성으로 마친다. 그러더니 뒤돌아서 주방으로 종종걸음 친다. 황 참사가 어이없어 웃는다.

"수줍음을 타는 건가?"

나도 따라 웃는다.

"애인?"

"그래 보여요?"

"영 곱단 말이야. 접대원 같지 않아. 아우가 접대원을 소개할 리는 없을 테고. 중국 애인? 현지처?"

나는 다시 웃는다.

"남쪽 사람들은 가는 곳마다 현지처를 둔다며? 자본주의자들은 도덕적 타락이 너무 심해."

"서울 처도 없는데 무슨 현지처? 그저 제가 돕는 사람이에요."

"기럼 기렇지. 아우야 기럴 리 없갔지."

"지난번에 평양서 형이 말했던 백두산 밑 땅굴 기억하죠? 제 기사에 나온."

"긴데 왜?"

"그 처녀예요."

이번엔 그가 눈을 치켜뜬다.

"정말?"

"왜 거짓말을 해요. 저 친구 불러서 직접 물어봐요."

"기럴 건 없어."

그가 잠시 생각에 잠기는 듯 고개를 조금 수그리고 눈을 감는다. 그러다가 이내 정색을 한다.

"아우는 이런 식으로 기사를 쓰나? 이번엔 탈북자와 조선노동당 간부의 조우라고 기사를 쓸 텐가?"

그의 말을 듣고 보니 그렇게 쓴다면 기사치고는 괜찮겠다는 생각이 든다. 또 그런 오해를 살 만하다는 생각도 든다. 하지만 그런 오해는 우정을 다지기 위해서 우리가 극복해야 할 장애물에 지나지 않는다. 우리는 언제라도 이런 일로 부딪칠 각오를 해야 한다. 두 걸음 전진을 위해 한 걸음 후퇴하는 셈 치면 되는 것이니까.

"별말씀을. 아무려면 제가 기사 하나 쓰고 형을 다시 안 보겠다고 할 사람 같아요? 전 그렇게 실속 없는 짓 안 해요."

그는 수저를 든 채 고개를 떨군다.

"오늘 나는 저 에미나일 보지 않은 거야."

그는 탁 소리가 나도록 수저를 내려놓는다. 식탁 위에 놔둔 돈 가방을 들고 일어선다. 나는 뜻밖의 반응에 놀라서 따라 일어서며 그의 팔을 붙잡는다. 그는 뿌리치고 식당 밖으로 나간다. 따라가면서 나는 앞을 가로막는다.

"사람 목숨도 좌지우지하는 분이 이까짓 일로 발끈해요? 본 것은 인정해야죠. 안 보긴 뭘 안 봐요?"

"비키라우."

"못 비켜요."

"이보라우. 나를 사상적으로 시험하려는 거야?"

"내가 무슨 의도가 있어서 이러는 것 같아요? 의도가 있다면 우리가 서로 더 잘 알자는 것뿐이에요. 그게 필요하잖아요."

"저 에미나이를 본 것으로 한다면 공안에 신고해야 돼."

냉혈동물처럼 그의 눈빛이 싸늘해진다. 나는 입이 하 벌어진다.

"비키라우. 통일되기 전까지 우리는 결코 서로를 이해 못 해."

그는 나를 우악스럽게 밀쳐낸다. 힘에 밀려 내가 비틀거린다. 그가 앞에 서 있는 택시에 올라탄다. 뒤쫓아 갔지만, 택시는 곧 거리의 차들 틈에 섞인다. 낭패다. 그가 떠나자 나는 택시가 사라진 도로를 멍하니 바라본다. 허망하게 끝난 영화 화면에서 눈길을 거둬 오지 못하듯이. 우리의 우정이란 것이 이렇게 순식간에 아무것도 아닌 것으로 바뀔 수 있을 만큼 가벼운 것일까?

식당으로 돌아온다. 지배인 아줌마와 종업원들이 웬일인가 해서 나를 쳐다본다. 그들 뒤 카운터 쪽에서 정연화도 나를 주시하고 있다. 나는 짐짓 아무렇지도 않은 표정을 짓고 홀 바닥에 놓인 내 여행 가방을 손가락으로 가리킨다.

"이건 첸먼 식당 사람들 줄 옷이에요. 여기서 소문내서 거기도 주게 되었잖아요."

종업원들이 실망한 표정으로 각자 하던 일로 돌아간다. 정연화만 남아 내 곁으로 다가온다. 겨우 들리는 목소리로 그녀가 입을 연다.

"저 때문에……"

"걱정 말아요. 내가 형 삼은 사람이니까 괜찮을 거예요."

그녀가 한숨을 쉰다. 서울에 들어와 사는 탈북자가 들려준 이야기가 떠오른다. 탈북 전 그는 중국에서 무역일꾼으로 일했다. 어디를 가려고 동료와 함께 택시를 탔는데, 운전기사가 한국 사람이냐고 물어서 그렇다고 대답했다. 일일이 대꾸하기도 귀찮았고, 한국 사람이라고 하면 좀 자유롭게 행동해도 괜찮다는 것을 그는 알고 있었다. 그런데 운전기사가 한국 편에 서서 북한을 비난하기 시작했다. 북조선 지도자는 영 머리가 없어요. 외교를 잘해서 나라를 발전시키려고는 않고, 핵무기 따위나 만들어서 외국을 위협하잖아요. 내 말 틀려요? 더 들을 수가 없어서 그들은 운전기사에게 차를 세우게 했다. 운전기사의 멱살을 잡고 따귀를 갈길 작정으로 손바닥을 치켜들었다. 운전기사는 북한을 욕했는데 한국 사람이 왜 자신을 때리려고 하느냐고 항변했다. 오해야, 오해. 북조선을 욕한 거라구. 탈북자는 내게 말했다. 장군님을 욕하는데, 가만히 있었다고 옆에 있던 동무가 입을 열면 어쿕니까? 운전기사 말이 그른 게 문제가 아니라 동료의 신고가 문제인 겁니다.

나는 정연화의 어깨를 다독이며 잠시 생각에 잠긴다. 황 참사는 다시 돌아올까?

3

　　　　　최 노인은 또 종업원들을 홀에 나란히 세워놓고 훈계하고 있다. 그는 교양 사업을 하는 것이라고 하지만, 누가 보더라도 하나 마나 한 잔소리를 하는 것이다. 날이면 날마다 저렇게 지청구를 해대는데도 식당이 잘되는 것을 보면 희한하다. 아냐. 저렇게 일일이 챙기니 큰 식당을 열세 개나 일으켰지. 그는 나를 보자 위층을 가리키며 올라가 있으라는 손짓을 한다. 종업원들은 그의 잔소리에 아랑곳하지 않고 내 여행가방을 쳐다본다. 살짝 미소가 어린 눈빛들이다. 나는 무거운 가방을 일부러 더욱 무거운 듯 끌며 계단을 올라간다.

뒤따라온 최 노인이 책상 서랍을 뒤져 붉은 표지로 된 수첩 같은 것을 꺼낸다. 응접 테이블 위에 그것을 탁 소리가 나도록 내려놓는다. 중국 여권이다. 정연화의 것이 분명하다. 그녀를 위해 잘됐다는 생각이 없진 않다. 하지만 강물에 떠다니는 얼음 조각 위에 올라선

178

것처럼 내 의지와 달리 끌려가는 것이 싫다.

"신분증도 같이 만들었어. 첫 출국 하는 중국 공민은 공항에서 신분증 검사도 한다는군."

내가 별 반응을 보이지 않자 최 노인이 답답하다는 듯 말을 잇는다.

"연화가 새 환경에서 희망을 갖고 살게 해야지 않겠나? 자네 신상 편한 생각만 말고, 숙명이다 여기고 그 처자 심정을 좀 더 헤아려."

지배인 아줌마도 뒤따라 올라온다. 나는 그녀에게 헌 옷들이 든 여행가방을 내민다. 그런데 그녀는 더 급한 일이 있다는 듯 자기 말부터 앞세운다.

"통셴에서 일이 났담다."

최 노인이 그녀에게 고개를 돌린다. 서로 눈빛을 주고받는 그들을 나는 여유롭게 쳐다본다.

"방금 공안이 와서 북조선 사람이 있지 않느냐, 하면서 식당을 구석구석 살피고 갔담다."

"그래서?"

"잡히진 않았죠?"

최 노인과 내가 거의 동시에 말을 받는다. 살피고 갔을 뿐이니까 잡히지 않은 것이 확실하다. 그런데도 가슴속에 불안이 엄습한다. 그것이 찌르르 전신으로 빠르게 번져나간다.

"공안이 식당 안으로 들어올 때 통셴 지배인이 퍼뜩 알아보고 연화한테 뒷문으로 도망치라 했다 아님까. 누가 신고를 한 것 같담다."

"지금 어딨는지는 모르고요?"

"방금 전에 일어난 일이라 아직은 모른담다. 어딘가 숨었지 않겠슴까."

점심때 황 참사가 식사도 하지 않고 막무가내로 식당을 떠나던 모습이 떠오른다. 저 에미나이를 본 것으로 한다면 공안에 신고해야 돼. 그가 남긴 목소리가 웅웅 귓가에 메아리친다. 식사도 하지 않고 그가 떠난 것은 결국 정연화를 보지 않은 것으로 하기 위해서 아니었던가? 신고가 그의 소행이란 말인가? 이런 정도로 그가 도량이 좁은 사람이란 말인가? 그렇다면 그와 나 사이에 회복 불가능한 금이 간 것은 아닐까?

최 노인이 응접 테이블 위에 놓인 여권을 들어 내 손에 쥐여준다.

"빨리 수속 밟아 데려가."

너무하다는 생각이 들지만, 통센으로 가는 일이 급해 대꾸하지 않는다. 내가 그곳에 간대도 딱히 할 일은 없다. 그래도 현장에 가 있어야 한다. 여행가방 손잡이를 지배인 아줌마 손에 쥐여주고 자리에서 일어난다.

"자네가 나서서 뭔 도움이 된다고?"

"그래도."

최 노인은 먼저 통센으로 전화를 건다. 통센의 지배인 아줌마가 내가 북한 사람을 데리고 왔었다는 이야기를 하는 모양이다. 계단을 내려가면서 최 노인이 묻는다.

"북조선 사람과 다퉜다면서?"

"그 사람이 황 참삽니다. 그렇게 주접스럽게 놀 사람은 아니에요."

최 노인은 고개를 끄덕인다. 그러면서도 황 참사가 신고자가 아니라고 단정하지는 않는 눈치다. 어쨌든 황 참사가 신고하지 않았을 것이라는 쪽에 무게를 더 둔 그의 태도에 나는 안도한다. 신고자가 그라고 한다면 그를 식당으로 데려간 내 방심이 어처구니없어 억지를 부리는지도 모른다.

통센의 식당은 저녁 손님들로 분주하다. 왁자지껄한 소리가 빈틈없이 들어찼다. 음식을 파는 것이 아니라 소리 지를 공간을 파는 것처럼. 정연화가 존재하지 않는다는 표시는 어디에도 없다. 그녀가 사라진대도 세상은 이처럼 태연히 흘러갈 것이다. 어느 구석에서 치명적인 상처를 입은 새처럼 숨을 할딱일 그녀를 생각하니 슴이 탁 막힌다.

지배인 아줌마는 최 노인에게 종업원들을 동원해 그녀를 찾아다닌 경과를 설명한다. 부근의 골목에도, 길 건너 아파트 단지에도, 단지 내 공원에도, 공원 내 화장실에도 그녀는 없었다고 한다. 유니폼을 입고 있으니 있었다면 금세 눈에 띄었을 것이라고 한다. 똑똑한 사람이니까 길을 잃진 않았을 것이라고 나와 최 노인을 달래는 말도 한다. 그러면서도 황 참사에게 의심을 두는 듯한 눈초리를 내게 보낸다.

"잡혔을지도 몰라. 내가 파출소에 가볼게."

최 노인이 문밖으로 나가려고 한다. 지배인이 그의 팔을 붙잡으며 말린다.

"다른 방도를 대서 가만가만 알아봐야 함다. 만약 아니 잡혔을 경우에는 우리 식당에 탈북자가 있다는 걸 파출소가 눈치채게 돼 앞으로 더 위험해질 수 있슴다."

"여기다 더는 둘 수 없어. 그 아이 스스로 두려워서 못 배길 텐데, 더 있을래야 있을 수 있겠어?"

최 노인이 지배인이 붙잡은 팔을 빼낸다. 문밖으로 나가며 내게 또 잔소리 같은 한마디를 던진다.

"신분증이 있다고 해도 중국말을 못 하니까 또 신고를 당할 거야. 아무리 조선족이라고 속인대도 중국말 한마디 못 하는 걸 뭐라 설명할 거냐고? 탈북자들이 북경으로 밀려오고 있다고 해. 여기 공안들이 긴장하기 시작했어. 빨리 서울로 데려가."

첸먼 식당 앞에서 탈북 소년이 북한대사관 직원에게 10위안만 달라고 떼를 쓰더라는 그의 말이 생각난다. 정연화도 이미 북경에 와 있다. 서울로 데려가는 길 말고 다른 길은 없을까? 나는 통셴으로 오면서 내내 이 문제를 고민했다. 중국 물정을 모르는 내게 다른 방법이 떠오를 리 만무하다. 최 노인이 말하지 않더라도 이젠 서울로 데려가야 하지 않을까 하고 마음을 바꿔먹고 있는 중이다.

　나는 혼자서 식당 구석의 빈자리에 앉는다. 정연화를 서울로 데려갈 경우에 생길 일들을 상상해본다. 우리 대사관에 가짜 중국 여권을 들이밀고 탈북자니까 비자를 찍어달라고 조른다? 애석하게도 말이 되지 않는다. 탈북자는 그 스스로 우리 영토 안으로 들어와야만 우리 국민으로 인정한다는 정책을 우리 정부는 견지하고 있다. 더구나 가짜인 줄 안다면 여권에 비자를 찍어줄 리 없다. 대사관을 속여 용케 비자를 받았다? 이번엔 중국 공항의 출국심사가 기다릴 것이다. 여권을 만들고 첫 해외여행을 나가는 자는 모두 출입국심사관이 인터뷰를 한다지 않는가. 그 나이 먹도록 중국말을 모르는 중국인이 있다는 점을 출입국심사관은 인정하지 않을 것이다. 이런 난관을 뚫지 못하고 도중에 체포된다? 그녀는 북송되어 악마의 이빨 앞에 먹잇감으로 내동댕이쳐지게 된다. 또 가짜 여권을 만든 최 노인과 그를 도와준 공안원이 형사처벌을 받게 된다. 수사 과정에서 내 이름이 드러나면 나조차도 형사처벌에서 자유롭지 못할 것이다. 내가 서울로 도망쳤다고 해도 중국 정부는 즉각 내 중국 비자를 몰수할 것이다. 차후로도 내게 비자를 내주는 일이 없을 것이다. 북한과 관련된 일들은 중국을 경유해야 가능한 것이 태반이다. 방북도 막히고, 탈북자 취재도 불가능해진다. 정연화가 서울로 가는 문제는 이렇듯 삼색 고양이의 탄생을 기다리는 것 같은 희박한 행운에 기대해야 한다.

　지배인 아줌마가 갈비탕을 한 그릇 가져온다. 경황 중이라선지 불고기를 먹으라고 권하지 않는다. 그래도 2냥짜리 백주 얼궈토우(이과두주)를 식탁에 올려놓는다. 나는 얼궈토우를 옆으로 밀어놓는다. 먹는 둥 마는 둥 몇 숟갈 뜬다.

황 참사가 이 식당에서 떠나던 장면을 떠올린다. 두고 보자 벼르는 표정이었을까? 아니면 탈북자와 자신이 같이 있어서는 안 된다는, 단순히 거부감을 나타내는 표정이었을까? 다시 만나자는 표정이었을까? 아니면 모든 것이 끝났다는 표정이었을까? 모든 사실이 나쁜 쪽의 해석으로 기울고 있다. 하지만 나는 기어코 그렇지 않다고 우긴다. 순식간에 내가 북한과 관련된 모든 우월적인 지위에서 밀려난다는 것이 용납되지 않는다. 금관이 곧 국경을 넘는다고 하지 않는가. 그런 중요한 일을 앞두고 황 참사가 사고를 칠 리 없다.

한 시간이 지나고, 두 시간이 지나도 최 노인은 돌아오지 않는다. 그가 여태 돌아오지 않는다는 것은 그녀가 공안에 잡혀 있다는 것을 의미할 수 있다. 최 노인이 공안과 협상하면서 시간을 축내지 않고서야 이리 늦을 이유가 없을 것이다. 중국 사람들의 지루한 신경전이 눈에 선하다. 그들은 시간을 많이 가진 편이 이긴다고 믿는 것 같다. 최 노인에게 전화를 걸어볼까? 하지만 일을 해결하는 데 보탬이 될 것 같지 않다.

북송되면 어떻게 될까? 내가 만난 대다수 탈북자들은 북송되면 죽는 줄로만 알았다. 더러는 교사 출신 반 씨처럼 강제노동수용소에서 몇 개월 살 뿐이라고 말하는 이들이 있긴 하지만. 수용소를 나온 다음엔 어떻게 될까? 먹을 것이 없어서 도망쳐 나온 사람이 집으로 돌아간들 전과 달라질 게 뭐 있을까?

두 시간 반 남짓 지나서야 최 노인이 식당으로 들어온다. 그의 등 뒤에 따라 들어오는 사람이 있다. 식당 사람들 모두 애를 태우며 기다리던 정연화다. 두려움이 가득한 눈빛으로 그녀는 주변을 두리번거린다. 나보다 먼저 지배인이 쫓아가 그녀를 얼싸안는다.

"저 위쪽 아파트 단지 공원에서 찾았어."

길 건너 아파트 단지보다 훨씬 더 위쪽으로 올라간 아파트 단지의 나무 밑 벤치에 그녀가 우두커니 앉아 있더라는 것이다. 지금까지 그는 그녀를 찾아다녔다고 한다.

"이 근방에 숨어 있겠지 했는데, 아니야."

담담한 말투다. 하지만 끝내 찾아오고야 만 그의 노고가 가슴을 파르르 흔든다.

"오늘은 자네가 호텔로 데리고 가서 재워. 내일 다른 식당으로 보내도록 대책을 세워놓을게."

나는 고개를 크게 끄떡인다.

4

　　　　옆에 앉은 정연화가 자주 내 팔을 힘주어 잡아당긴다. 그녀의 시선을 따라 버스 창밖을 내다본다. 빌딩들 앞에서 붉은빛이 나는 경광봉을 흔드는 주차 관리 요원이나 청원경찰들이 보인다. 그들이 자기네 빌딩에서 빠져나가는 차량들을 교통정리하고 있다. 그녀는 그들을 공안원으로 오인하는 것 같다. 나는 그녀가 움켜잡은 팔을 빼내 그녀의 어깨를 감싸 안는다. 그녀가 내 품에 파고든다. 버스 안의 승객들에게는 다정한 연인 사이로 보일 것이다. 감싸 안은 손에 나는 더욱 힘을 준다.

노동자체육관 입구에서 버스에서 내린다. 그녀의 어깨를 감싼 팔을 풀지 않은 채 함께 걷는다. 꼬치구이 노점 앞을 지난다. 남자한테 폭행을 당하던 여자와 그것을 구경하던 공안원이 있던 곳이다. 정연화의 일은 보통 사람들이 일상에서 겪는 아픔과는 감히 견줄 수 없는 차이가 있다. 그녀는 목숨을 건 일생일대의 모험과 정면으로 부딪치고 있는 것이다.

오후에 내가 잡은 룸이 마침 트윈베드라서 룸을 하나 더 잡지 않는다. 함께 있으면서 그녀를 위로해주고 싶다.

"연화 씨, 기쁜 일이 있어요."

그녀와 소파에 나란히 앉는다. 최 노인으로부터 받은 여권과 신분증을 가방에서 꺼내 그녀에게 건넨다. 그녀는 무엇인지 모르겠다는 듯 무심코 여권을 펼친다. 여권 속 자신의 사진을 한참 들여다본다. 흑! 외마디소리를 토해낸다. 동시에 가슴을 움켜쥐고 내게 쓰러진다. 내 품 안에서 한동안 흐느낀다.

"원한다면 서울로 데려갈 거예요. 한국 비자만 받으면 갈 수 있어요."

그녀는 두 팔로 나를 꼭 끌어안는다.

"선생님, 서울에 꼭 가야 되는 건 아니지요?"

서울에 가는 것을 한 번도 생각해보지 않은 것일까? 문득 어느 탈북자 꼬마가 부르던 노래가 생각난다.

헐벗고 굶주리는 남녘 땅 어린이들에게
공장 누나가 곱게 짠 비단을 싣고
뛰뛰빵빵 승리호 타고 어서 가자

헐벗은 남녘 땅으로 가자는 것이 겁날까? 아이와 부모와 친구와 과거와 영영 이별한다는 것이 서러울까? 내가 그녀를 서울로 데려가지 않으려 한 것도 따지고 보면 그녀를 귀찮은 존재로만 여겨서 그랬던 것은 아니다. 그녀의 부모, 그녀의 과거와의 단절도 염두에 둔 것이다. 하지만 지금은 그녀에게 서울행의 선택을 진지하게 권해야 할 상황이 되었다. 기어이 데려가야만 마음이 편해질 상황이 되었다.

그녀가 내 몸에서 떨어진다. 그러고는 띄엄띄엄 입을 연다.

"중국에 건너와 사람 팔아먹는 사람들에게 잡혀 어느 집에 갇혀 있을 때였어요. 종일 텔레비전을 보았어요. 텔레비전에서 색다른 우리말이 나오더라고요. 중국이 큰 나라다 보니까 조선말 방송도 해주는구나 여겼어요. 보다 보니 한국 방송이었어요. 깜짝 놀랐어요. 중국 사람들이 한국 방송을 본다는 걸 상상할 수 없었어요. 남조선 깡패 집단에 잡혀왔구나 하는 생각이 다 들었으니까요."

연변에서는 많은 조선족들이 위성안테나를 설치하고 한국 방송을 본다. 중국 정부의 단속에도 불구하고.

"그때 한국이 참 많이 발전했다는 걸 알았어요. 방송도 재미있고, 진실하게 느껴졌어요. 자기들 욕을 자기들이 하고 있었어요. 남조선을 한국이라고 한다는 사실도 그때 첨 알았고요. 뒤에 저를 잡아온 사람들도 한국에 가기 위해 무진 애를 쓰고 있다는 걸 알게 되었어요. 한국에 가서 일하면 돈을 많이 번다, 가려고 돈을 썼는데도 3년 넘게 기다리고 있다, 하는 말을 그 사람들이 하더라고요."

"그런데 왜 서울에 안 가려고 해요?"

"너무 큰일이라서 며칠 생각해보겠다는 뜻이야요."

"조국으로 돌아갈 생각은 없어요?"

"이 여권을 보니까 나는 고향 사람들과 전혀 다른 세상에 사는 사람이 된 것 같아요. 그래서 내가 고향에 가서 살게 되더라도, 남들은 다 굶더라도 나는 굶지 않을 수 있다, 하는 허황된 생각까지 들어요."

몸서리치도록 기억하기 싫던 절망도 지나고 나면 그리워지는 법일까? 그녀에게도 조국이, 고향이 그런 그리움의 대상일까?

"지쳤을 테니 쉬세요."

내가 화장실에서 샤워를 하고 나오자, 그녀가 화장실로 들어간다. 그사이 나는 통셴 식당에서 마시지 않고 가져온 얼궈토우를 꺼내 마신다. 알코올이 온몸으로 빠르게 흡수돼가는 것이 느껴진다. 낮 동안

의 긴장이 풀린 탓이리라. 그녀가 화장실에서 오래도록 나오지 않는
다. 거기서 나머지 울음을 쏟아내고 있는 모양이다. 얼궈토우는 다
비워졌다. 나는 침대에 몸을 묻는다. 팔랑팔랑 떨어지는 꽃잎처럼 잠
속으로 빨려간다.

얼마나 지났을까? 이물감을 느끼며 잠에서 깨어난다. 여자가 내 팔
을 베고 자고 있다. 여자의 살이 내 살과 맞닿아 있다. 여자의 젖가슴
이 내 가슴을 가볍게 누른 채이고, 내 남성이 여자의 배에 닿을락 말
락 늘어져 있다. 여자가 뒤척이자 여자의 숲이 내 허벅지를 간질인
다. 깜짝 놀라 눈을 뜬다. 창밖에서 어스레한 불빛이 스며들고 있다.
옆의 빈 침대가 보인다. 그렇다면 내가 누운 이 침대에 정연화가 같
이 누워 있단 말인가? 내가 그녀의 침대에 누웠을까? 그녀가 내 침대
에 누웠을까? 몇 시간이 지나지 않은 일인데, 분간이 가지 않는다.
나는 다시 잠 속으로 빨려들어 간다.

날이 밝았다. 누군가 문을 두드린다. 최 노인이 보낸 식당 종업원
이다. 그는 그녀를 최 노인의 또 다른 식당으로 데려가기 위해 온 것
이다. 시내 차오양취에 있는 식당이다. 정연화는 곧장 그를 따라 떠
난다. 가족을 먼 곳에 보내는 것처럼 영 내키지 않는다.

최 노인에게서 전화가 온다.

"앞으로 딱 한 달만 데리고 있겠네."

"정작 본인은 서울에 가겠다고 나서지도 않는데 너무 몰아붙이는
거 아네요?"

나는 볼멘소리를 한다. 그러면서도 서울행을 설득시켜달라고 그에
게 부탁한다.

5

어느 나라 대사관의 붉은 벽돌담 위로 흰 구름이 흘러간다. 밤인데도 검푸른 하늘과 흰 구름의 대비가 명료하다. 호텔 밖에서 저녁을 먹었다. 나온 김에 나는 싼리툰 골목길을 거닌다.

황 참사는 하루 뒤면 내게 돌아오겠다고 했다. 나를 만나 내 방북과 금관 문제를 협의하고 귀국하겠다고 약속했다. 그런 그가 이틀이 지났는데도 오지 않는다. 오늘 오전까지도 나는 그를 만나면 정연화 건으로 한판 붙어야겠다고 별렀다. 하지만 오후부터는 그가 오지 않을까 봐 노심초사하고 있다. 어쩌면 그는 다시 나를 만나려 하지 않을지도 모른다. 그렇게 여기면서도 나는 그를 기다린다. 그가 온다는 상상을 해야만 마음이 편안해진다. 그제 통셴에서 있었던 일이 어느새 기억 저편으로 밀려가고 있다. 정연화가 무사히 돌아왔으므로 이젠 그가 무사히 돌아올 차례다.

내가 발버둥 친다고 안 될 일이 될까? 이판사판이다. 오늘 밤은 만사 제치고 느긋하게 쉬리라. 휴가라도 온 것처럼. 북한 전문 기자가 대수냐? 그만두고 사회부로라도 옮겨 가서 국내 사건이나 쫓아다니면 되지. 그렇게 나는 나를 달랜다.

리어카 행상을 만난다. 가스등 밑에 갖가지 과일을 늘어놓았다. 중국엔 없는 과일이 없다. 북경은 거리에 낙엽이 나뒹구는 계절이지만, 남방의 어디에선가는 해수욕을 즐기는 나라니까. 열대과일을 반 근 산다. 플라타너스 열매같이 생긴 리치다. 달라는 돈을 다 주면서도 타이꾸이러(너무 비싸), 하고 아는 중국말을 지껄인다. 행상 아줌마는 내 머릿속에 없는 말을 하면서 웃는다. 실없는 놈이라고 욕을 한대도 알아듣지 못하는 처지이므로 나도 따라 웃는다.

호텔로 돌아왔다. 욕조에 물을 가득 채우고 홀딱 벗고 들어가 눕는다. 물이 찰랑찰랑 가슴을 어루만진다. 옷 속에 숨겨져 있던 몸의 감각들이 모조리 살아나는 느낌이다. 동료들이 갖지 못한 시간까지 다 내가 빼앗아 즐기리라. 리치를 까먹으며 반 시간도 넘게 물의 온기를 즐긴다.

욕조에서 나온 뒤에도 팬티조차 걸치지 않은 채 침대에 눕는다. 이 채널 저 채널 돌리며 TV에 눈을 판다. 아침에 얼굴이 보이면 재수 없다고 북경의 지인들이 말하던 장쩌민 주석의 얼굴도 나오고, 터번을 쓴 아랍인들이 소총을 들고 사막을 내달리는 모습도 나온다. 허벅지가 다 드러난 스커트를 입은 금발의 미녀가 패션쇼장의 플로어를 걷는 장면도 나온다. 그렇게 나는 평생 처음 찾아온 것 같은 자유를 누린다.

쾅! 쾅! 둔탁하고 큰 소리가 난다. 귀 기울여보니 TV에서 나는 소리가 아니다. 나와 관계없는 소리가 확실한 듯한데도 우리말로 누구세요? 하고 외친다. 오늘 밤의 내 자유를 과시하는 외침이다. 쾅! 쾅! 쾅! 소리가 더 거칠게 들린다. 망치질 소리 같기도 하고, 구둣발로 문을 걷어차는 소리 같기도 하다. 쾅! 쾅! 쾅! 쾅! 소리는 간격을 좁히며 더더욱 거칠어진다. 이 밤중에 어느 놈이 난동이야? 일어나 문으로 다가간다. 밖을 내다보는 작은 구멍에 한쪽 눈을 맞춘다. 눈이 번쩍 뜨인다. 바로 문 앞에 호박만큼 확대된 황 참사의 얼굴이 보인다. 눈을 떼었다가 다시 맞춘다. 역시 황 참사다. 그가 문에 발길질을 하고 있다.

"기다려요!"

후다닥 침대 곁으로 달려간다. 거기에 놔둔 팬티와 셔츠를 걸친다. 문을 열자 황 참사가 룸 안으로 퍽 꼬꾸라진다. 그에게 부딪혀 나도 함께 쓰러진다. 몸에서 술 냄새가 확확 풍긴다. 보라구. 온다고 했잖아. 그가 돌아온 광경을 볼 사람이 없는 것이 유감스럽다.

"술 먹자."

그가 내게 의지해 겨우 일어서며 말한다. 그의 뇌세포를 점령한 알코올이 시키는 말이다. 망가진 기계처럼 그는 스스로 움직일 힘을 소진한 것 같다. 그를 끌어다가 침대에 눕힌다. 남쪽 사람 앞에서 이처럼 긴장을 풀어헤친 북쪽 사람을 본 적이 없다.

"많이 드셨구먼 그래요."

"나가서 사 오라우."

그와 실랑이를 하며 코트와 재킷, 구두를 간신히 벗긴다. 넥타이도 풀어주고, 양말도 벗긴다. 그런 뒤 덩달아 시끄럽게 구는 TV를 끈다. 냉장고에서 캔맥주를 꺼내 그에게 들이민다. 그가 몸을 반쯤 일으켜 맥주를 받는다. 손이 말을 듣지 않는지, 캔을 따는 손잡이가 보이지 않는지, 몇 번 시도 끝에야 겨우 캔을 딴다. 캔을 든 팔이 수전증 환자처럼 떨린다. 맥주가 침대 시트 위로 흐른다. 나는 먹다 만 리치 봉지를 그의 무릎 위에 펼쳐놓는다. 그가 맥주를 한 모금 들이켠다.

"나는 풀죽을 먹어도 술 마시는 데 일없는데, 아우는 이밥에 고깃국을 먹으면서도 왜 술을 먹지 않는 거야?"

"그 풀죽은 약초로 쑨 것인가 보죠?"

"웃기는군. 우린 짐승이 먹고 죽지 않는 풀은 뭐든 다 먹어."

그가 정연화의 일로 불편해진 심기를 어느 정도 누그러뜨린 것 같다. 그가 그녀를 신고했대도 다 지나간 일이라고, 되레 내가 경솔하게 처신했다고 말할 작정을 한다. 그가 그녀를 싫어한다면, 그와의 대화에서 그녀의 이야기를 빼면 될 것이다. 그가 그녀를 신고했다면, 그를 그녀의 거처로 다시는 데려가지 않으면 될 것이다.

"리쾌대 그림 가져왔던 오 동무, 그 동무랑 아까 술집에 갔다가 …… 갔다가……"

말을 다 잇지 못한다. 알코올을 이겨보려는 듯 맥주 캔을 벽을 향해 내동댕이친다. 의지와 달리 캔은 벽에 못 미쳐 바닥에 떨어진다. 지친 짐승처럼 맥주 캔 주둥이에서 하얀 거품이 풀풀 흘러나온다.

"조국에서 도망쳐 온 체녀 에미나이를 만났어. 몸을 파는 에미나이였다구."

탈북자들이 북경까지 진출했다는 말을 다시 한 번 실감한다. 안 하던 말을 하는 것으로 보아 그의 상심이 깊은 듯하다.

"남쪽 신문을 매일 보신다고 했잖아요."

"거기 실린 에미나이들 이야기는 다 남조선 놈들이 꾸며낸 줄 알았다니까니."

연변에 가면 탈북 여성들이 몸을 팔거나 중국 남자와 결혼하는 것이 흔한 일이 된 것을 아직도 모를까?

"내가 요해할 수 없는 일들이 너무 많아. 가정 살림이 어려우면 가족들이 힘을 합해 헤쳐가야 하는 게 도리잖아. 긴데 왜 도망쳐서 남의 나라 놈들 비위 맞추며 기리 비참하게 사는 거야? 그 식당에서 만난 간나아도 마찬가지야. 기런 간나아들을 보면 막 화가 치밀어 올라."

"그래서 그 불쌍한 처녀를 공안에 잡아가라고 신고했나요?"

나도 묻어두었던 화가 울컥 치밀어 오른다.

"무슨 소리야? 기래서 그 간나아가 잡혀간?"

그가 나를 빤히 쳐다본다. 눈빛이 강렬하다.

"공안이 그 처녀를 잡으러 왔던데?"

"기래서 어케 됐냐니깐?"

"잡혀가진 않았어요. 바로 피신했으니까요."

그의 눈빛이 다시 풀린다. 그럼 그렇지. 그가 신고했을 티가 없다. 나도 슬며시 안도감에 젖는다. 미처 화를 다 터트리지 않은 것이 다행스럽다.

"왜 이리 늦었어요?"

"옥수수를 팔겠다고 한 자가 돈을 치르려고 하니까니 그새 값이 올랐다고 더 내놓으라고 해. 기래서 가격투쟁을 하느라고 좀 늦었지. 벼룩 간까지 빼먹겠다고 덤벼드는 작자들이야. 기리고 말이야."

그가 다시 눈동자에 힘을 싣는다.

"왜 9만 달러야? 8만 달러만 달라 했는데."

"10만 달러에 팔았어요. 나는 만 달러만 가져도 충분해요."

나는 준비해둔 거짓말을 한다.

"정말야?"

"내가 왜 거짓말을 해요."

"고마워. 옥수수 값 오른 걸 그 돈으로 치렀어. 안 깎아준다고 해서 양을 줄여 치르려는데, 가방에 만 달러가 더 들어 있더라구. 기래 계획된 양을 줄이지 않았지. 양을 줄이면 복잡한 문제가 생기게 돼서 그 돈을 안 쓸 수 없었어. 이번 금관 사업 하면서 갚아줄게."

"나는 형이 안 오길래 다시는 나를 안 보려고 하는 줄 알았어요."

"중국에서 일하는 간나아들을 보고 화가 난 건 사실은 나에 대한 화야. 차돌 같다고 믿었던 내 신념에 구멍이 숭숭 뚫려 있는 걸 느끼게 되니까니 막 화가 나. 내가 사대주의, 교조주의, 민족허무주의에 빠졌구나 여겨져 찬물을 한 동이씩 머리에 뒤집어쓰고 싶어진다구."

"와줘서 고마워요."

"결국 말이야, 기런 나를 다시 보면 내가 콩대 위에 올라 세상 넓다고 하는 두꺼비에 불과하단 말이야. 이를 어케?"

그가 취기를 핑계 삼았는지 모르지만, 속을 활짝 연 것 같다.

"우리 일꾼들 집에 가보면 난방이 안 돼서 천막 치듯 방 안에도 비닐막을 치고 살아. 평양 변두리 농촌 지역의 친척 집에 나가 살면서 자전거를 타고 출퇴근하는 동무들도 많아. 변두리엔 땔감도 있고, 돼

기밭에서 농사지은 먹을거리나마 조금이라도 있거든. 기러니 내가 어케야간? 아우, 말해봐. 내가 어케야 되간?"

그는 답답한지 손으로 가슴을 친다. 그러고는 허공을 노려본다. 그 모습이 밀어 올려보았자 제자리로 굴러 떨어지고 마는 바위를 힘겹게 밀어 올리는 시시포스를 연상시킨다.

"어서 통일이 되도록 형 같은 분이 앞장 좀 서세요."

"지금은 안 돼. 우리가 껍데기만 남았으니까니 남조선에, 남조선에 잡아먹히고 말거든. 흡수통일이 되고 만다, 이 말이야."

그는 무슨 말인가 더 하려다가 마침내 옆으로 꼬꾸라진다. 나는 그를 바로 눕히고, 이불을 덮어준다. 그리고 어린아이 달래듯 그의 가슴을 다독인다.

그가 돌아온 것이, 그가 가슴을 연 것이 반가우면서도 그의 갑갑증이 옮아온 것처럼 나도 갑갑해진다. 정연화가 그제 자던, 그녀의 체취가 남아 있을 침대에서 그는 아무것도 모른 채 이내 코를 곤다.

6

부스럭대는 소리에 눈을 뜬다. 아침이다. 커튼 사이로 눈이 내리는 것이 보인다. 노동자체육관 정문 앞의 입간판들과 백양나무들 사이로 눈이 떼 지어 몰려다니고 있다. 첫눈이다.

화장실에서 물 내리는 소리가 들린다. 황 참사가 화장실을 사용하는가 보다고 생각하는데, 그가 타월을 목에 두르고 나타난다. 말짱한 얼굴이다. 세수도 했고, 머리 빗질까지 마쳤다.

"남쪽 사람과 한방에서 자다니 난생처음 일이야."

아직은 몸 상태가 개운치 않은 듯 그가 소파에 몸을 부리며 말한다.

"동업자인 데다 의형제까지 맺은 사이에 그런 걸 따져 뭘 해요."

나는 누운 채로 대꾸한다. 그는 아직도 몸에 남아 있는 알코올을
털어버리려는지 힘차게 도리질을 친다. 어젯밤 자신이 한 말을 실수
로 돌리려는 것은 아닌지 걱정이 된다. 이 틈에 나는 그와 나누지 못
한 말을 꺼낸다.

"그 물건은 아직 안 나왔나요?"

"오 동무가 오늘 연변으로 갈 거야. 물건이 강을 건널 때가 되었거
든."

"두만강?"

"응. 아우가 여기 있다가 오 동무 연락을 받으면 인츰 그리로 가야
될 것 같아."

"생각보다 빨리 나왔군요."

드디어 눈앞에 다가온 디데이를 향해 시계가 째깍째깍 움직이기
시작하는 기분이 든다. 그런 중요한 이야기를 아무렇지도 않게 하는
그가 믿음직스럽다.

"그 물건 값도 식량 구입에 쓰실 건가요?"

"기렇잖구. 최대한 많은 식량을 비축해놓을 거야. 유물 팔아먹는
짓도 자주 할 수는 없잖아."

설레는 가슴을 누르고 나는 나머지 말을 꺼낸다.

"평양을 한 번 더 가야겠는데요."

"근심 말라우. 내가 이래봬도 경애하는 장군님을 몸 가까이서 모시
던 일꾼이었어."

그는 중요한 사실을 네게만 가르쳐준다는 것처럼 목소리를 낮춘다.
어젯밤의 일은 다 잊은 듯 다시 장군님의 일꾼으로 돌아와 있는 것에
약간의 배신감이 든다. 하지만 지금은 그런 것을 나무랄 때가 아니다.
무소불위의 권력을 가진 김정일 국방위원장과 자신을 결부시켜 자신
의 말을 더욱 견고하게 뒷받침해주는 것이 뿌듯하기만 하다.

"장군님은 조직지도부에서 모셨나요?"

"아우가 기걸 어케 안?"

"짐작이 맞는군요."

"오 동무가 기런 말도 핸?"

"장군님을 가까이서 모셨다고 해서 짐작해본 거죠."

오 씨가 누명을 뒤집어쓰든지, 내가 최 노인을 통해 알아본 것이 들통 날까 봐 얼른 둘러댄다. 이럴 줄 알았으면 한 번만 가자고 할 것이 아니라 시도 때도 없이 드나들겠다고 말할 것을 잘못했다는 생각이 든다.

"문화재 답사는 더 할 게 없잖아?"

"할 게 없는 게 아니라 할 수 없었죠. 겨우 눈요기만 한걸요."

침대 속의 온기를 놓치기 싫어 일어나기를 미적거리던 나는 몸을 벌떡 일으킨다. 그리고 황 참사 곁의 소파에 앉는다.

"장군님을 한번 뵙게 해주면 어때요?"

그가 겁 없는 놈이라는 투로 헛웃음을 삼킨다.

"영화 쪽은 어때?"

김정일 국방위원장 인터뷰가 아니라면 이것 할까 저것 할까 신경 쓸 것이 없다. 요구해보았자 내 뜻대로 되는 일이 없다는 것을 나는 이미 터득했다. 평양에 가는 것만으로 족하다. 가면 뭐든 볼 것이므로 따따부따하지 않기로 한다.

"장군님을 가까이서 모신 분이라고 해서 그 정도는 될 줄 알았는데."

"영화계는 장군님께서 친히 육성한 데니까니 아무나 접근할 수 없는 데야."

그는 아침 식사도 마다하고 가겠다고 일어선다.

"심양에 구해놓은 옥수수를 다음 평양행 열차로 수송하려면 서둘러야 한다구. 식량을 계획대로 구한 건 전적으로 아우 덕분이야."

우리는 다음에 만날 것을 기약하며 포옹을 한다.

7/

서울로 돌아가지 못하고 호텔에 눌러앉았다. 고 기자가 사표를 낸 후배 몫까지 혼자 해내느라 구두 굽에서 연기가 풀풀 나도록 뛰어다니고 있을 생각을 하면 돌아가야 도리다. 하지만 돌아가면 다시 나오기가 까다로울 것이 뻔하다. 오 씨가 곧 연락한다고 했다. 부장의 찡그린 얼굴이 부담스럽지만, 북경의 취재원들을 만나면서 며칠 오 씨를 기다려보기로 했다.

예상보다 빨리 오 씨로부터 이메일이 왔다. 황 참사가 떠난 뒤 이틀째 되는 날이다. 오 씨는 내일이라도 당장 연길에서 만나자고 했다. 금관이 연길에 도착했다는 것이다. 중국에 온 김에 해치우고 떠나게 되었으니 잘된 일이다.

황 참사에게 금관을 우리 정부에 넘겨야 할지도 모른다는 말을 하지 않은 것이 마음에 걸린다. 떳떳하진 않지만, 아직 해서는 안 될 말인 것은 분명하다. 그 말을 하면 내게 다가오고 있는 금관이 이놈이 까불고 있네, 하고 방향을 틀지도 모른다. 그렇다고 황 참사를 위험에 빠뜨려서도 안 된다. 나는 내 욕심 때문에 미루어두었던 문제들을 생각한다. 정부의 금관 입수 발표를 어떻게든 막아볼 방법은 없을까? 밀고 나가다 보면 답이 나올까?

오 씨에게 내일 오후 비행기로 떠나겠다고 답장을 쓴다.

8

　　　이게 누군가? 호텔 체크아웃을 하려는데, 엘리베이터 쪽에서 로비로 걸어 나오는 탈북자돕기단체의 김 선생이 보인다. 탈북자 지원 활동차 왔을 것이다. 마주 달려오는 열차처럼 우리는 곧장 부딪친다. 그는 아무렇지도 않게 내게 손을 내밀지만, 나는 당혹스럽다. 그가 소개한 치치하얼의 반 씨 가족을 여태 방치했기 때문이다.

　"여기서 잤습니까? 그런 줄 알았으면 밤에 맥주라도 한잔 나눴으면 좋았을걸."

　예상외로 그가 밝게 나온다. 하긴 구린 자는 나다. 변명을 겸해서 그가 소개한 반 씨 가족의 소식을 내가 먼저 묻는다.

　"그 사람 한번 만나보려고 연락했더니 어딘가로 또 도망쳤더군요."

　"걱정 많이 했지요? 지금은 치치하얼 부근 농촌에서 살아요. 그쪽은 벌써 얼음이 꽝꽝 얼었다고 하는데, 이 겨울을 어떻게 견뎌낼지 걱정입니다. 이 기자님 같은 분들이 신경을 써주고 이 사람들 실태를 보도해주니까 그나마 후원금이 들어와 우리가 일할 수 있어 늘 감사하게 생각합니다."

　그는 자신의 휴대폰을 뒤져 반 씨의 새 전화번호를 알려 준다.

　"탈북자가 하도 많으니까 우리가 일일이 다 보살펴 줄 수도 없고, 우리에게 연락이 닿은 사람만이라도 도와주어야 하겠는데, 도와주려는 마음을 내는 분들이 많지 않아요."

　이번엔 기필코 반 씨에게 단돈 백 달러라도 보내야겠다고 마음을 다잡는다. 백 달러 때문에 더는 망신을 당할 수 없다.

제7장
혼돈

1

　　　　　오 씨를 기다린다. 그는 나를 연길 시내 청년공원 옆의 '셸부르의 우산'이란 이름의 다방으로 나오라고 했다. 그런데 한 시간이 지났는데도 그가 나타나지 않는다. 저녁 식사를 할 시간이 벌써 지났다. 벽에 붙은 낡은 괘종시계가 8시 반께를 가리킨다. 손님도 하나둘 떠나고 실내는 텅 비었다. 여종업원이 일과를 마무리하려는지 나를 흘긋흘긋 쳐다보며 바닥에 떨어진 해바라기씨 껍질을 비질한다. 이 변방도시는 웬만하면 골목길까지도 내 눈에 익어 있다. 취재를 위해 자주 왔기 때문이다. 이 도시 어디쯤에 그가 있을 텐데, 연락할 방도도 없다. 그는 아직도 휴대폰이 없는 모양이다. 내가 이메일로 알려준 내 전화번호만 그가 알고 있다. 낯선 곳에 팽개쳐진 것처럼 차츰 쓸쓸해진다. 더 기다리는 것이 무의미하다는 생각을 하면서 일어설까 망설인다.

　그때 쭈글쭈글한 검정색 오버코트를 입은 사람이 들어온다. 시커먼 얼굴에 광대뼈가 불쑥 튀어나왔다. 오 씨다. 그가 나를 알아보고 곧장 내 쪽으로 온다. 인사도 건네지 않고 말부터 앞세운다.

　"이거 안됐습니다."

　무척 미안한 표정이다. 늦어서 미안하다는 표정만은 아니다. 물건이 들려 있어야 할 그의 손에 아무것도 들려 있지 않다. 무슨 일이 일어났음을 직감한다.

　"왜요?"

　"독한 에미나이를 만났습니다."

　나는 그의 입을 주시한다.

　"물건을 가지고 나온 문화재 부문 일꾼들이 물건을 자기들이 아는

200

에미나이에게 맡기고 돈을 꾸어 갔답니다. 오고 가는 여비도 쓰고, 돌아가서 먹을 것도 좀 구해 가자고 기랬답니다. 현금도 좀 챙겨 갔 갔지요. 이 에미나이가 그 돈을 갚아야 물건을 내주갔다고 단단히 버 틴단 말입니다."

"얼마나 되는데요?"

"10만 원입니다."

"중국 돈으로 10만 위안이겠죠?"

"예."

10만 위안이면 우리 돈으로 천6백만 원이다. 그만한 돈은 서울에 서도 내 능력으로 당장 구하기 쉽지 않다. 일이 꼬인다.

"바로 주겠다고 사정을 해보지 그랬어요?"

"지금까지 사정을 했더랬습니다. 물건을 줘야 팔 것 아니냐, 안 주 면 돈도 갚을 수 없다, 하고. 기랬더니 돈을 안 주면 물건을 녹여서 자기 받을 돈을 떼어 가갔다 해요. 남조선에 가서 3년 동안 죽도록 일해서 번 돈이라면서. 정말 독종입니다."

"다른 방도가 없을까요?"

"보름 안에 갚갔다, 이자도 10프로 쳐주갔다, 했거든요."

"내가 아는 연길 사람을 보증인으로 내세우면 안 될까요?"

그가 눈을 슬며시 치켜뜬다. 눈빛이 어딘지 이상하다. 내가 이 도 시에 아는 사람이 있다는 것이 싫은 인상이다.

"소문나서 좋을 게 뭐 있갔습니까? 자칫 잘못하면 우리가 다 죽어 요."

"그럼?"

"선생이 융통해 오는 방법밖에는 없습니다."

그가 못을 박아 말한다. 말하면서 그는 나를 똑바로 바라보다가도 이내 천장이나 창 쪽으로 눈길을 돌린다. 불안감을 억누르는 행동인

지, 무엇인가 나에 대한 불만이 있어 눈을 마주치기가 곤란해서 하는
행동인지 알 수 없다. 지난번 이쾌대 작품에 2천 달러를 붙여 먹으려
했던 기억까지 되살아나 그가 떳떳하지 못하다는 느낌이 든다.

"그럼 진작에 말씀을 해줬어야죠. 엊그제 뵀던 황 참사님도 그런
말씀이 없었는데."

"일꾼들이 일을 저질러놓은 걸 이제야 알았어요."

"그런 중요한 일을 하면서 그렇게 경솔하게 행동하나요?"

황 참사가 9만 달러가 넘는 추사 글씨를 아무런 담보도 없이 내게
처분을 맡겼던 것을 떠올린다. 쉽게 손아귀에 굴러들어 오는 행운은
없다. 금관과 특종을 얻는 데 따른 대가를 치러야 하지 않을까? 나는
결혼하면 전셋집이라도 얻으려고 적금을 든 것을 기억해낸다. 내게
목돈이라고는 그것밖에 없다. 서울에서 전셋집을 얻기에 아직은 턱
없이 부족한 액수지만, 그래도 지금까지 부은 액수가 10만 위안의 두
배는 될 것이다. 서울에 돌아가면 적금을 깨서 갚기로 하고, 어머니
에게 우선 사채라도 얻어달라고 해야겠다고 마음먹는다.

"내가 마련해보지요."

오 씨는 안도한 듯 그제야 자기 앞에 가져다 놓은 커피를 마신다.

"그 에미나이가 돈을 안 가져오면 물건을 녹일 뿐 아니라 깡패를
시켜 면도날로 내 귀 한쪽도 잘라버리겠다고 협박하더라니까요?"

2

이번에는 오 씨가 셸부르의 우산에서 나를 기다
린다. 무슨 사고라도 당했는가 해서 걱정부터 앞세우던 어머니는 내
가 알아낸 환치기꾼들을 통해서 돈을 보내왔다. 그렇게 결심이 부족
해서 언제 집 구하고 언제 결혼하겠니? 적금을 깨는 데 실망하여 어

머니는 나를 나무랐다. 셸부르에 들어서자 낚구리 어쩌고 하는 소리
가 일순 들썩하게 다방 안에 울린다. 폴짝 뛰는 개구리처럼. 한 패의
사람들이 구석에 앉아 포커를 치고 있다. 낚싯바늘의 이 지방 속어인
낚구리는 자니(J)를 일컫는다. 오 씨는 포커를 치는 사람들의 옆 구
석에 앉아 있다. 나는 오 씨 앞으로 가서 앉는다.

"돈을 드리는 조건이 있습니다. 물건과 맞바꿉시다."

"햐아, 절 못 믿어서 기럽니까? 선생도 그 에미나이랑 다른 게 없
군요. 그 에미나이도 남쪽 물을 먹어선지 짜기가 이를 데 없습니다."

"일은 확실하게 하는 게 좋지 않겠어요? 물건을 이리로 가지고 오
라고 하십시오. 아니면 저와 함께 그 사람한테 갑시다."

"일 복잡하게 하지 마십시오. 내가 남쪽 사람하고 사업한다고 소문
나면 어케려고 기럽니까? 내가 무사할 것 같습니까? 지금 선생 만나
는 것도 우리 사람들이 볼까 봐 겁이 오싹오싹 나는데. 기래봐야 40분
상관입니다. 내가 가서 돈 갖고 40분 만에 오겠습니다. 정 못 믿겠거
든 그 집 들어가는 골목에 와서 조용히 서 계십시오."

나는 어머니가 돈과 물건을 맞바꾸라고 가르쳐준 방식을 포기한
다. 대신 오 씨의 말대로 그 집 골목에 서 있기로 한다. 생각해보니
그것도 황 참사에 비하면 속 좁은 짓이다. 나중에 그가 이 이야기를
들으면 얼마나 나를 같잖게 여길까? 아예 통 크게 놀아보기로 마음
을 바꾼다. 만 위안 뭉치 열 개가 든 종이백을 그에게 건넨다. 오가는
시간에 20분을 더 주고, 한 시간 내로 돌아오라고 당부한다. 그가 종
이백을 받아 스프링처럼 밖으로 튀어 나간다.

이제 한 시간 후면 나는 금관과 대면한다. 그 역사적인 순간을 위
해서 마음을 정결히 갖기로 한다. 의자 위에 다리 하나를 올려 반가
부좌를 틀고 명상에 잠긴다. 그래도 잡념이 끊이지 않는다. 상당 기
간 신문의 1면 톱을 장식할 기사 제목들이 눈에 어른거린다. 북한 금

관 반입. 북한서도 신라금관 출토, 신라사 다시 써야. 정부, 감정단 구성해 진위 확인 착수. 정부, 발굴지 공동 조사 조건부로 북한에 반환 의사 표명. 북한 금관 특별전, 국립박물관서 개최. 특별전 관람객, 5백만 명 돌파.

정말 그렇게 되면 황 참사는 국보 절도죄로 꼼짝 못하고 당하겠지? 보도 전에 그가 서울로 도망치면 안 될까? 그러면 그는 금관 값으로 거금을 챙겨 편안한 서울 생활을 누릴 수 있을 텐데. 혹 그가 그런 속셈을 가진 것은 아닐까? 그가 부하들의 식량 구입비로 돈이 필요했다면 청자나 추사 글씨 따위의 위험성이 적은 물건들을 팔아도 될 것이다. 지금까지 그래왔듯이. 그런데 갑자기 금관을 팔아 목돈을 마련하려 하는 것은 무슨 이유일까? 식량 구입비 때문만은 아닌 것 같다. 아무래도 그가 서울로 도망칠 것 같은 예감이 든다. 그렇게만 된다면 그와 나는 그야말로 윈윈하는 것 아닐까? 며칠 전 북경에서 만났을 때 그에게 그럴 의향이 있는지 떠보지 못한 것이 아쉽다.

금관을 받으면 당장 해야 할 일들을 따져본다. 우선 아무도 몰래 이 도시를 떠나야 한다. 될수록 빠른 시간에 될수록 멀리. 낌새를 챈 자가 있어 따라와 강탈하려 한다면 곤란하다. 비행기는 탈 수 없다. 공항 엑스레이 검색에서 걸릴 확률이 높다. 연변방송국 김 기자가 승용차를 몰고 나오기로 했다. 그 차로 고등학교 동창인 조 사장의 택배 회사 지사가 있는 대련까지 달려갈 것이다. 스무 시간은 족히 걸릴 것이다. 나는 엊저녁 조 사장에게 서울까지의 운송을 당부해두었다. 금관이라고는 말하지 않고 귀중한 물건이라고만 말했다. 그는 대련해관(세관)과 직업상 친밀한 관계를 유지하고 있다. 마약만 아니라면 택배 파우치 속에 넣어 대련해관 통관과 서울까지의 운송에 자신 있다고 말했다. 이 모든 과정에 한 치의 오차도 있어서는 안 된다.

가만히 보니 포커를 치는 사람들 속에 한국 사람이 한 명 끼어 있다. 한국 사람과 조선족이 말하는 것이 자꾸 귀에 거슬린다.

"청자는 균열이 많은 게 좋지요?"

"고요한 밤에 말임다, 잘 들어보면 청자 표면에 바른 유약이 균열하는 소리가 쩡쩡 들려요. 천수백 년이 지났어도 청자는 균열을 함다. 그런 청자가 좋은 검다."

금관 운송에 대한 고민 틈으로 천 년 넘게 묵은 청자 표면이 지금도 균열을 일으킬까 하는 의문이 파고든다. 과연 그 소리가 쩡쩡 들릴까? 조선족이 청자를 팔기 위해서 한국 사람을 홀리고 있다. 그러고 보니 이 다방이 골동업자들의 아지트인가 보다.

한 시간이 지난다. 나는 내게 다가오는 오 씨의 화급한 발자국 소리와 활짝 편 얼굴을 기대하며 출입문 쪽에 눈길을 준다. 천천히 오셔도 되는데. 그렇게 화급하게 오시다가 물건이 손상을 입기라도 하면 어쩌려구. 하지만 출입문을 화급하게 열고 들어오는 사람은 아직 없다. 세월을 낚는 것이 일인 사람들처럼 느긋하게 밀고 들어오고 밀고 나가는 손님들만 간혹 있을 뿐이다.

한 시간 반이 지난다. 독한 여자라더니 무엇을 가지고 또 따따부따 하나? 아무튼 중국 사람들은 가진 것이 시간뿐이라니까. 카드놀이하던 사람들이 한국 사람을 놓고 청자를 흥정한다. 한삐(한국돈) 천만 원은 받아야 하지만, 5백만 원으로 깎아주겠다고 한다. 한국 사람은 선뜻 대답하지 못한다.

두 시간이 지난다. 정말 독한 여자다. 그러니까 사람의 귀를 면도날로 베겠다는 말을 서슴없이 하겠지. 혹 오 씨가 강도를 당한 것은 아닐까? 아니면 납치를 당했을까? 설마. 카드놀이를 하던 사람들 쪽이 갑자기 조용하다. 돌아보니 그들은 한국 사람을 데리고 이미 나갔다.

세 시간이 지난다. 오 씨가 11시 반에 다방을 떠났으니까 오후 2시 반이다. 그러고 보니 점심을 굶었다. 배가 고프다. 휴대폰이 고장 난 것은 아닐까? 신호가 없는 곳일까? 휴대폰을 꺼낸다. 반드시 일어날 일이 일어나지 않았으니 휴대폰이라도 의심하지 않을 수 없다. 벨 소리에 이상이 있는지 확인한다. 수신 목록도 살핀다. 추가된 전화번호가 없다. 의심스런 징후는 아무것도 없다. 연변방송국 김 기자에게 전화를 건다. 신호가 간다. 어김없이 그의 목소리가 수화기에서 흘러 나온다.

"대련 간다고 했잖아. 점심 먹고 바로 갈 것처럼 말하더니만, 왜 꿩 구워 먹은 소식이야?"

"기다려봐. 이따가 전화 다시 할게."

"나도 바쁜 몸이야. 다른 일도 못 하게 마냥 붙잡아 놓지 마."

그에게 오 씨를 찾을 방도를 상의해야겠다고 마음먹었는데, 막상 통화가 되자 아무 말도 못 하고 전화를 끊는다. 오 씨가 처한 상황을 알지 못하면서 성급하게 공안에게 알리자고 할 수는 없다. 공안에게 알리면 금관은 어떻게 될까? 오 씨의 음울한 눈빛이 떠오른다. 그가 처음부터 내게서 돈을 갈취하려고 작정을 했을까? 과연 그럴 필요가 있었을까?

아무래도 이메일을 열어봐야겠다. 오 씨가 내 전화번호를 잊었을 수도 있다는 생각이 왜 이제야 드는지 모르겠다. 여종업원에게 인터넷에 연결된 컴퓨터가 있는지 묻는다. 별것을 다 찾는다는 듯 손사래를 친다.

셸부르의 우산을 나온다. 갑자기 추위가 밀어닥치는 이 지방의 계절 특성 때문에 채 마르지 않은 푸른 낙엽이 발밑으로 촐랑촐랑 떨어진다.

호텔로 돌아왔다. 노트북에 인터넷을 연결해 이메일을 점검한다. 오 씨에게서 온 이메일은 없다. 다시 셸부르의 우산으로 갈까 하다가 주저앉는다. 배고픈 생각이 싹 가신다. 팔베개를 하고 침대에 누워서 천장을 바라본다. 흰 천장이 빙빙 돈다. 아무래도 오늘 대련으로 가기는 틀렸다. 이 생각 저 생각 굴린다. 그렇게 한동안 시간을 보낸다.

휴대폰이 울린다. 벌떡 일어난다. 오 씨 목소리다.

"이거 안됐습니다."

"또 무엇이 안됐다는 겁니까? 지금 어딥니까?"

"이 귀한 물건을 선생한테 넘길 수야 없지요."

나쁜 자식. 믿었던 것이 와르르 무너진다.

"무슨 말인지?"

"물건은 외국 경매시장으로 보낼 겁니다. 선생이 물건을 외국으로 보내는 비용을 나한테 꿔주었다고 보면 됩니다. 기러나 상심하지 말라요. 물건을 처분하면 반드시 이자까지 쳐서 돌려주갔으니까니."

"황 참사님과 협의된 겁니까?"

"기런 것까지 선생이 알 필요가 있나요?"

"황 참사님은 민족의 재보는 민족이 가지고 있어야 한다고 했단 말입니다."

"돈 한 푼이 아쉬운 세상인데, 무슨 놈의 민족 타령이오? 민족이 밥 먹여주나요?"

"나를 속였군요. 나도 한 칼 있습니다. 지금까지 있었던 일들을 즉시 기사화하겠습니다. 그래도 그 물건이 팔릴까요? 당신은 당장 도망자 신세가 되어야 하겠죠? 죽도 밥도 안 되겠죠? 황 참사님도 물론 무사하지 못하겠죠?"

"기런 방비도 없이 내가 일을 벌이갔나요? 기렇게 되면 정연화가 무사할까요? 최 사장은 무사하고? 선생은 또 무사하고? 기렇잖아도 하고픈 말이었더랬는데, 이제 한 셈이 됐군요."

지금까지 있었던 일들이 계획적이었다. 그가 정연화를 알고 있다. 최 노인까지 알고 있다. 황 참사에게서 들었을 것이다. 최 노인을 알고 있는 한 정연화를 다른 식당에 숨기는 것은 무의미하다. 최 노인의 열세 개 식당은 선전용 팸플릿에 모두 위치가 공개되어 있다. 거기에다가 최 노인까지 해코지하겠다고? 황 참사와 한통속이 되어 저지른 일이라는 것이 믿어지지 않는다. 황 참사가 결국 그 정도의 인간에 불과할까? 정말 세상에는 이해할 수 없는 일들이 너무 많다.

"지금 어딥니까? 만나서 이야기합시다."

"물건을 파는 대로 인츰 갚갔으니까니 잠자코 있으시오. 분하다고 요동치면 친 만큼 벌이 차려질 거요. 가만히 있으면 아무 일도 없었던 듯이 약속된 일들이 진행될 겁니다. 날 믿으라요."

더 말을 하려고 하는데 전화는 끊긴다. 휴대폰에 찍힌 번호로 전화를 건다. 착신 금지 전화라는 메시지가 중국어와 영어로 나온다. 공중전화다. 나는 내 머리칼을 쥐어뜯는다.

3

진눈깨비가 날린다. 마냥 맞으며 세상 다 산 사람처럼 천천히 걷는다. 어깨를 축 늘어뜨린 채 바퀴 달린 여행가방을 끌고서. 지나가는 사람들이 그런 나를 힐끔힐끔 바라본다.

엘리베이터를 탄다. 함께 탄 사람이 몇 층 가느냐고 묻는다. 대답 대신 19층을 누른다. 엘리베이터가 멎는다. 함께 탄 사람이 내린다. 따라 내린다. 엘리베이터에서 가까운 우리 집 위치의 현관 번호키를 누른다. 열리지 않는다. 다시 한 번 누른다. 열리지 않는다. 아! 13층이다. 엘리베이터는 19층을 가기 위해 어느새 위로 올라갔다. 기다렸다가 다시 탄다. 이번에는 정확히 19층에서 내린다. 현관 안으로 들어선다.

"위험수당도 안 나오는 탈북자 취재에 너무 오래 매달리는 거 아니니?"

어머니가 늘 하던 말로 나를 맞는다. 나는 대꾸하지 않고 구두를 벗는다. 도어록이 삐삐삐, 소리를 지른다. 들어오면서 현관문을 지그려야 했는데, 그것을 잊었다. 익숙했던 일들이 나를 난처하게 한다.

"일이 잘못됐구나?"

어머니의 말이 오직 적금을 깬 것만 걱정하고 있었다는 듯 들린다. 여행가방을 거실 귀퉁이에 놓고 내 방으로 들어간다. 방문이 쾅 소리를 내며 닫힌다. 전혀 기대하지 않은 소리다. 나로 인해 불편해진 것들이 소리를 지르는 것이 나를 더 불편하게 한다. 옷도 갈아입지 않은 채 책상 앞에 앉는다. 컴퓨터의 전원 스위치를 누른다. 비행기를 타고 오면서, 공항에서 버스를 타고 오면서 내내 머릿속에 맴돌던 생각을 실행하고자 마음먹는다.

황 참사에게 이메일을 쓴다. 이메일은 오 씨가 먼저 볼 것이다. 황 참사와 공모하여 벌인 일이 아니라면 자기에게 불리한 내용이므로 전달하지 않을 것이다. 그래도 일단 할 말은 하고 볼 참이다. 연길에서 오 씨와 만났을 때 일어났던 일들을 자세히 쓴다. 그가 내게 한 협박 내용도 자세히 쓴다. 그리고 당신의 지시인가 묻는다. 어떤 결과가 벌어진다고 해도 이 내용을 기사화해서 응징하겠다는 결기에 찬 말로 이메일을 마무리 짓는다.

어머니가 내 방 안으로 들어온다.

"사기당한 거지?"

나는 책상 위에 고개를 푹 파묻는다. 진눈깨비가 바람에 밀려 창문을 두드리는 소리가 들린다.

4

　　　　사무실에 앉아 기사를 쓴다. 금관 처분을 빙자한 사기 사건을 쓰는 것은 아니다. 서울로 돌아온 지 며칠이 지났지만, 사기 사건에 대해서는 아직 누구에게도 발설하지 않았다. 어느 시점까지는 황 참사든 오 씨든 내 이메일에 대한 그들의 답장을 기다려볼 참이다. 이미 당한 일이므로 내가 급할 것은 없다. 예정대로라면 곧 나는 방북을 하게 될 것이다. 이제 와서는 어디까지나 내 희망사항에 불과하지만. 그때 황 참사를 만나 따질 것은 따지고 받을 것은 받으면 된다. 과연 황 참사는 어디까지 개입되어 있을까? 아무리 따져봐도 그가 내게 이럴 수는 없다. 그럴 만한 잘못을 한 것도 나는 아직 없다. 오 씨 스스로의 무리수일까? 왜 그럴까? 금관 값을 더 받자고?

　내가 지금 쓰는 기사는 지지부진한 대북 사업에 대한 것이다. 금강산 관광이 시작된 이래 서울의 사업가들이 너도나도 대북 사업에 뛰어들었다. 평양예술공연단을 서울로 데려오겠다고 나선 사람도 있고, 서울과 평양을 오가는 음악회를 열겠다고 나선 사람도 있다. 막대한 돈을 들여 전국의 체육관들을 빌려놓고 평양교예단을 부르겠다는 사람도 있다. 실향민 기업가들은 고향에 공장을 지으려는 논의를 본격화했다. 이들에게는 대북 사업이 황금알을 낳는 거위로 인식되고 있다.

　하지만 요란한 사업 발표에 비해 진행은 모두 지지부진하다. 왜 그럴까? 나는 북한 측의 대남 사업 속셈을 들여다볼 수 있는 눈이 조금 트였다. 북한의 대남 사업 담당자들을 몇 달간 만나왔고, 두 차례나 평양을 다녀온 덕분이다. 내 판단에 따르면 북한은 사업을 할 의사가 애초에 없다. 문을 열어 외부 사조가 유입되면 나라가 결딴난다고 믿고 있다. 우선 급한 대로 돈이나 받아먹고 보자고 덤비는 것 같다.

　그런데도 나는 타사 기자들에 의해 지면에서 줄줄이 물을 먹었다.

그들은 사업가들의 발표를 그대로 지면에 옮겼다. 내 깜냥에는 이건 말이 안 돼, 하고 휴지통에 던진 보도자료들이었다. 나는 얼굴을 한 껏 찌푸린 부장에게 낙종 사유를 보고하기 바빴다. 아니나 다를까, 시간이 지나자 사업가들의 대북 사업 공표가 물거품이 되는 일이 발생하기 시작했다. 북한을 사기꾼 집단이라고 비난하는 사업가들도 나왔다. 이젠 내가 이 점에 대한 분석 기사를 쓸 차례다.

기사 작성이 끝나간다. 내가 갑자기 교류 사업의 훼방꾼이 된 것은 아닌가 하는 생각이 든다. 오 씨의 사기 사건과 기사는 물론 별개다. 하지만 사기 사건은 내게 북한 사람들의 가슴속을 더 세세히 들여다 보게 한 것 같은 기분에 젖게 했다. 그것이 이 기사 작성에 용기를 준 것 또한 사실이다.

분주한 사무실의 소음을 뚫고 전화벨이 울린다. 내 주머니에서 울려 나오는 소리다. 꺼내 보니 발신자가 북경의 최 노인이다.

"일 났네."

맥 빠진 목소리다.

"무슨 일인데요?"

"연화가 말이야, 조금 전에 연화가 어떤 사내놈한테 잡혀갔다는 거야."

"천천히 말씀해보세요."

"그 아이가 전에 있던 두만강 가 마을에 가보겠다고 휴가를 냈대. 잘 갔다 오겠다고 지배인한테 인사하고 막 식당 밖으로 나섰는데, 어느 놈이 그 아이를 잡아채서 옆에 있던 택시 안으로 강제로 밀어 넣더래. 그 아이가 안 타려고 버티니까 사정없이 귀뺨을 후려치고 발로 차고 해서 태우더래. 차오양취 지배인이 설마 연화일까 하고 무심코 그 광경을 지켜보다가 깜짝 놀라 쫓아갔는데, 그놈이 연화를 택시에 태우고 내뺀 뒤였대. 멀어서 택시 번호도 못 보았고, 보았댔자 공안에 신고할 입장도 아니고. 어쩌면 좋아?”

앞에 보이던 컴퓨터가, 컴퓨터 모니터 너머 동료들 머리가, 동료들 머리 너머 방송 뉴스 모니터용 TV들이 순식간에 하얗게 지워진다. 사무실 풍경이 날파리처럼 분해되어 날아오르다가 시야 밖으로 휑 사라진 것이다. 그것들을 원래대로 되돌려놓으려고 눈을 깜박인다. 그럴수록 시야는 더 하얗게 변해간다.

“공안은 아니었죠?”

“아냐. 공안이 그런 식으로 주먹질해대며 택시 태워 잡아가지는 않지. 도대체 어떤 놈일까? 그 아이 우리 식당 오기 전에 남자들과 무슨 복잡한 일이라도 있었는지 아나?”

“탈북자 처지에 무슨 복잡한 남자관계가 있었겠어요.”

두말할 나위 없다. 오 씨 짓이다. 나를 해칠 수 있다는 점을 이런 식으로 과시한 것 같다. 내가 또 한 번 방심했다. 그녀를 최 노인의 식당에서 일하지 못하게 해야 했다. 그자의 경고를 받고도 대비하지 않은 것이 뼈아프다. 이 모든 일들이 나와 관계없는 다른 세계에서 벌어지는 것처럼 무척 낯설다.

“신분증이 생기니까 마음을 놓았던 거야. 북조선 사람들이 세상 물정을 몰라도 너무 몰라. 신분증만 있으면 어딜 가도 괜찮을 줄 알았겠지. 식당 밖으로 나가지만 않았어도 이런 일을 막을 수 있었을 텐데. 근데 그 잘난 데를 뭐하러 가겠다고 휴가까지 냈는지 몰라.”

온몸이 붉은 반점투성이였던 그녀의 갓난아이가 생각난다. 그녀에게 여권과 신분증을 줄 때 그녀가 언젠가는 아이를 데리러 갈지 모른다고 생각했다. 그러면서도 그녀의 상처를 건드리지 않으려고 그러지 말라는 말을 입 밖에 내지 못했다. 분명 상처가 아물지 않았다.

“무슨 방법이 없을까요?”

“무슨 방법이 있어. 운수 사나운 아이라고 여기는 수밖에 더 있어?”

"북한대사관에 줄을 대면 안 될까요?"

나도 모르게 목소리가 애걸하는 투가 된다. 대사관을 통해 오 씨에게 압력을 가할 방법을 찾자는 하소연이다. 하지만 오 씨 이야기는 꺼내지 않는다. 최 노인에게 대사관에 압력을 가할 능력이 없다는 것이 이내 기억났기 때문이다. 오 씨는 금관 사건에 관한 기사를 막기 위해 정연화를 납치했다. 그렇다면 일이 마무리된 뒤에는 돌려보내지 않을까? 목이 탄다. 아침부터 책상 위에 놓여 있던 식은 커피를 벌컥벌컥 들이켠다.

"제정신으로 말하는 거야? 모르는 사내에게 납치당한 아이를 대사관 사람들이 어떻게 찾아? 찾으면 송환시킬 거고."

나는 이내 쓸쓸한 웃음을 입가에 매단다. 중요한 순간에 하나 마나 한 소리나 지껄여댄 자신이 우습다.

"안된 말이네만 이젠 그 아이 잊게. 제 발로 돌아온다면 모르겠지만."

"어떻게 제 발로 돌아올 때까지 기다려요?"

"이 사람아, 무슨 방법이 있어? 자네가 방법을 대봐. 그리고 연화 걱정만 하고 내 걱정은 안 해?"

"여권 때문에요?"

"대책은 세워놓겠지만, 잘 될지 몰라. 그것까지 발각되면 헛돈이 숱해 깨지게 생겼어."

"최 사장님도 조심하세요. 여권을 빌미로 돈 내놓으라고 할 놈이 있을지 모르잖아요."

가짜 여권을 빙자했지만, 오 씨가 최 노인까지도 거론하며 무사할 줄 아느냐고 협박한 사실을 상기한다. 전화를 끊는다. 하얗게 변색된 시야가 돌아오지 않는다. 뭐가 뭔지 모를 순간들이 느릿느릿 지나간다.

시간이 한참 지났다. 모니터에서 커서가 깜빡인다. 기사를 마무리할 것을 재촉한다. 나는 기사 입력 프로그램을 닫고 일어선다.

회사 앞 거리로 나온다. 발길 닿는 대로 걷는다. 바람 소리가 아우성치며 지나간다. 주위 사람들에게 닥쳐온 불행 때문에 이렇게 심란해져 본 적이 있었던가? 미친놈에게 갑자기 뒤통수를 맞은 것처럼 당혹스럽고 허무하다. 아무리 대책을 궁리해보아도 황 참사의 얼굴만 자꾸 떠오른다. 그에게 애걸하는 수밖에 없다. 그런데 오 씨가 이메일을 가로채고 있다. 은행나무 가로수에 등을 기댄 채 나는 숭선의 권 씨에게 전화를 건다.

"연화는예 아이를 보러 온다 했슴다. 입양 보낸 아이를 보자니예 될 일이 아님다. 그렇잖아도예 아이를 입양해 간 한족 놈이 연화가 어떻게 해서 그 아이를 낳았는지예 눈치챈 것 같아 근심이 태산인 참임다. 그걸 알면예 그놈이 전도원뿐만 아니라 나한테도 해코지를 할 거란 말임다. 그래 오지 말라고 달렸는데예 기어코 오겠다니 영 기분이 아니 좋슴다."

권 씨의 목소리가 날카롭다. 거친 옥수수 잎처럼 살갗에 대면 바로 베어버리고야 말겠다는 듯이. 그러든 말든 숭선에 정연화가 나타난다면 얼마나 좋을까?

"혹시 오면 붙잡아 놓고 제게 면비免費 전화 해주십시오."

그저 하는 말이다. 그녀는 숭선에 나타나지 않을 것이다.

사무실로 돌아와 황 참사에게 또 이메일을 쓴다. 오 씨가 중간에서 가로챌 것을 뻔히 알면서도. 정연화를 차오양취 식당으로 귀환시켜 달라고 간청한다. 정말 내가 기사를 써야 하겠느냐고 협박도 한다.

나는 두 손으로 머리를 쥐어뜯는다. 그녀가 나 때문에 당하고 있는데도 내가 할 수 있는 일이란 것이 고작 이것밖에 없다니.

5

      나는 또 이메일을 점검한다. 오 씨와 황 참사에게 이메일을 보낸 뒤로는 평소보다 더욱 빈번하게 하는 짓이다. 이메일 함에는 성인 사이트 홍보물들이 수두룩하다. 삭제 버튼을 연속적으로 누른다. 발신인을 '오'라고 딱 한 자만 쓴 이메일 앞에서 버튼 누르기를 멈춘다. 한판 붙기를 벼르던 자를 만난 기분이다. 마우스를 누른다.

   삼천리식당에 있던 정연화는 내가 중국 공안에 데려다 주었소. 그렇게 해야 할 의무가 내게 있다는 점을 선생이 부인하지 못할 것이오. 조국의 감옥이 그 동무를 안전하게 보호해줄 것이오. 만약 나와 관련된 일이 신문에 나면 내가 준비한 또 하나의 수를 쓰겠소. 가망 없는 일에 더 이상 신경 쓰지 마시오. 일 마치면 내가 연락하겠소. 경의. 오.

   개새끼! 욕이 목을 타고 넘어온다. 화가 몸 밖으로 빠져나가지 못해 얼굴이 화끈화끈 달아오른다. 중국에 데리고 있는 줄 알았더니 북송까지 시켰다. 아니, 아직 넘기지는 않았는지 모르겠다. 정연화가 차오양취 식당 앞에서 끌려간 지 일주일밖에 지나지 않았다. 사정하는 수밖에 없음을 절감한다. 답장 버튼을 누른다. 제발 북송시키지 말고 돌려보내 달라고 간청한다. 기사는 쓰지 않겠다고 약속한다.
"요즘 왜 그렇게 얼이 빠졌어요? 무슨 일 있어요?"
옆자리의 고 기자가 내 얼굴을 빤히 들여다보며 묻는다.
"아무 일도 아냐."
"그러지 말고 털어놔 봐요."
그는 자기 의자를 끌어와 내 곁에 바짝 다가앉는다. 그를 피해 일어서려는데, 그가 손을 잡아 주저앉힌다.

"내가 도와주던 탈북자가 있는데, 잡혀서 북송된 것 같아."

"땅굴에 살던 그 여자죠?"

"응."

"안됐네요. 잡히면 꼬바끄라는 데로 간다던데."

"꼬바끄?"

"치치하얼에 숨어 있는 반 씨가 보내온 수기 있잖아요. 그 수기 읽으면서 참 끔찍한 곳이로구나 생각했어요."

고 기자는 내가 반 씨에게 몇 푼의 후원금을 주면서 받아낸 수기를 떠올린 모양이다. 회사에서 만드는 월간지에 실을 셈으로 부탁한 것이다. 여러 사건이 이어졌지만 할 일은 해야 했다. 그 수기를 고 기자가 정리하고 있다. 올해 초 치치하얼에서 공안에 체포되어 북송된 반 씨는 온성군 강제노동단련대에 105일 동안 수감되어 있었다고 했다.

"강제노동단련대를 꼬바끄라고 부른대요. 러시아말로 감옥을 뜻하는 말인데, 꼬박 허리를 펴지 못하고 일한다고 해서 사람들이 꼬바끄라고 비아냥댄대요."

"난 그 수기 못 읽었어."

"꼬바끄 수감자들은 새벽 4시부터 공장이나 탄광 같은 데 가장 힘든 곳에 배치돼서 뼈 빠지게 일해야 한대요. 반 그릇도 안 되는 시래기죽을 하루 두 끼밖에 못 먹고 말이죠. 반 씨 아버지는 양강도 딸네 집으로 갔다잖아요. 자신 몫의 식량으로 아들에게 면회 때 죽 한 그릇이라도 끓여 갖다 주라고 하면서요."

"그래서?"

"반 씨 아버지는 여비 한 푼도 없이 7백 리나 되는 길을 떠났대요. 그 뒤 아무 소식을 알 수 없게 됐다더군요. 황해도나 강원도처럼 먼 곳에 사는 수감자들은 거주지 꼬바끄로 이감해 가는데, 교통이 나빠

그곳 사법기관에서 데리러 오는 데 한 달씩 걸리기도 한다고 해요. 그 사이에 면회 올 가족이 없으니까 굶어 죽는 사람들도 나온다더군요.”

취재 중에 탈북자들에게서 비슷한 증언들을 들었지만, 새삼스레 화가 치밀어 오른다. 반 씨가 당한 고통을 내가 정연화의 것으로 받아들이고 있기 때문일 것이다. 고 기자의 이야기는 계속된다.

수감자들은 밤에 하루를 결산하는 총화를 가졌단다. 과제를 제대로 수행하지 못했거나 꼬바끄 규율을 어긴 사람에게는 비둘기 날갯짓하기, 무릎 꿇고 앉아 있기, 뒷짐 지고 앉았다 섰다 하기 등의 기합을 주었다. 비둘기 날갯짓하기는 머리를 벽에 박고 두 팔을 활짝 편 채 한 발을 들고 있어야 하는 기합이다. 지도원이 왜 날개를 내젓지 않는 거야? 왜 울지 않아? 라고 말하면 두 팔을 내저으며 영화 〈민족과 운명〉의 주제가 따위를 불러야 했다. 총화 뒤엔 사상개조학습이 이어져서 수감자들은 새벽 2시가 되어서야 잠을 잘 수 있었다. 베개도 모포도 없이 콘크리트 바닥에서 쪼그리고 잤다. 반 씨는 수감 기간 내내 양치질과 세수를 한 번도 하지 못했다. 변소에는 물도, 종이도 없어 대변을 보고도 그냥 바지를 올렸고, 여자들은 달거리를 치우지 못해 생리혈이 바지를 적시고 신발로 흘러내렸다.

“저녁에 소주나 한잔 같이해요. 털어내야지요.”

고 기자가 약속을 확인하려는 듯 내 등을 툭툭 치며 일어선다. 나는 눈을 감는다. 정연화는 강원도 원산 출신이다. 그녀가 과연 제때에 원산까지 갈 수 있을까? 면회 올 사람도 없을 그녀가 꼬바끄에서 죽는다면? 사람이 죽을지도 모르는 큰일이 벌어지고 있는데 내가 할 일이 아무것도 없다니.

6

창밖에 스산한 바람이 분다. 맨몸의 은행나무 가지들이 사르르 떤다. 은행나무는 내줄 것을 다 내주고 이젠 맨몸으로 울고 있다. 사람들이 그 밑을 지나간다. 저들도 무슨 일인가로 아픔을 겪고 있을 테지. 다만 남이 모를 뿐. 누가 내 책상 위에 팩스 용지를 던져놓는다. '초청장'이란 굵은 글자가 얼핏 눈에 뜨인다. 의자를 당겨 그것을 손에 넣는다. 방북 초청장이다. 황 참사가 나를 버리지 않았다는 보증서처럼 반갑다. 금관을 내게서 손 떼게 하고 정연화를 잡아간 것이 그의 소행이 아니라고 분명한 목소리로 말하는 듯하다. 오 동무 그놈이 나와 한마디 상의 없이 저지른 짓이야. 다 제자리로 돌려놓으라고 했어. 걱정 말라우. 이렇게 말하는 듯하다.

나는 초청장을 들고 부장과 편집국장에게 가서 보고한다. 국장은 연이어 초청장이 오는 것에 기분이 좋은 모양이다. 저녁을 사겠다고 나선다.

"이 기자, 우리 회사 평양 특파원 파견은 따놓은 당상 아냐? 혹시 평양에 가까운 친척이라도 사는 거야?"

북한에서 높은 자리를 차지한 빨갱이 친척과 줄이 닿은 것 아니냐는 의혹을 품은 질문이다. 옛날 같으면 숨겨야 할 일이지만, 이젠 털어놓아도 흉 될 것이 없다고 그는 덧붙인다.

"국장님도 곧 모시고 갈게요. 그때 국방위원장 인터뷰나 추진해보자구요."

내 대꾸가 빈말에 지나지 않는다는 사실을 나는 안다. 북한과의 일은 언제든 스위치를 내리면 꺼지는 전등 같은 것에 지나지 않는다.

공항 청사 위에서 '평양'이라고 쓰인 붉은 입간판이 시야 안으로 들어온다. 청사 앞 계단에 서 있는 사람들이 손가락만 하게 보인다. 비행기 창문에 고개를 들이민다. 비행기가 청사쪽으로 다가간다. 사람들의 모습이 누군지 분간할 수 있도록 점점 커진다. 그런데 황 참사가 보이지 않는다. 확실히 계단 위에 없다. 전과 다름없이 두 사람의 안내원이 도로 공사장의 마네킹처럼 의례적으로 손을 흔들고 있는 것은 맞다. 하지만 양 지도원의 옆에 서 있던 황 참사는 다른 사람으로 바뀌어 있다. 아무리 봐도 양 지도원보다 키가 큰 그가 아니다. 몇 번이나 왔다고 그의 마중을 당연시할까? 나는 들뜬 기분을 꾹 누른다. 트랩을 내려가면 그가 어디서든 나타나 악수를 청할 것이다.

비행기가 멎는다. 헤네시 두 병과 손목시계가 든 비닐백을 챙겨 든다. 아무리 사내끼리라지만, 그의 거듭된 후의에 감사의 뜻을 전하고자 북경공항 면세점에서 산 것이다. 의형제까지 맺은 사이 아닌가. 더구나 정연화의 구출까지 기대하고 있지 않은가. 만약 사정하는데도 도와줄 의사가 없다면? 생각하기 싫다. 나는 돌아갈 수 없는 길을 가고 있다. 불길을 만나도 들어가야 하고, 낭떠러지를 만나도 떨어져야 한다. 씨팔! 욕이 입 밖으로 튀어나오려고 용을 쓴다.

청사 앞에 다다른다. 계단 위에는 여전히 양 지도원과 황 참사가 아닌 사람만 있다. 양 지도원이 우리에게 다가온다. 미운 정 고운 정이 든 우리는 형식적이나마 얼싸안는다. 그와 함께 온 사람과도 악수를 나눈다. 최 참사라는 이다. 황 참사가 왜 나오지 않았는지 물으려다가 그만둔다. 지난번에 왔을 때 황 참사는 내게 말했다. 평양에 와서 나를 만나려거든 우리 사람들에게 나를 찾으면 절대 안 돼. 그러면 아우가 나를 만날 수 없게 돼. 나는 아우가 언제 오는지 다 알아.

내가 꼭 아우를 만나러 갈 거야.

생각해본다. 북한 사람들에게 내가 그의 이름을 발설한 적이 있긴 있다. 북경의 박 참사에게 전화를 걸었을 때다. 이번 방북을 위한 비자 문제를 문의한 뒤 슬며시 황 참사는 잘 있느냐고 물었다. 정연화까지 잡혀간 뒤 혹시 그의 소식을 들을 수 있을까 해서 그런 것이다. 약속을 어겼으니 가차 없이 징벌하자는 것일까?

입국심사를 받고 짐을 찾아 청사 밖으로 나온다. 아직도 그는 보이지 않는다. 나는 그의 이름을 다시는 입에 올리지 않겠다고 결심한다.

시내로 들어가는 차 안이다. 곁에 앉은 양 지도원이 내게 가만히 묻는다.

"리 선생은 무슨 재주로 이렇게 자주 들어옵니까? 별 사업도 없으면서 연달아 들어오는 비결이 뭡니까?"

"초청했으니까 오는 것 아닙니까?"

뜻밖의 물음이 수상쩍다. 큰돈도 안 냈으면서 누구 백으로 들어왔느냐는 말인 줄 알면서 동문서답한다. 우리 회사보다 조금 늦게 방북하기 시작한 Y신문은 방북을 위해 수백 만 달러를 썼다는 말이 언론계에 나돌고 있다. 그렇게 하지도 않은 우리가 쑥쑥 들어오는 것이 양 지도원에게는 아무래도 이상한 모양이다. 혹 우리를 사사로이 지원하는 세력이 있다면 밝히라는 상부의 지시라도 떨어졌나? 아니면 개인적인 호기심일까? 혹 남북 협력 사업에 대한 북한의 속셈을 까발린 내 기사가 어떤 작용을 하는 것은 아닐까? 그렇다면 아예 오지 못하게 해야 맞지 않을까?

그나저나 황 참사는 어디에 있을까? 호텔에 도착해서도, 밤이 되어도 그는 얼굴을 보이지 않는다. 전화도 한 통 걸어오지 않는다. 그래도 그에 대해 묻지 않는다. 가기 전에는 그를 만날 수 있다는 기대가 남아 있기 때문에.

8

평양 변두리로 나왔다. 짙은 안개가 낀 길을 지
난다. 조선예술영화촬영소 입간판이 보이는 곳에 차가 멈춘다. 영화
속에서 얼굴이 익은 사람들이 입구에 마중 나와 있다. 그들의 안내에
따라 옥외 세트장을 둘러본다. 빛바랜 흑백사진처럼 건물들과 나무,
거리의 윤곽만이 안개 속에 간신히 드러나 있다. 바람결을 따라 안개
가 건물과 가로수 사이를 흘러 다닌다. 플라타너스의 마지막 잎새들
이 발에 차인다.

세트장의 서울거리로 들어선다. 인민배우 김옥순과 김윤식이 우리
일행의 양옆에 서서 거리를 설명한다. 예술영화 〈도라지꽃〉의 주인
공 오미란을 만나고 싶었는데, 최 참사라는 이는 내 요청에 아랑곳하
지 않고 이 두 사람을 우리 옆에 붙여놓았다. 건방지게 네가 인민배
우를 고르느냐는 태도였다. 〈도라지꽃〉을 보았다고 아는 척하며 그
녀를 찾은 내가 잘못이라면 잘못이다. 찾으면 만나지 못한다는 황 참
사의 말이 실감난다. 그와 연락이 되었더라면 오미란을 만나는 것도
어렵지 않은 일이었을 것이다. 억울하다. 하체를 다 드러낸 서양 여
자가 신은 남영나이론 스타킹, 성병 치료약, 양주 이름을 나열한 술
집 간판들이 서울거리를 장식하고 있다. 내가 없을 때 나를 욕하는
현장을 발견한 기분이 든다. 박정희 대통령 역을 단골로 맡는다는 김
윤식이 나를 보고 멋쩍게 웃는다.

그때 양 지도원이 다가와 내 옆구리를 쿡 찌른다. 그를 한사코 피
하는 중인데, 또 따라붙었다. 배우들과의 대화를 끊는 것이 언짢다.

"누구나요?"

그가 야릇한 웃음을 흘리며 낮은 목소리로 묻는다. 평양에 오는 비
결이 무엇이냐고 묻다가 이젠 그 비결을 제공한 주인공이 누구냐고
캐는 데까지 이르렀다. 집요한 것이 황 참사 신변에 혹 무슨 일이 생

긴 것은 아닐까 하는 걱정까지 들게 한다. 하지만 딱히 황 참사를 겨냥한 질문이라고 단정할 수는 없다. 장군님을 몸 가까이 모셨다는 그의 말을 떠올리며 위안을 삼는다.

"제발 공부 좀 하게 놔둬요."

나도 그의 옆구리를 쿡 찌른다. 그는 다 끝난 것이 아니라는 표정으로 한발 물러선다.

촬영소 경내의 중간쯤에 있는 동산으로 나온다. 일제강점기 순사 차림의 검은 제복이 바지저고리를 입은 사내에게 발길질을 하고 있다. 바지저고리는 쓰러져 안개 자욱한 언덕을 데굴데굴 구른다. 카메라 앵글 밖으로 굴러간 바지저고리가 일어나 배며 엉덩이며 맞은 데를 손으로 주무른다. 연출가의 메가폰에서 다시! 라는 외침이 들린다. NG다. 같은 연기가 반복된다.

"살살 좀 때리지."

사내가 안쓰러워 내가 중얼거린다.

"살살이라니요? 어림없지요. 경애하는 장군님께서 우리 촬영소에 몸소 나오셔서 실제 상황과 똑같이 하라고 지도해주신걸요. 여기 옥순 동무도 장군님 손에서 기렇게 큰 배우야요."

김윤식이 말한다.

"저는 처녀 시절부터 경애하는 장군님 품에서 자랐어요."

김옥순이 김윤식의 말을 받는다. 둘 다 나이가 김정일 국방위원장보다 많이 적어 보이지 않는데, 아무렇지도 않게 어린애가 아버지 부르듯 장군님을 부른다. 그때 양 지도원이 끼어들어 또 대화를 동강낸다.

"정말 안 대줄랍니까?"

슬며시 부아가 난다.

"경애하는 장군님께 직접 말씀 드려서 왔다! 어쩔래?"

내가 톡 쏜다. 그가 기가 차 코웃음을 친다. 남북회의 석상에서 북한 대표단은 경애하는 장군님께서 손수 저를 이 자리에 보내주셨다는 표현을 자주 쓴다. 나도 그 말을 따라 한 것이다. 말하고 보니 양 지도원의 성가신 추궁을 피해 가기에 맞춤한 말이다. 자기들 식으로 '경애하는'이라는 수식어까지 붙이자 그가 더는 말하지 못하고 다시 물러난다. 황 참사가 나로 인한 누를 감당하지 못하는 처지에 있는 것은 아닐까? 근심이 자꾸 든다.

9

　　　　　용문대굴을 관광하고 조선컴퓨터센터, 김일성 종합대학을 둘러보면서 우리는 방북 일정을 하루하루 갉아먹는다. 날짜가 지날수록, 황 참사를 기다리는 마음이 더해갈수록, 양 지도원의 추궁이 거듭될수록 황 참사에게 좋지 못한 일이 생겼다는 쪽으로 생각이 기운다. 장군님을 몸 가까이 모셨었다는 과거완료형의 그의 말이 또 한 번 장군님으로부터 더 멀리 밀려날 수 있다는 말로 새겨진다.

10

　　　　　이제 평양을 떠날 시간이다. 결국 황 참사는 나를 찾아오지 않았다. 혹 떼러 갔다가 혹을 하나 더 붙이고 가는 셈이 되었다. 고 기자는 며칠 더 있었으면 좋겠다고 말한다. 바쁜 서울 생활로 귀환하는 것이 못내 서운한 눈치다. 언제는 답답해 죽겠다더니 그새 평양에 익숙해졌다. 나도 며칠 더 있었으면 하는 마음이 굴뚝같다. 그러면 황 참사를 만날 수 있을까? 혹 내가 돌아가는 날짜를 잘

못 안 것은 아닐까? 내가 온 것을 알기나 할까?

황 참사에게 줄 선물은 내 여행가방에 도로 넣었다. 양 지도원에게라도 줄까 하다가 그만두었다. 돌아갈 때야 내놓는 선물을 보고 그가 황 참사와 연계한 상상의 나래를 펼까 염려되었다.

비행기가 하늘로 떠오른다. 갈색으로 물든 들과 마을들이 가깝게 내다보인다. 비탈에서 지게에 흙을 퍼 담거나 논으로 져 나르는 사람들도 보인다. 객토 작업을 하는 사람들 같다. 내가 자기들을 보고 있다는 것을 저들이 까마득히 모른다는 사실이 가슴을 미어지게 한다. 형, 도대체 어디 간 거야? 고작 10만 위안을 떼어먹고 도망친 거야?

제8장

신라금관

1

　　　　결재 서류를 든 부국장이 편집국장실에서 나온다. 열린 문 사이로 국장이 자리에 앉아 있는 것이 보인다. 부국장이 들어가지 않고 왜 서 있느냐는 듯 내게 의아한 눈길을 보내며 지나친다. 조금 전에 부장은 말했다. 평양 특파원 파견은 물 건너간 거야? 설쳐대더라니. 나 바쁘니까 당신이 국장에게 직접 보고해. 부장은 이젠 북한에 갈 일이 없을 것 같다는 내 보고를 이렇게 받았다. 국장에게 보고하기 난감한 일이다 싶으니까 자세히 듣지도 않고 자기는 쏙 빠져나갔다.

　국장실에 들어가기 싫다. 평양 특파원 파견이니, 김정일 국방위원장 인터뷰니 국장은 기대를 부풀려왔다. 너무 성급한 보고 아닌가 다시 한 번 생각한다. 막장 앞에 섰다는 생각과 아직 할 일이 남았다는 생각 사이에서 갈등한다. 할 일이 남긴 남았는데, 그것들이 내 역할을 기대하지 않고 있다. 그래도 기다려봐? 그래, 내가 너무 내 기분에 끌려가고 있어. 나는 돌아선다. 실은 기대할 것이 있어서 돌아서는 것이 아니고, 국장실에 들어가기 싫어서 돌아서는 것인지 모른다. 고개가 저절로 푹 꺾인다. 누군가 내 어깨를 감싼다. 돌아보기도 전에 그가 입을 연다.

　"선배, 최선을 다한 일에는 후회가 없는 법이야. 힘내."

　고 기자다. 네가 무엇을 안다구? 나는 그를 돌아보고 실없이 웃는다. 그러면서도 그가 말한 최선이 무엇일까 곰곰이 따져본다. 세상일은 사실 수많은 우연으로 이루어진 것이다. 우연이 모여서 필연이 되는 것이다. 그런데 내겐 갑자기 나쁜 우연들이 해일처럼 몰려왔다. 그것들이 나를 악연의 구덩이로 끌고 가고 있다.

자리에 앉아 이메일을 살핀다. 이번이 황 참사의 답장을 기다리는 마지막 기회라는 심정이 된다. 하긴 이메일을 살필 때마다 나는 이번이 마지막 기회라고 다짐하곤 했다. 이번에도 답장이 안 오면 기사를 써서 그들의 비리를 폭로해야지 하고 결기를 세우곤 했다. 하지만 다음 날이 되면 정작 기사를 쓰지 못했다. 황 참사가 그럴 사람이 아니라는 믿음에서 아직 빠져나오지 못한 것이다. 그러다가 오늘은 부장에게 보고를 했다. 이젠 정말 당신들을 죽여버릴 거야, 작정하고서.

읽으나 마나 한 보도자료들과 성인 사이트 홍보물들이 여전히 이메일 함을 가득 채우고 있다. 하나하나 삭제 버튼을 누르다가 잠시 멈춘다. 기다리던 사람이 슬그머니 다가와 어깨를 두드리는 것 같은 흥분이 인다. 내 가슴을 겨눈 총구 앞에 선 것 같은 두려움도 함께 인다. '황'. 발신인 칸에 분명 그렇게 쓰여 있는 이메일이 눈앞에 펼쳐진다.

나 황이오. 지금 아우가 처한 상황을 내가 잘 파악하고 있소. 마음고생을 시켜서 안됐소. 만나면 해명하겠소. 그 물건은 내가 직접 가지고 나갈 것이오. 12월 4일까지 연변으로 나오기 바라오. 하루 전까지 만날 장소와 시간을 알려주겠소. 못 올 경우 이메일로 11월 말일까지 통고 바라오. 나는 지금 몸과 마음이 심히 불편한 상태에 있소. 그래서 돈이 급하게 되었소. 물건 처분을 신속히 할 수 있도록 준비를 철저히 해주기 바라오. 꼭 부탁하오. 경의.

혼란스럽다. 그럼 그렇지, 하고 어깨를 펴면서도 내가 아무것도 모르고 있다는 점에 생각이 미친다. 황 참사가 상황을 잘 알고 있다는 말은 오 씨가 나를 속이고, 정연화까지 납치한 사실을 알고 있다는 말일까? 자신은 이 사건들에 연루되지 않았다는 말일 테지? 의문이 꼬리를 문다. 금관을 자신이 직접 가지고 오겠다는 것은 또 무슨 말

일까? 오 씨로부터 금관을 회수했다는 말일까? 여전히 내가 처분에
개입해달라는 말일 테지? 그런데 왜 불편한 상태에 처해 있을까? 돈
은 왜 급할까? 그러고 보니 이메일을 액면 그대로 믿어야 할지도 의
심스럽다. 오 씨가 황 참사를 팔아 또 무슨 음모를 꾸미고 있는 것은
아닐까? 이메일은 중국에 출장 나오는 오 씨를 통해서 받고 보내는
것 같은데, 오 씨가 보내지 않았다면 황 참사가 다른 사람을 시켜서
받고 보냈을까?

금관 처분에 끼어들고 싶은 열망이 다시 불쑥 고개를 내민다. 기사
가 있는 곳엔 위험이 있다. 그들을 만나야 정연화 건도 해결되든 말
든 할 것이다. 내 돈도 받게 되든 말든 할 것이다. 치치하얼에 사는
탈북자 반 씨도 만날 겸 출장을 떠나기로 마음을 정한다. 부서의 기
자 결원은 이미 보충되었다. 결원이 있는 동안 중국 동북 지역에 대
한 취재가 미루어져 왔기 때문에 출장은 당장이라도 가야 할 형편이
다. 탈북자를 취재하겠다는 출장 신청서를 받은 부장은 이제 평양 놈
들하고 상종하지 않기로 한 거지? 환상을 버린 거지? 하면서 썰렁한
눈길을 던진다.

2

　　　　　　　팔뚝만 한 고드름을 매단 건물들이 하나둘 차창
뒤로 물러난다. 한 번도 본 적이 없는 춥고 을씨년스런 치치하얼의 풍
경들이 결코 빠져나올 수 없는 북국의 한가운데로 들어온 기분에 젖
게 한다. 그래도 열차는 그것들을 밀어내며 남쪽으로 스무 시간이나
내달린다. 그런 끝에 마침내 연길역에 도착한다.

언제 어디서 황 참사와 만날지 아직 분명히 정해진 것이 없다. 12월
4일, 오늘 밤에 두만강 중국 쪽 강변에서 만나자는 이메일을 받긴 받

왔는데, 너무 막연하다. 지리사전을 찾아보니 두만강이 천4백 리나 된다. 아직 그는 중국으로 오지 않은 것 같다. 시간에 맞추어 건너올 테니 강변에서 잠시 만나자는 것 같다. 금관이 다시 북한으로 들어갔을까? 오늘 밤에는 내가 어디서 자야 할지도 알 수 없다. 연길역으로 마중 나온 연변방송국 김 기자 차에 여행가방을 싣는다. 그에게 저녁에 두만강 변 풍경이나 구경하러 가자고 다시 한 번 당부한다. 사정을 모르는 그는 술이나 먹잖고 별난 짓을 다 한다고 투덜거린다. 오 씨의 음모에 대비해 그는 오늘 내 보디가드 역할도 해야 한다. 저녁 때쯤 연락하여 다시 만나기로 하고 근무 중인 그와 헤어진다.

주택들에서 스멀스멀 기어 나온 푸른 연기가 꼬리 달린 유령처럼 허공에 떠돈다. 메케하게 코를 자극한다. 연변의 겨울을 상징하는 냄새다. 난방을 석탄에 의존하기 때문일 것이다. 배꽃식당, 진달래사진관, 영등포식당, 버들술집을 지나 서시장 부근 부루하통하 강변으로 나간다. 강변의 갈대밭을 겨울바람이 누비고 다닌다. 탈북 꽃제비들이 여름 한 철 게처럼 숨어 살던 곳이다. 속을 다 드러낸 마른 갈대숲이 파도처럼 일렁인다. 천천히 강변을 걷는다.

벨 소리가 들린다. 휴대폰을 열자마자 이 시간을 기다렸다는 듯 황 참사의 목소리가 튀어나온다.

"나야, 나. ……. 아우, 나 황이라고……."

거리의 소음과 바람 소리에 먹혀 황 참사의 목소리가 까마득하다. 만나자고 한 것이 오 씨의 음모가 아닌 것에 한숨을 돌린다. 애증이 얽힌 감정이 불현듯 그리움으로 바뀐다. 하지만 그리움을 드러내기에는 감도가 너무 멀다.

"어디에요?"

"온성군 종성노동자구."

"네에?"

그는 두만강 건너 종성에 있다. 국경 마을에 흘러 들어간 중국 휴대폰으로 전화를 걸고 있는 것이다. 짐작은 했지만, 그가 오늘 밤 몰래 강을 건넌다는 것이 영 어색하다.

"물건을 처분할 준비는 끝냈어?"

그는 이메일에서 철저한 처분 준비를 당부했다. 그것은 밀매 방법을 의미하는 것이다. 밀매는 불가능에 가깝다. 돈도 못 받고, 목숨도 걸어야 할지 모른다니 내가 취할 수 있는 방법이 못 된다. 나는 우리 정부에 넘기는 방법을 마음에 두고 있다. 금관이 내 손에 들어온 뒤에나 이 문제를 그와 상의할 계획이다. 그때 나는 그가 서울로 도망치려느냐고 물을 것이다. 일단 나는 오 씨가 일으킨 사건들을 핑계 삼기로 한다. 금관 처분을 내게 맡길지 믿을 수 없어 준비할 수 없었다는 이유를 댄다.

"도대체 믿을 수가 없었잖아요."

"지금 무슨 말을 하는 거야?"

그가 조금 화를 내는 것 같다. 가물거리는 목소리라서 분명하지는 않다. 나는 당혹감에 빠진다. 나만 믿고 있었다는 듯한 말에 나도 화가 난다. 그러면서도 무슨 큰 잘못이라도 저지른 것처럼 그를 의심한 것이 미안해진다. 가까스로 밤 8시에 종성 건너 두만강 변에서 만나기로 약속하자 전화가 끊긴다. 시간에 맞추려면 곧 개산툰으로 떠나야 한다. 서둘러 부루하통하 강변을 벗어난다.

3

　　　　　강 건너 북한 국경경비대 망루에서 서치라이트가 하얀빛을 내뿜고 있다. 그것은 강 상류 쪽에서 하류 쪽으로, 다시 그 반대쪽으로 부단히 움직인다. 빛이 닿은 곳마다 아직 얼지 않은

230

강물이 반짝이고, 물푸레나무의 긴 그림자가 선명하게 드러난다. 서치라이트는 길을 밝히는 빛이 아니라 길을 닫는 빛이다. 그것은 냉정한 눈길로 강 안에서 움직이는 것들을 찾고 있다. 움직이는 것들이 서치라이트에 잡히면 곧장 총알 세례를 받을 것이다. 바람에 갈대들이 뒤척이는 소리가 소란스럽다.

8시는 두 번 온다. 우리 시간 8시와 중국 시간 8시다. 황 참사가 아까 걸어온 휴대폰으로 전화를 건다. 꺼져 있다. 다른 북한 사람들처럼 그도 전파 감시를 피해 필요할 때만 켜서 쓰는가 보다. 그와 시간을 정하면서 어느 쪽 시간인지 확인하지 않은 것이 후회스럽다. 지금 시간은 우리 시간으로 8시다. 서치라이트가 작동하는 것으로 보아 황 참사가 말한 8시는 우리 시간이 아닐 것이다. 강바람이 차츰 매서워진다. 체온을 더는 빼앗기지 않으려는 몸의 반작용으로 이빨이 덜덜 떨린다. 차 안에 들어가 있어도 되고, 개산툰 시내 다방에 들어가 있어도 된다. 하지만 그러고 싶지 않다. 중국 시간 8시가 될 때까지 강변에 서 있을 작정을 한다. 나만 따뜻한 데 있는 것이 미안해서가 아니다. 곧 황 참사를 만난다는 사실이 나를 가만히 있지 못하게 한다.

"그저 구경 나온 게 아닌 것 같아?"

연변방송국 김 기자가 투덜댄다. 북한 고위 관리가 곧 이 강을 몰래 건널 것이라고 정직하게 말했다면, 그가 이처럼 순진한 동행인이 되었을까? 나중에 그에게 문제가 생기더라도 추궁하는 이들에게 모르고 따라갔다고 변명하는 것이 그에게도 유리할 것이다. 그러니 그는 내가 지금 기도하는 일에 대해 가능하다면 끝까지 몰라야 한다.

"야밤에 북한 국경선 앞에 서 있다는 게 특별한 감흥을 불러일으키는군. 한국 휴전선에서는 이렇게 서 있는 게 어림도 없는 일인데."

나는 너스레를 떤다.

"추워 죽겠으니 차 안에라도 들어가자구."

"혼자 들어가. 나는 좀 더 있어볼게."

"무슨 일이 있는 게 틀림없어."

그때 이쪽 강변길을 따라 지프가 다가온다. 헤드라이트의 불빛이 우리의 몸을 단단히 붙잡는다. 눈이 부시다. 지프가 우리 앞에 서더니 군인 둘이 내린다. 군인들이 뭐라고 떠든다. 김 기자가 우리들의 신분증을 보자고 한다고 통역한다. 내가 여권을 꺼내 보이자 플래시로 비춰본다. 왜 여기 서 있느냐고 묻는다. 김 기자가 바람을 쐬러 나왔다고 짤막하게 대답한다. 군인들은 김 기자와 몇 마디 더 나눈다. 시빗거리가 없는지 여권을 돌려주고 가던 길을 간다.

"변방대 군인들인가 보지?"

"순찰 중이야."

"한데 까막눈들인가 봐."

군인들이 여권을 거꾸로 들고 아무 페이지나 펴 들었던 것을 상기하며 묻는다.

"영어를 모르니까 그렇지. 영어를 알면 이런 데서 근무하겠어?"

김 기자는 추위를 피해 차 안으로 들어간다.

중국 시간 8시다. 서치라이트가 멎는다. 대신 가끔 카메라 플래시처럼 불시에 반짝하고 켜졌다가 천천히 수그러들곤 한다. 별똥별이 긴 꼬리를 끌며 산 너머로 떨어진다. 김동환의 시 「국경의 밤」 한 구절이 떠오른다.

저리 국경 강안江岸을 경비하는

외투外套 쓴 검은 순사巡査가

왔다 갔다

오르명 내리명 분주히 하는데

발각도 안 되고 무사히 건넜을까?

바지 주머니에 들어 있는 중국 휴대폰이 진저리를 친다. 강과 나무 사이를 헤치고 다니는 바람 소리로부터 벨 소리를 지켜내기 위해 진동 상태로 바꿔둔 터다. 황 참사다. 아까와 달리 감도가 좋다.

"건너왔어. 우리 경비대 군관들 말이 개산툰과 삼합 사이 고개 넘자마자 길가 숲이래. 물이 얕은 곳을 찾다가 이리로 오게 됐어. 라이터를 켜서 신호를 할게. 두 사람이야. 인츰 와."

이제 막 건넜는가 보다. 가쁜 숨소리가 목소리에 담겼다. 두 사람이라면 오 씨와 함께 나왔다는 뜻일까? 만약 오 씨라면 어떻게 해야 할까? 그가 사과한다면 사과를 받아들일까? 천만에! 정연화까지 잡아간 놈인데. 멱살을 잡고 아갈통을 갈겨도 시원찮을 것 같다.

김 기자는 잔뜩 의심쩍은 눈을 하고서 삼합 쪽으로 차를 몬다. 나를 배려하려는 듯 아무것도 묻지 않는다. 내가 무슨 말을 할 때까지 기다릴 모양이다. 하지만 나는 이후로도 아무 말을 하지 않을 것이다. 내가 크게 나쁜 짓을 할 사람이 아니라는 것을 그가 스스로 깨닫기를 바랄 뿐이다.

차는 강변을 따라 달린다. 비포장 길이라서 속력을 낼 수 없다. 한참을 달려 황 참사가 말한 고개를 넘는다. 사방을 둘러봐도 적막과 어둠뿐이다. 별들만이 퍼런빛을 쏟아내며 우리를 지켜본다. 고개를 넘은 것이 확실한데, 어둠 때문에 숲이 분간되지 않는다. 다시 앞으로 나아가려는데, 김 기자가 저기 불빛 같은 것이 보인다고 속삭인다. 차의 라이트를 끈다. 김 기자가 가리킨 곳에서 두어 번 켰다 껐다 하는 불빛이 명료하게 보인다. 스몰라이트에 의지하여 그쪽으로 20여 미터쯤 다가간다. 우리를 향해 다가오는 검은 물체 두 개가 더 짙은 어둠으로 돋보인다. 물체는 차츰 가까워지면서 사람의 형태를 뚜렷이 갖춘다. 혹시 매복한 사람들은 없을까? 나까지 납치하려는 수작은 아니겠지? 반가움을 억누르며 유심히 두 사람을 살핀다. 그들이 차 옆으로 바짝 다가온다. 그들 외에는 아무도 없다. 나는 차에서 뛰어내린다.

"형, 여기요."

검은 물체가 빠르게 다가와 내 앞에 선다. 황 참사다. 우리는 시간을 끌 수 없어 힘껏 악수만 나눈다. 그의 손이 얼음처럼 차다.

"우선 차에 타자우. 몹시 춥군."

"고생했어요."

손에 든 가방을 받는다. 이 가방에 금관이 들어 있을까? 생각보다 가벼워 부르는 것이 값이라는 금관의 가치가 느껴지지 않는다. 아무리 귀중한 것일지라도 직접 마주하면 어느 정도 실망을 면치 못하게 되는 이치일까?

"날래 타라우."

그가 차에 올라타면서 뒤에 대고 말한다. 나는 여기서 싸울 수는 없다고 생각하면서 뒤에 있는 사람이 오 씨인지 살핀다. 그의 뒤에 다소곳이 선 사람은 뜻밖에 여자다. 눈에 쏙 들어오는 체구다. 설마?

"저 연화야요."

뭐? 나는 재빨리 그녀에게로 다가간다. 정연화가 틀림없다. 그녀를 끌어당겨 얼른 가슴에 품는다. 못 견디게 그리웠으면서도, 죽을죄를 진 것처럼 미안했으면서도 막상 아무 말도 나오지 않는다.

"이 간나아 때문에 고생 좀 했어."

"고마워요, 형."

황 참사에 대한 경계와 원망이 삽시간에 다 사라진다.

"일단 여길 뜹시다."

김 기자가 끼어든다.

"난 새벽까지 돌아가야 해. 근처로 가서 옷이나 말리고 술이나 한잔하자우."

황 참사나 정연화의 바지에서 물이 질질 흐르고 있다.

정연화를 조수석에 앉히고, 나와 황 참사는 뒷좌석에 앉는다. 라이트가 어둠을 연다. 김 기자가 액셀러레이터를 밟다가 브레이크를 밟았는지 차가 나아가지 않고 꿀렁거린다. 허둥대는 것이 여실하다. 나는 짐짓 태연한 척한다. 별일 아냐, 진정해, 라고 말하듯 그의 어깨를 토닥거린다. 차가 조심스럽게 나아간다. 가까운 곳이라면 삼합이 괜찮겠는데, 그곳은 너무 작은 마을이다. 국경 근처라서 사람들의 의심을 사기도 쉽다. 김 기자가 어디에 전화를 건다. 얼른 닭 두 마리를 잡으라고 부탁한다. 개산툰 펄프 공장 부근에 그와 친한 사람이 산단다. 그가 그리로 갈 곳을 정한다. 차는 오던 길로 돌아선다. 제발 우리 모두에게 운이 좋은 날이 되기를.

앞좌석에 앉은 정연화는 고개를 가슴에 박고 웅크리고 있다. 밖도 내다보지 않는다. 1개월 12일의 조국 생활을 청산했지만, 구겨진 스프링처럼 탄력을 다 잃은 듯, 아직 안심할 수 없는 듯, 지옥 같은 조국을 떠난 것을 실감하지 못하는 듯 두려워하는 기색이다. 아, 그녀가 돌아왔다. 나는 몇 번이고 마음속으로 그 말을 되뇌면서 호흡을 다스린다. 막혔던 가슴이 비로소 열렸는가 보다. 거칠어진 호흡이 좀체 가누어지지 않는다.

황 참사에 대한 걱정이 밀려온다. 그에게서 과거의 의젓함이 사라진 것 같다. 어딘지 초췌해 보인다. 높은 간부가 남몰래 강을 건넜으니 그럴 만도 할 것이다. 하지만 그것만으로는 답이 되지 않는다.

"지난달에 내가 평양에 갔었던 걸 몰랐어요?"

"왜 몰라. 내가 조직했는데."

"외국에라도 나가 계셨던가요?"

"비판투쟁을 당하고 있었지. 이따 차차 이야기할게."

양 지도원이 죄인 문초하듯 누가 도와줘서 평양에 또 오게 됐는가 캐묻던 기억이 난다. 황 참사에게 무슨 일이 일어나긴 일어났다. 그는 심히 불편한 상태에 있다고 했다. 그래도 곧 모면할 수 있는 일시적인 봉변쯤 되지 않을까? 나는 애써 의미를 축소한다. 김 기자가 믿을 수 있는 사람이니 안심하라고 그에게 말한다. 그래도 그는 김 기자 앞에서 말을 아낀다. 나는 그의 손을 꽉 잡고 묵묵히 앞을 바라본다.

4

　　　　펄프 공장 주변 주택가 골목으로 들어간다. 파란 칠을 한 어느 집 대문 앞에 김 기자가 차를 세운다. 차 소리를 들었는지 주인 부부가 대문을 열고 나온다. 갑자기 들이닥친 손님이라서 어리둥절한 모양이다. 부부는 차에서 내리는 우리들을 아래위로 훑어본다.

"내 친구들임다."

김 기자가 우리를 대충 소개한다. 부부는 집 안으로 우리를 안내하면서도 황 참사와 정연화의 옷차림과 젖은 바지를 힐끗힐끗 쳐다본다. 물이라곤 두만강 물밖에 더 있나 여기는 것 같다. 방 안으로 들어가면서 나는 김 기자에게 정연화의 옷을 사다 달라고 부탁한다. 북경까지 가려면 그녀는 지금의 남루한 옷들을 벗어야 한다. 통셴에 있을 때 내가 가져다준 가을 재킷을 입었는데, 철도 지난 데다 넝마처럼 해어졌다. 김 기자는 다시 대문 밖에 세워둔 차로 향한다. 지금 시간에는 문을 연 가게가 없을 것이라면서 주인 남자가 자기 아는 집으로 가자며 따라 나선다.

방에서는 아이 둘이 TV를 보고 있다. 주인 여자가 눈짓을 하자 아이들이 옆방으로 건너간다. 정연화와 황 참사는 주인 여자가 내주는 부부의 바지로 우선 갈아입는다. 정연화는 얼굴이며 몸이 주먹만 하게 작아졌다. 승선에서 처음 만났을 때보다 훨씬 더 말랐다. 바라볼수록 화도 나고, 가엽기도 하고, 기쁘기도 한, 종잡기 어려운 감정이 일어난다. 그녀는 극구 나와 눈을 맞추려 하지 않고 벽만 바라보고 서 있다. 그러다가 주인 여자가 말리는데도 주인 여자를 따라서 부엌으로 나간다. 음식 만드는 것이라도 도울 생각인 듯하다.

황 참사와 나, 단둘만 방 안에 남는다. 오 씨의 소행을 따질까? 정연화를 데리고 온 경위를 물을까? 서울로 도망칠 계획인지 물을까? 제 궁금한 말만 앞세운다고 할까 봐 다 참는다.

"물건 처분은 바로 되겠지?"

"노력해야지요."

"기딴 말이 어딨어. 두 주 내로 다 끝내야 해. 내가 이메일까지 보내서 신신당부했잖아."

내게 말해준 적이 없는 자신의 급한 사정을 내가 너무 등한히 한다고 원망하는 눈치다. 정연화까지 데려온 마당이니 잘못도 없으면서 더 미안해진다.

"뭐가 그리 급해요? 그 오 동무란 자가 내 돈 떼먹고 도망쳤잖아요. 그래서 진짜 팔겠다는 건지 어쩐지 믿을 수가 없었어요."

"기건 내가 정식으로 사과해. 그 동무가 돈 더 받으려고 물건을 외국에 내보내려 했던 거야. 기러려니까니 돈이 필요해서 아우에게 사기를 친 거야. 물론 나는 몰랐지. 재일 동포가 엄청 큰돈을 받게 해주갔다고 계속 꼬셨던가 봐. 돈만 많이 받으면 나한테도 용서받을 수 있다 생각하고 거기에 넘어갔던 거야. 거듭 사과해."

"설령 형 말이 맞대도 정당하게 내게 말하면 될 일을 가지고 사기치고, 사람 잡아가고, 그게 뭐예요? 그놈이 자기가 다 해쳐먹으려 했다가 걸리니까 형에게 꾸며댄 말 아녜요?"

"노동자를 수탈하는 자본가들을 등치는 일은 우리 사회에서 죄가 안 돼. 도망친 우리 사람 잡아오는 것도 죄가 아니고. 아무튼 내가 아우가 보낸 이메일을 보고 무조건 즉각 원상회복시키도록 하라 한 거야. 마침 다른 동무가 중국 출장을 나갔는데, 아우 이메일을 가져왔더군. 오 동무를 불러 당장 물건 가지고 들어오고, 저 간나아를 빼내라고 야단쳤지. 내가 아우랑 기렇게 가까운 사이인지 몰랐다는 거야. 꽤 놀라대.”

“내가 무슨 노동자 수탈하는 자본가예요? 나도 노조에 가입한 노동자예요. 그런 놈을 총살시켜야지 누굴 총살시켜요?”

그가 희미하게 웃는다.

“흥분하지 말라우. 지금은 내 코가 석 자야. 물건 처분을 두 주 내로 끝낼 수 있갔어?”

나는 분을 삭이며 먼저 금관의 처분 방법에 대해서 설명한다. 금관이 내 손에 들어왔으니까 하고 싶은 말을 다 한다. 금관은 정부가 나서서 살 것이고, 대신 원소유자에게 돌려주겠다는 공표를 하게 될 것이라고 말한다. 밀매는 내가 감옥에 가는 것은 둘째 치고, 사기당하기 십상이어서 돈 한 푼 못 건질 가능성이 크다고 덧붙인다.

“무슨 소리야? 남조선 정부에 판다고? 좋아. 기런다고 쳐. 기러면 물건을 차지해서 제 잇속 차리면 됐지 왜 돌려줘서 나까지 잡아? 기게 뭐 상의할 거야? 기렇지 안?”

그가 목소리를 높인다.

“그게 가장 안전하고 빠른 방법이에요.”

“이거 일 났네.”

그가 담배에 불을 붙여 문다.

“법이라는 게 있어서.”

“남조선 높은 놈들은 모두 법 어기고 제멋대로 하고 살더구만. 아우가 힘이 없어서 기렇지 안? 좀 크게 보라우. 귀중한 국가 재보를 가져왔다. 소문내지 말고 돈만 내라, 정부를 기렇게 다그쳐 보라우.
소문내면 내가 죽는다구."

"귀한 물건이 없어졌으니 언제라도 걸리긴 걸릴 것 아닙니까?"

"내가 기리 어리석지 않아. 문화재보존소 일꾼들이 진짜와 똑같은
가짜를 만들어서 채워놓았으니까니 기런 건 맘 놓으라우."

그럼 기사는 언제 쓰고? 예상하고 있었던 것이지만 정부 발표도,
기사도 그에게는 다 독이 된다는 사실을 확인하는 것이 곤혹스럽다.

"도대체 돈이 왜 그리 급하게 필요한데요?"

"아우, 잘 들어."

그가 좀 비장한 얼굴이 된다. 담배 연기를 길게 내뿜는다.

"내가 말이야, 한 달 후엔 혁명화를 가게 돼 있어. 청진조선소 용접
공으로."

그가 용접공 같은 험한 일에 자원하여 가겠다는 뜻인가? 어려운 경
제를 풀어내기 위해 간부들이 솔선수범하여 자신을 희생시킨다? 결
사대를 이끌고 나를 따르라 외치는 것처럼. 그런 것이 사회주의자다
운 풍모 아닐까? 이나마 간부들에게 진정성이 있으니까 북한 사회가
버텨나가는 것 아닐까? 비판투쟁 끝에 용접공이란 가당치 않은 형벌
이 그에게 떨어졌을 것이라고는 믿어지지 않는다. 그러니까 자원 용
접공으로 가기 전에 금관 값을 마련해 오라는 것 같다. 서울로 도망
치려 한다고 짐작했던 것이 터무니없다.

"무슨 말인지 못 알아들어?"

"어려운 결단을 했군요."

"결단? 북한 전문 기자라더니 몰라도 너무 모르는군. 기게 아니고,
아우가 지난달 평양에 왔을 때, 기때 나는 비판무대에 서서 동네북처
럼 아무 놈이나 쳐대도 말 한마디 못하고 얻어맞는 신세가 되어 있었
어. 그 결과 이제 3년 만에 두 번째 혁명화를 떠나게 됐어. 당에서 봐

준답시고 떠날 채비 할 한 달 말미를 주었어. 비판을 당해서 봉건시기처럼 귀양살이를 가는 거라니까니. 두 주 내로 물건을 처분해줘야 해. 기래야 그 돈으로 우리 일꾼들 식량을 보장해줄 수 있다구.”

그의 말이 선뜻 와 닿지 않는다.

“왜 비판무대에 섰는데요?”

“참 까막눈이야. 지난번에 북경에서 만났을 때 내가 말했잔? 작년부터 평양도 완전히 배급이 끊겼어. 쑥을 삶아 옥수수 가루에 버무려 먹고, 아파트 베란다에 토끼와 닭을 키우고, 돼지까지 키우는 집도 있어. 전기가 끊겨 이 겨울에는 난방조차 되지 않아. 아파트 전체가 거대한 냉장고로 변했단 말이야. 물이 안 나와 대동강에서 물을 길어오는 진풍경도 펼쳐지는 지경이야. 이런 난리가 따로 없다니까니. 뭐든 먹고 살아남아야 하는 세월이 된 거야.”

“그런 정도까지?”

“기래서 내가 골동품을 내다 파는 거라고. 오 동무한테 들었다면서? 내 아래 있는 일꾼들이 여든일곱 명이야. 그동안 골동품 판 돈을 문화재보존소 사람들 좀 떼어 준 다음 아래 일꾼들에게 골고루 나눠 주었지. 그 돈으로 여든일곱 가족이 목숨을 연명했다고.”

“…….”

“기런데 기걸 오래 하다 보니까니 문제가 생겼어. 남들은 다 피골이 상접한데, 우리 일꾼들은 살이 빠지지 않는 거야. 기게 이상했던 거야. 기걸로 나를 비판무대에 세웠단 말이야. 아무짝에도 쓸모없는 봉건시기 유물들을 팔아먹었기로서니 뭐 기리 죄가 되느냐고 대들었지. 기러나 소용없었어. 우리 사회는 굶어도 같이 굶어야 하는 사회거든. 기래서 나는 아무 놈이나 제 맘껏 쳐대는 동네북이 되었지.”

“그래서 귀양살이를 간다는 말이군요.”

“이번엔 청진조선소로 가라, 거기서 혁명가로 다시 태어나라, 하는 거역할 수 없는 당의 명령을 받은 거야. 기약은 없으나 적어도 1년은 있어야갔지. 기래도 우리 일꾼들에게 나 없는 동안 식량은 보장해주고 가갔다, 기게 내 도리다, 결심했어. 마침 문화재보존소 일꾼들이 작은 물건으로 자주 하는 것보다 대담하게 큰 물건으로 한 번 하자, 기래야 자기들도 발편잠을 자갔다, 기래서 금관에 손댔던 것인데, 목돈을 쥘 것이니까니 불행 중 다행이야."

그가 한마디로 말해 숙청을 당했다는 것을 나는 비로소 깨닫는다. 지금 자강도 도당 책임비서로 있는 연형묵이 총리를 지내던 중 시골 협동농장 농장원으로 숙청당했던 적이 있다. 혁명화는 그런 숙청을 의미하는 것이다. 그의 말을 되새길수록 나는 다급해진다. 기사는 다음 문제다. 뭐든 해서 그를 먼저 도와야 한다는 생각이 머릿속에 차오른다. 당장 문화관광부 장관실이라도 쳐들어가서 담판을 짓고 싶은 충동이 불같이 일어난다. 하지만 결과를 약속할 수 없는 내가 야속하다.

"아우가 나를 제대로 아는 게 좋갔어. 입을 연 김에 다 말하지. 3, 4년 전 조직지도부에서 일할 때야. 어느 날 경애하는 장군님께서 내게 경제를 회생할 방안에 대해서 말해보라 하시길래 경제에 경쟁 체제를 도입하는 게 어떻갔느냐고 말씀 올렸지. 중국을 본받아서 개혁개방을 해야 한다고 뒷전에서 쑥덕거리는 사람들이 꽤 있었거든. 기랬더니 이 말을 곁에서 들은 자들이 나더러 공화국을 썩은 부르주아지 자유주의 사상으로 몰아넣으려는 반당반혁명분자 같은 주장을 했다는 거야. 더구나 장군님 면전에서 기런 말을 함부로 했다는 거야. 우리식 사회주의의 우점을 모르고 나라를 개방시키자고 한 놈이래. 기래서 사상투쟁무대에 올려져서 기때 처음 혁명화를 갔다 왔어."

한 번이 아니고 3년 만에 두 번씩이나? 그래서 그는 장군님을 몸 가까이 모셨었다는 과거완료형 어법을 사용했는가 보았다.

"그땐 어디로 갔는데요?"

"개마고원에 있는 노동자 구역에서 벌목공 생활을 했댔어. 1년이 지나니까니 당에서 다시 올라오라 불러. 통전부에 배치받았지. 천부당만부당한 말이지만, 자본주의를 주장했던 자니까니 남조선 일을 맡으라고 한 거야. 자본주의를 아는 자들이 남조선 사람을 부드럽게 다룰 수 있다는 거지. 자본주의자들한테 돈도 잘 우려낼 테고. 기래서 지금까지 통전부에 쭉 있었던 거야."

"경쟁 체제라는 말 한마디에도 그렇게 버르르 떠나요?"

"나는 자본주의 옹호론자는 아니야. 하지만 우리 공화국이 사회주의 경제체제를 너무 오래 지속해왔다, 중국이나 웰남(베트남)처럼 개방을 하면 사회주의를 지키면서도 경제를 일떠세울 수 있다, 이런 생각은 하지."

"좋은 수가 있어요. 형, 서울로 도망쳐요."

그가 나를 꼬나본다. 나를 어떻게 보고 그런 말을 하느냐는 항의가 눈빛 속에 담겨 있다.

"그런 나라에서 뭐하러 살아요? 서울로 가면 금관 문제까지 다 해결되잖아요."

그의 꼬나보는 눈길에 힘이 잔뜩 들어가 두 눈 사이에 주름까지 잡힌다. 나는 무안해져 어설픈 미소를 머금는다. 그가 정신을 차려야겠다는 듯 가볍게 도리질을 치고는 다시 하던 말로 돌아온다.

"두 주 내로 돈을 마련해봐. 마련되면 이메일을 보내서 알려줘. 내가 돈을 전달받을 방법을 조직해놓을 테니까니. 전처럼 무역 서류 갖추는 것도 미리미리 해놓으란 말이야. 두 주야. 꼭 기렇게 돼야 해."

"떠난다면서 부하들을 뭐하러 챙겨요?"

"내가 가면 아주 가는 게 아니잖아. 다시 온다구. 기때까지 그 동무들이 견디도록 해줘야 하잖아."

"언제까지 그 사람들을 먹여 살릴 건데요?"

"몰라. 하는 데까지 할 뿐이야. 마냥 답답해."

"만약 2주 내로 안 되면?"

"기런 일이 생기면 안 된다니까니 기러네. 만약, 만약에 말이야, 두 주가 지나면 내가 따로 연락할 때까지 그 돈을 아우가 쥐고 있어. 기 때는 누가 내 이름을 팔면서 돈을 달라 해도 주지 말라우. 기렇지. 암호를 하나 만들자우. 암호는 말이야, 쉽게 하자. 저 애 이름이 정연화지? 저 애 이름을 꺼꾸로 해서 화연정이라고 하자우. 리조시기의 정자 이름 같아 좋다. 화연정을 알면 내가 시킨 사람이니까니 돈을 내줘. 오 동무가 나서도 암호를 모르면 내주지 말라우. 내가 이 꼴이 됐는데, 그 동무라고 나를 계속 지지한다고 볼 수 없잖아. 아무튼 두 주 내로 꼭 해결해내야 해. 알간?"

"가방의 물건이 그겁니까?"

"기래. 오늘부터는 낮이나 밤이나 꼭 끼고 다녀. 여든일곱 가족의 목숨이 달렸다는 걸 잊지 말라우."

곁에 있는 가방을 잡아당겨 안을 들여다본다. 시커먼 타월에 쌓인 뭉텅이가 있다. 타월을 벗겨내자 그 속에서 금빛 금속이 조금 모습을 드러낸다. 전등 빛이 거기에 닿아서 광채를 내뿜는다.

"형은 날 정말 믿어요?"

"무슨 머저리 같은 소리야. 믿지 않으면 수많은 사람들의 목숨을 내가 아우에게 맡기갔나?"

그의 목소리가 커진다. 어이없다는 듯 나를 빤히 바라보다가 이내 눈길을 거둔다.

"온 김에 여기서 며칠 쉬어요."

"제발 한가한 소리 좀 하지 말라우."

그의 말이 맞다. 나조차 그와 함께 있을 시간이 없다. 빨리 서울로 가서 금관을 처분할 길을 찾아야 한다. 밀매는 하지 않겠다고 다짐했는데, 이제는 아무리 위험하더라도 그 방법을 찾아봐야 할 처지다. 나는 기침을 한 번 하고서 말머리를 돌린다.

"정연화는 어떻게 데리고 왔어요?"

"어케는 뭐 어케야? 아우가 구해달라니까니 데려왔지."

그녀 때문에 고생했다고 말할 때와 달리 말투가 부드럽다.

"오 동무를 시켜 알아보니 그 간나아가 회령노동단련대에 있더군. 긴데 단련대 관리하는 법기관 간부들이 이 애가 남조선과 내통해서 못 내주겠다는 거야. 남조선 기자가 자신을 도와줬다, 본인이 기렇게 실토했다는 거야. 굴속에 살던 때 모습이 신문에 났으니까니 법기관 사람들이 금세 아우 이름을 알아냈지. 기래서 국가 위신에 크게 손상을 끼쳤다, 이 애를 엄벌해야 한다, 하더군."

"그래서요?"

"내가 나섰지. 그 기자는 평양에도 왔다 갔다 하는 사람이다, 우리가 공작해서 잘 다스려가고 있다, 이 애 안 풀면 공작이 다 물거품 된다, 무조건 풀어라. 기래도 말을 안 들어서 중앙 법기관 사람을 동원해 콱 내리눌렀어. 기리고서는 내가 데리러 갈 때까지 이 아이에게 생활 편의를 보장해줘라, 했지. 기런 중에 망신도 당하고 돈도 좀 들었지."

"비판투쟁 와중이었으니까 더 힘들었겠어요."

"기딴 일에 내가 나서게 될 줄은 나도 몰랐고, 내 맘이 허락하는 일도 아니었어. 순전히 아우를 보고 했어. 아우를 부려먹을 일이 많은데 내가 이것도 못 해주랴, 하고 했지."

"그럼 왜 내게 미리 연락을 안 해줬어요?"

"나도 빼낼지 확신하지 못했어."

"아무튼 고마워요."

"오 동무가 빼앗은 아우 돈은 급해서 우리가 먼저 썼어. 물건 처분한 뒤 정산하자우."

돈은 아무래도 괜찮다. 정연화가 돌아왔지 않은가. 금관도 내 손에 들어왔지 않은가. 문밖에서 주인 여자의 목소리가 들린다.

"추븐데 왜 여기 서 있슴까? 어서 들어갑소."

정연화가 부엌일이 끝난 뒤에도 들어오지 못하고 문밖에 서 있는가 보다. 주인 여자가 그녀를 앞세워 방 안으로 들어온다. 주인 여자의 손에는 더운 김이 풀풀 나는 닭 두 마리가 통째로 올려진 쟁반이 들려 있다. 나는 얼른 벽에 기대놓은 상을 편다. 주인 여자가 쟁반을 상 위에 올려놓는다. 그러고는 손으로 닭다리를 벌려 몸통을 찢는다.

"시장할 텐데 어서 잡숩소."

정연화는 문 옆에 엉거주춤 서 있다. 내 손짓에 그녀는 억지로 끌려오듯 옆걸음으로 다가와 앉는다.

"요즘은 닭도 맘대로 키우지 못함다. 조선 사람들이 밤마다 건너와 죄 도둑질해 감다. 어찌 된 일이지 군인들도 지키라는 강은 안 지키고 도둑질하러 건너옴다."

주인 여자가 푸념을 늘어놓는다. 황 참사가 두만강 건너 북한 마을에 가서 탈북자를 데려오는 것을 업으로 삼는 브로커인 줄로 아는 모양이다. 황 참사는 못 들은 척하고 찢어놓은 닭고기에 젓가락질을 하기 시작한다.

"송이버섯 담근 술임다."

주인 여자가 선반에 있는 유리병을 상 위에 내려놓는다. 정연화는 젓가락만 붙잡고 고개를 돌려 상을 외면하고 있다.

"왜 안 먹고 있나? 날래 먹으라."

황 참사가 그녀를 쳐다보며 말한다.

5

　　　　자정이 넘었다. 김 기자가 운전하는 차는 황 참
사가 건너온 두만강 변으로 다시 향한다. 세상이 다 잠든 고요한 밤
이다. 바람도 잦아들어 소리 하나 들리지 않는다. 달과 별들만이 초
롱초롱 깨어 있다. 그것들이 지상의 모든 움직임을 하나도 빼놓지 않
고 지켜보는 듯하다. 은밀히 행동해야 하는 사람들에게는 이런 고요
가 되레 두려울 것이다. 앞자리에는 집에 남은 정연화 대신 주인 남
자가 탔다. 혹시 무슨 일이 생길지 모른다며 자청해서 따라 나왔다.
나는 올 때처럼 황 참사의 손을 꽉 움켜잡는다. 이번의 작별이 기약
없는 작별이 되어서는 안 된다는 생각을 한다. 그러면서 눈앞에 버티
고 선 거대한 암초 같은 장애물들을 어떻게 뚫고 나갈까 걱정한다.
걱정 속을 헤매다 보니 불쑥 원망이 튀어나온다. 경제가 이 꼴이 된
마당에 미사일이나 발사하고. 세상에 백성 굶기는 강성대국이 어딨
어. 굶으면서 강성대국이 되면 또 뭘 해. 하지만 입 밖으로 내뱉지는
못한다.

　“조선소에서는 견뎌낼 수 있겠어요?”

　“난 김책공대에서 기계공학을 전공했어. 용접은 선수야. 대학 졸업
하고 처음 배치받은 곳이 조선소야. 거기서 박판 용접 기술을 개발해
큰 공을 세웠지. 박판 용접은 불꽃이 닿으면 박판이 녹아 없어지니까
니 무척 까다로운 기술이야. 기래서 과거엔 비싼 노임을 주고 러시아
기술자를 불러다 썼지. 기걸 내가 해결했다구. 내가 중앙당에 가게
된 것도 그 일 때문이야. 경애하는 장군님께서 소식을 들으시고 노력
영웅 칭호를 주신 뒤 친히 나를 중앙당에 부르셨던 거야. 옛날에 있
던 곳이니까니 벌목공 생활보다야 훨씬 수월할 거야.”

　어둠 속에서 불빛 기둥이 휘청거리면서 다가온다. 하늘을 향하기
도 하고, 옆 산을 비추기도 한다. 앞 고갯길에서 차가 다가오고 있다

는 증거다.

"변방대 순찰차 같은데."

김 기자가 백미러로 나와 황 참사를 바라보며 말한다. 이 시간에 다니는 차는 순찰차 말고는 없을 것이 뻔하다. 그는 황 참사를 내리게 해서 길가 옥수숫대 더미 속에 숨도록 하자는 의견을 낸다. 하지만 김 기자 친구는 차가 이미 가까이 다가왔으므로 지금 그리로 가면 걸릴 확률이 높다고 말린다.

"도강하는 사람을 잡으려고 하는 것이니까 차를 타고 가는 사람을 중시하지는 않을 검다. 만약 군인들이 신분증을 보자 하면 한국 사람인데 여권을 호텔에다 뒀다 그리 말하쇼."

김 기자 친구가 황 참사에게 당부한다. 그의 말에 덧붙여서 김 기자는 이 차가 방송국 차라는 사실을 상기시킨다. 차 옆구리에 큼지막하게 방송국 이름이 적혀 있다. 그러니 야박하게 검문하지는 않을 것이라고 한다.

우리의 시야 안으로 순찰차가 뒤뚱뒤뚱 들어온다. 초저녁에 본 것과 같은 군용 지프다. 황 참사가 긴장되는지 내 손을 잡은 손에 더욱 힘을 준다. 지프가 선다. 자동소총을 앞에 든 군인 둘이 내린다. 손짓으로 우리 차를 자기들 앞에 서게 한다. 김 기자 친구가 창문을 연다. 군인이 신분증을 요구한다. 김 기자 친구가 황 참사를 제외한 우리 세 사람의 신분증을 들이민다. 그러면서 중국말로 뭐라 말한다. 자기가 황 참사에게 시키던 대로 한국 사람인데 여권을 용정의 호텔에 두고 나왔다고 말했을 것이다. 군인이 황 참사의 얼굴에 플래시를 비춘다. 그것을 아래위로 흔든다. 내리라는 신호다. 황 참사가 내리고, 김 기자 친구도 따라 내린다. 군인이 플래시로 황 참사의 얼굴과 몸을 살핀다.

긴장이 감도는 시간이 짤칵짤칵 흘러간다. 김 기자 친구와 군인이 뭐라 말을 나눈다. 황 참사를 변방대로 연행하겠다, 호텔에 가서 여권을 가지고 와서 데려가라고 군인들이 말하고 있다고 김 기자가 알려준다. 김 기자가 안 되겠다고 여기는지 차에서 내려 그들에게 합류한다. 나는 알아들을 수 없는 대화에 귀를 기울이며 혼자 차 안에 앉아 있다. 그들의 실랑이는 끝없이 이어진다.

어디서 불시에 땅 밑으로 울려 나오는 듯,
"어어이!" 하는 날카로운 소리 들린다
저 서쪽으로 무엇이 오는 군호軍號라고
촌민村民들이 넋을 잃고 우두두 떨 적에,
처녀處女만은 잡히우는 남편의 소리라고
가슴 뜯으며 긴 한숨을 쉰다
눈보라에 늦게 내리는
영림창營林廠 산재실이 벌부筏夫 떼 소리언만

마지막 가는 병자病者의 부르짖음 같은
애처로운 바람 소리에 싸이어
어디서 '땅' 하는 소리 밤하늘을 쨌다
뒤대어 요란한 발자취 소리에
백성들은 또 무슨 변變이 났다고 실색하여 숨죽일 때,
이 처녀處女만은 강도 채 못 건넌 채 얻어맞는 사내 일이라고
문비탈을 쓸어안고 흑흑 느껴가며 운다
겨울에도 한삼동三冬, 별빛에 따라
고기잡이 얼음장 끊는 소리언만

나는 김동환의 시 「국경의 밤」 몇 구절을 또 떠올린다. 제발 벌부

떼 소리든지, 고기잡이 얼음장 끊는 소리였으면 좋겠다고 빌면서. 김 기자도, 차에 쓰인 방송국 이름도 힘을 발휘하지 못하는가 보다. 선 채 있던 군인들이 움직이려 한다. 황 참사를 드디어 연행하려는가? 차라리 도망치면 좋을 텐데, 왜 가만히 서 있을까?

지루한 시간이 흘러갈수록 바깥 사정이 몹시 궁금해진다. 밖으로 나가려고 문을 삐쭉 연다. 김 기자 친구가 추운데 나오지 말라고 말린다. 나까지 곁에 있으면 더 복잡해질 수 있다는 말로 들려서 망설이는데, 김 기자가 다 끝나간다고 덧붙인다. 나는 차문 밖으로 내려놓은 발을 얼른 안으로 들여놓고 문을 닫는다. 휴, 안도의 한숨이 터져 나온다.

그들은 서로 악수를 나눈다. 군인들이 자기들의 지프로 물러간다. 세 사람이 차 안으로 들어온다.

"같은 말을 또 묻고 또 묻고. 정말 중국 놈들은 못 말려."

김 기자가 자기도 중국 사람이면서 중국 사람을 욕한다. 백두산 관광 다녀오다가 늦었다고 둘러댔고, 여권은 본인이 가야 찾아올 수 있으니 너희가 용정까지 같이 다녀와야 한다고 우겼다고 한다. 근무 중인 병사가 순찰 지역을 벗어날 수 없는 점을 노린 것이라나. 차는 지프와 교차하여 다시 달린다.

나는 기어코 서울 이야기를 한 번 더 꺼낸다.

"오해하지 말고 들어요. 만약에, 만약에 말입니다. 정말 어려운 일이 생기면 중국으로 나와서 내게 연락해줘요. 내가 서울로 들어갈 수 있도록 주선해줄게요."

"기런 말 계속하면 나 기분 나빠. 죽는대도 기런 일은 없을 거야."

하지만 나는 그가 내 말을 꼭 기억해주기를 바란다.

"정연화 그 애는 어케 할 텐가?"

"서울로 데려가야지요."

“서울?”

“……”

“종을 살리든 어케든 중국서 돈벌이시켜서 조국에 돌려보내라우.”

“본인이 서울로 가겠대요.”

그가 슬며시 눈살을 찌푸린다. 나는 재킷 안주머니에서 조금 전 마련해둔 봉투를 꺼내 내민다.

“넣어둬요.”

“뭔데?”

“많지 않아요.”

그가 봉투를 받아 안을 들여다본다.

“받았어.”

그가 손등으로 눈을 비빈다. 눈물이 나오는 모양이다. 봉투 속에는 내 출장비에서 떼어낸 5백 달러가 들어 있다. 겨우 이것밖에 줄 수 없는 것이 안타깝다.

차가 아까 그가 건너온 곳에서 속도를 늦춘다. 황 참사가 차문을 연다. 바람이 훅 얼굴을 강타한다. 뛰어내릴 만하도록 속도가 늦춰진다.

“조심해요.”

“걱정 말라우. 저쪽에서 기다리는 사람들이 있어. 다시 말하지만 두 주 내야. 꼭 되도록 하란 말이야.”

그의 손을 잡은 손에 꽉 힘을 주는 것으로 나는 대답을 대신한다. 그가 뛰어내린다. 차가 멈추면 멈춘 지점을 의심하는 숨은 눈길들이 있을지 모른다며 김 기자 친구가 고안해낸 작별 방식이다. 그는 넘어질 듯 비틀대더니 물푸레나무와 갈밭을 헤치고 둑 밑으로 내려간다. 차는 계속 천천히 움직인다. 차 안에 있는 사람들은 그를 지켜보기 위해 고개를 바짝 뒤로 꺾는다. 달빛에 강물이 반짝인다.

우리는 그가 뛰어내린 곳에서 한참 떨어진 곳에 차를 멈춘다. 그의 모습을 찾아보려 눈을 부릅뜨고 살핀다. 강에서 들려오는 소리에 귀를 집중한다. 움직이는 물체는 어떤 것도 보이지 않는다. 고요하여 달빛이 강물에 내려앉는 소리까지도 들릴 듯한데 어떤 소리도 들려오지 않는다. 끈을 놓친 연처럼 그는 내 곁을 떠났다. 무슨 일이 있어도 잡아놓아야 했다는 후회가 가슴을 알싸하게 적신다.

6

　　　　1박 2일 만에 북경 싼리툰의 청스빈관에 도착했다. 포화가 작렬하는 적진을 뚫고 겨우 살아 나온 기분이다. 모르니까 했지 알면 못 했다는 말이 딱 들어맞았다. 의례적인 검문검색에도 치명적일 수밖에 없는 정연화는 오죽했을까?

그제 황 참사가 돌아간 뒤, 나는 날이 밝자마자 정연화를 데리고 연길로 나와 첫 버스에 올랐다. 신분증을 검사하는 비행기와 열차를 피하려니까 오직 직행버스를 타는 수밖에 없었다. 버스는 겨울이 깊어가는 황량한 만주 벌판을 달렸다. 나와 일면식이 없는데도 버스 안이나 휴게소, 터미널 같은 데서 마주친 사람들이 나를 알아보고 내 어깨를 와락 잡아챌 것 같았다. 눈초리가 내 행동을 세밀히 관찰하는 것 같았고, 투시경을 낀 것처럼 내 속마음까지 꿰뚫어 보는 것 같았다. 그래서 알몸을 드러내 놓고 시가를 질주하는 것처럼 피곤이 몰려왔다. 더구나 금관이 든 가방까지 들고 있었으니 몸은 파김치처럼 처졌다. 금관은 김 기자의 승용차를 이용해 대련 택배 회사에 전하려 했지만, 그에게 부담을 주기가 어려웠다. 황 참사와 나 사이에 벌어진 일들의 내막을 그가 눈치챘기 때문이다. 내가 직접 대련까지 가져다주기로 작정했다.

오는 동안 그녀에게는 아무것도 묻지 않았다. 그녀의 증언을 감당해낼 자신이 없었다. 증언이 구체적인 형상과 감정으로 가슴속에 각인되면 어느 때든 튀어나와 두고두고 나를 괴롭힐 것이라는 생각이 들었다.

룸 키를 꽂고 문을 민다. 드디어 안식처에 당도했다. 옷을 입은 채로 침대에 벌렁 드러눕는다. 그녀도 제 것으로 정해준 안쪽 침대에 드러눕는다. 우리는 한방에 투숙하는 것을 어색하게 여기지 않는다. 흡사 가족이라도 되는 것처럼 당연하게 받아들이고 있다.

지금 할 일은 오직 쉬는 일뿐이라고 여기며 퍼질러 누워 있는데, 룸의 벨이 울린다. 최 노인이다. 우리가 북경에 도착했다고 연락하자 그는 자신의 식당으로 그녀를 데리고 오지 말라고 신신당부했다. 이젠 종업원들의 입방아도 조심해야 한다고 둘러댔다. 그녀를 서울로 빨리 데려가도록 하려는 나에 대한 압박임을 나는 안다. 그는 여권을 다시 만들어주겠다고 했다. 한국 사람이 많이 사는 왕징 부근에 한 달짜리 셋방도 얻어주겠다고 했다. 그러니까 이후의 일은 자네가 알아서 해야 한다고 그는 딱 잘라 말했다.

나는 그녀와 함께 얼른 일어나 엉거주춤 선다. 룸 안으로 들어온 최 노인이 그녀를 말없이 바라본다. 그 순간을 나는 비바람이 몰아치기 전의 고요함으로 받아들인다. 여권을 만들어준 것이 들통 나 공안국에 불려 다니며 고생하고 적잖은 돈까지 쓴 처지다. 그의 성격으로 미루어 보면 곧 무슨 말인가 왈칵 쏟아낼 것이다. 그녀가 숭선에 간다고 나간 것이 화를 불렀다고 그는 믿고 있다. 나는 그가 어떤 험한 소리를 하더라도 그녀가 참기를 바라며 두 사람 사이의 긴장을 지켜본다. 그녀는 그의 눈길을 피해 돌아선다. 숭선에 가려 했던 자신의 실수를 되새기고 있을 것이다. 그녀의 쪽 빠진 얼굴이며 가냘픈 몸매가 실루엣으로 돋보인다.

 "고생했지?"

최 노인의 입에서 뜻밖의 말이 새어 나온다. 어느덧 그의 눈가가 붉게 물들었다. 그녀의 어깨가 위아래로 흔들린다. 참았던 설움이 그 한마디를 신호로 터지려는 것 같다. 급기야 그녀의 상체가 부들부들 떨린다. 감당할 수 없었던지 바닥에 주저앉아 흐느낀다. 최 노인이 허리를 굽혀 그녀의 어깨를 감싼다.

"내가 찢어지는 네 속을 안다. 그 오 동문가 뭔가 하는 놈이 죽일 놈이다."

그녀가 최 노인의 품속으로 파고든다. 최 노인이 눈물을 주르르 쏟는다. 나는 그저 지켜보는 수밖에 도리가 없다. 두 사람의 순정한 마음에서 우러나온 행동을 바라보노라니 가슴이 먹먹해진다.

"지체 없이 이 사람 따라가. 또 이 고생을 할 테야?"

최 노인은 자기의 고생을 접어두고 그녀의 고생을 위로하고 있다. 그녀 대신 내가 고개를 끄덕인다. 최 노인이 손수건을 꺼내 눈물을 닦는다.

"연화, 이 사람 좋은 사람이야. 총각이고."

또 그 소리! 라고 말하려다가 분위기가 숙연하여 그만둔다. 따지고 보면 내가 그녀를 어느 정도 수락하고 있다. 적어도 그녀는 내 보호가 필요한 사람이란 사실을 절실히 깨닫고 있다. 원한다면 대학에 보내주고, 직장을 알선해주고…….

최 노인은 미리 약속해둔 왕징의 부동산 중개소로 떠난다. 거기 들렀다가 식당 일일 결산하는 시간에 맞추려면 서둘러야 한다.

그녀와 나, 단둘이 남는다. 최 노인이 뱉어놓은 말 때문에 우리 사이에 묘한 기류가 흐른다. 나는 그녀를 데리고 북경으로 오면서 북경에 도착하면 그녀에게 사과해야겠다고 다짐했다. 나 때문에 잡혀갔던 거야. 이젠 편안하게 살도록 도와줄게. 미안해. 그러면서도 나무랄 것은 나무라려고 했다. 냉정할 때는 냉정해야 돼. 그렇지 못하면

이 세상 고통이 다 제 것이 돼. 그렇게 다짐했는데, 목구멍 밖으로 아무 말도 새어 나오지 않는다.

그녀를 안아 침대에 눕힌다. 이렇게 하는 것만이 그녀에게 위로가 될 수 있다는 듯 나는 그녀에게 키스를 한다. 이 세상에서는 아무것도 갈구할 것이 없다고 자포자기한 사람처럼 그녀는 가만히 있는다. 내 혀로 그녀의 입술을 연다. 혀끝에 그녀의 미끌미끌한 이빨이 닿는다. 이빨이 벌어지며 내 혀가 안으로 들어간다. 그녀가 내 어깨를 껴안는다.

"저를 서울로 데려가 주어요."

그녀의 두 볼에 눈물이 흥건히 흘러내리고 있다.

7

　　　　금관을 팔러 왔다니까 마장동의 화상은 드디어 오늘이 그날이냐는 듯 악수하는 손에 힘을 잔뜩 넣는다. 그러더니 가게 안을 두리번거리며 살핀다. 직원 한 명이 출입구 쪽에서 액자를 보수하고 있다. 그가 우리에게 아랑곳하지 않고 제 할 일을 하고 있는지 확인하는 것 같다. 화상은 내가 앉은 의자 가까이로 몸을 바짝 당겨 앉는다.

"우리나라에 들어왔나요?"

"네."

"정말 구멍이 제대로 뚫렸네요. 그런 물건까지 나오다니."

문화재연구소에서 금관을 감정한 결과를 알려준다. 이 소장이 나서서 실물을 감정하고 최종적으로 진품임을 확인했고, 첫 감정을 위해 떼어내 내가 보관하고 있던 곡옥과 영락을 제 위치에 다는 작업까지 마쳤다고 자세히 말해준다. 그런데 그가 갑자기 침묵에 빠진다. 눈만 깜박인다. 컴퓨터 연산장치들이 살긴 살아서 일을 하고 있다고 신호하는 것처럼 오래도록. 그는 더는 금관 이야기를 이어가지 않는다.

"임자만 구하시면 내일이라도 당장 가져와 보여드릴 수 있어요."

"정부에서 물건이 들어왔다는 사실까지 다 알고 있다는 말씀이죠?"

"그럼요."

그가 한숨을 내쉰다.

"날 샜어요. 정부에서 다 알고 있는 물건을 어떻게 손대요."

"왜요?"

"물건이 노출되었으니 물건을 사고판 사람 모두 감옥에 가야 해요. 물건도 빼앗기고. 잘 아실 것 같아 말해주지 않았는데, 감정을 거기서 받으면 안 돼요. 이 바닥이 엄청 좁거든요. 제가 감정할 사람을 추천해드리는 건데, 늦었군요."

맥이 탁 풀린다.

"방법이 전혀 없어요?"

"네."

그는 문밖까지 나를 바래다주면서 한마디를 더 덧붙인다.

"누구도 사지 않을 거예요. 그 물건을 사겠다고 나서는 사람은 다 사기꾼이에요."

거리는 녹은 눈으로 질척거린다. 지나가던 승용차가 내게 눈석임을 끼얹는다. 구두와 바지가 흠뻑 젖는다. 광화문 쪽으로 가는 버스를 탄다.

문화관광부 출입 기자에게 전화를 건다. 이젠 정말 장관을 만나 애걸하는 수밖에 없다. 문화관광부 출입 기자는 다행히 장관이 시간이 난다니까 빨리 청사로 오라고 한다.

한지를 바른 격자문으로 실내를 장식한 장관실은 아늑하다.

"일리 있는 이야기야. 이 기자 요구대로 되도록 담당관에게 검토를 지시하지. 기다려보자고."

국회의원을 겸직하는 장관은 정치인답게 흠잡을 데 없는 대답을 한다. 하지만 대답이 이래서는 묘수가 없다는 것을 나는 알아챈다. 담당관은 결국 문화재연구소장을 지칭하는 것이고, 이 소장은 내게 했던 말을 장관에게도 반복할 것이다. 장관은 자신의 재임 중 치적을 위해서라도 이 소장의 발굴지 공동 조사 제안을 받아들일 것이다.

장관실을 나온 나는 광화문 거리를 터벅터벅 걷는다. 속이 탄다.

8

아무런 결론 없이 시간만 흘러간다. 묵직한 것이 가슴속에 눌러앉아서 나가지 않는다. 퇴근하는 중인데, 외투 속에서 휴대폰 벨 소리가 까마득히 울린다.

"영사관에서 연화 비자가 나왔네."

최 노인이다. 나는 정연화를 동포신문 기자로 위장시켰다. 그녀에게 우리 회사의 신문 제작 시스템을 견학시킬 것이라면서 편집국장을 설득해 회사 명의의 초청장을 발급해줬다. 초청장에 속아 영사관에서 비자를 내준 것이다. 되는 일도 있는 것이 낯설다.

"바로 서울로 들여보내겠네. 공항 출입국심사원도 이미 매수해놨어. 연화 출국 면담은 하지 않기로 했다구."

"고생 많으셨어요."

삼색 고양이의 탄생을 눈앞에 두고 있지만, 나는 겨우 인사치레 말만 한다.

"소꼬리를 고아놓을 테니까 다음 북경에 올 땐 하루 전에 미리 연락해."

내가 맥이 풀린 것을 그가 알아챈 모양이다.

9

　　　　　황 참사와 헤어질 때의 다짐과는 달리 금관 처분
에 대해 나는 결국 그가 원하는 결론을 내지 못했다. 내 무능을 탓하
며 그런 사실을 그에게 이메일로 전했다. 그가 단단히 화를 낼 것으
로 알았는데, 약속한 2주일이 지났는데도 답이 없다. 어찌 된 일일
까? 나는 그의 소식을 기다리면서도 소식이 없는 것을 다행으로 여
긴다.

　그래도 4, 5일에 한 번씩, 소식을 기다리고 있다고 쓴 이메일을 그
에게 보낸다. 여전히 답이 없다. 컴퓨터와 인터넷은 평소처럼 제 할
일을 다 하고 있다. 그것이 종종 믿어지지 않아서 일부러 컴퓨터를
툭툭 두드려보기도 한다. 그날 밤 그가 국경을 넘다가 잘못되지 않았
나 하는 우려도 든다. 확인할 방도는 없다. 그렇게 한 달이 지나간다.

10

　　　　　꿔마오호텔 커피숍은 여전히 남쪽 사람들로 문
전성시를 이루고 있다. 박 참사와 허 지도원 역시 여전히 마른 능소
화 덩굴이 창밖으로 보이는 구석에 앉아 있다. 황 참사의 말대로라면
그가 용접공으로 전락했으므로 이제는 더 이상의 방북이 불가능할
것이다. 불가능하다는 사실을 확인하기 위해서라도 북한 측과 부딪
쳐 볼 필요가 있다. 나를 알아본 박 참사가 자기들한테 가고 있는데
도 어서 오라고 손을 까불러댄다. 예상과 다르다. 황 참사의 숨은 손
길이 아직도 영향력을 미치고 있는 것 같다.

　"또 가시려고?"

　"그렇지 않으면 뭐하러 여기 오겠어요?"

　"평양이 좋긴 좋죠? 갔다 온 분들은 다들 또 가려고 난리라니까니."

“자주 오고 가야 통일이 될 것 아니겠어요.”

“이번엔 뭘 구경하시려고?”

“문화재 답사를 계속했으면 하는데요. 고려 수도였던 개성에도 가보고 싶고, 내금강 쪽에 있는 장안사나 표훈사 같은 고찰에도 가보고 싶고.”

“내금강은 알아봐야 되갔지만, 나머지는 좋은 대로 하시라요. 선생 일이야 상부에서 제꺽제꺽 승인해주니까니. 오늘 밤에 술이나 한잔 하면서 천천히 토론합시다.”

“기때 그 노래방이 좋던데.”

허 지도원이 끼어든다.

우리는 밤에 다시 만났다. 예전에 같이 갔던 나신상이 있는 노래방으로 갔다. 문 앞에서 그들은 예전처럼 가슴에서 붉은 배지를 떼어낸다. 그런 모습이 이제는 어색하지 않다. 마담의 안내를 받아 룸으로 들어간다. 양주를 마신다. 박 참사는 내금강에 가는 것은 역시 승인이 안 되지만, 개성에 가는 것은 가능하다고 말한다. 내금강으로 가는 길에 드러날 주민들과 마을들의 민낯을 남쪽 사람에게 보이는 것이 못마땅해서 그러리라. 개성만 간다 해도 나는 불만이 없다. 하지만 내금강까지 가게 해달라고 몇 번 더 졸라본다. 박 참사는 안 된다는 말만 반복한다.

그들은 예전보다 심하게 아가씨들의 몸을 탐한다. 키스를 하고, 젖가슴을 만지고, 벗기고, 그러느라 아가씨들과 다투고. 이제는 내 시선을 피하지도 않는다. 모든 것이 잘되어 간다. 나와 북한과의 연결고리가 내가 예상한 것보다 단단하다. 그러한 확인이 기분 좋다. 하지만 가슴 언저리를 맴도는 일말의 근심만은 떨쳐지지 않는다.

“황철호 참사님은 잘 계신가요?”

나는 기어코 황 참사의 안부를 묻는다. 누구한텐가는 물어야 할 말이다. 조선소로 갔는지, 아니면 두만강을 건너다 사고를 당했는지? 황 참사에 대해서라면 내가 만날 수 있는 북한 사람들 중에서는 그들이 가장 잘 알 것이다. 그들은 아가씨들의 몸에서 손을 떼고 나를 바라본다.

"언젠가도 전화로 물은 적 있지요? 특별히 묻는 이유가 있나요?"

박 참사가 묻는다.

"제가 평양에 갔을 때 두 번이나 안내를 맡아줬잖아요. 인품이 훌륭한 분이라서 정이 많이 가더군요."

"내가 평양 들어갔다 온 지가 오래돼 놔서 잘 계시는지 어쩐지 아는 게 없어요."

"그분을 잘 아시는군요?"

"윗분이니까니 알긴 알지요. 하지만 내가 북경에 머물고 있는 지가 오래돼 놔서 아내가 어느 놈과 연애질을 하는지 어쩐지도 모를 정도야요."

결국 나는 황 참사가 두만강을 건너다 잘못되었는지, 예정대로 조선소로 갔는지 알 수 있는 단서를 잡아내지 못하고 술자리를 마쳤다.

11

박 참사에게 전화를 건다. 내 방북 문제가 평양에서 최종 확정되면 알려주기로 한 날이다.

"이번엔 돈을 좀 세게 내야 되갔어요."

"얼만데요?"

"전의 것에 곱하기 셋은 해야 돼요. 안에서 그렇게 지시가 내려왔단 말입니다."

"농담하시는 거죠?"

"아, 안됐어요. 왜 이런 지시가 내려왔는지 나도 이해하지 못하갔
습니다."

마음에 걸렸던 문제가 나를 피해 가지 않았다는 것을 나는 깨닫는
다. 방북 대가를 세 배로 올리겠다는 말은 첫 방북 전 협상하던 때로
돌아왔다는 것을 의미한다. 황 참사의 숨은 손길이 사라졌다는 증거
다. 첫 방북 전 협상에서도 너무 큰돈이어서 회사가 혀를 내둘렀다.
지금은 그때와 달리 방북 희소성까지 적잖이 사라진 마당이다. 방북
은 물 건너갔다.

이번에는 망설이지 않고 편집국장실로 간다. 평양에 세 번이나 다
녀왔으므로 나로서는 할 만큼은 했다.

"그래도 평양을 다녀본 당신이 북한 담당을 계속해야겠지?"

국장은 못내 아쉬운 듯 내 등을 철썩 친다.

12

거리 곳곳에서 전쟁터를 방불케 할 정도로 폭죽
소리가 요란하다. 춘절春節을 앞두고 있어서다. 놀란 건물들이 체머
리를 흔든다. 사람들끼리의 대화도 불가능할 지경이다. 건물 안에서
도 큰 소리로 외쳐서 말하지 않는다면 이따금씩 찾아오는 짧은 정적
속에서만 대화가 가능하다.

"다 모른다고 해. 아무도 안 알려줘. 잘못된 것이 확실한 것 같아."

나는 동북 지역 취재를 마치고 북경의 최 노인을 찾았다. 최 노인
은 북한대사관 직원들을 통해 황 참사에 대해 알아본 결과를 내게 설
명한다. 벌써 황 참사로부터 연락이 두절된 지 두 달이 지났다. 세월
이 약이라고 했던가. 그의 연락을 기다리는 일이 조금씩 담담해지고
있다. 금관이 내 손에 들어와 있기 때문일 것이다. 내가 금관을 가지

고 있는 한 그는 반드시 연락해 올 것이다. 더구나 정연화가 서울로 들어와서 남쪽 국민이 되기 위해 조사를 받고 있다. 그녀가 서울 하늘 밑에 있다는 것 자체로 나는 황 참사에게 쏟던 마음을 적잖이 그녀에게 빼앗기고 있다.

"예전에 조직지도부에 있었다고 황 참사에 대해 말하던 이가 입을 꽉 다물었어. 그 사람 성격상 황 참사가 잘 있으면 그렇게 입을 봉하진 않지."

따따따따 땅! 따따따따따 땅! 땅! 땅! 폭죽 소리 탓에 손바닥을 귓바퀴에 오그려 대고 그의 입 가까이 바짝 몸을 숙여 그의 말을 듣는다.

"잘못됐다면 어떻게 되었을까요?"

"혁명화를 간 게 맞겠지."

그는 내가 말해준 대로 조선소로 혁명화 갔다는 것을 확신한다. 그러면서도 황 참사가 두만강을 건너 돌아가다가 사고를 당했을 가능성에 대해서는 반박하지 못한다.

13

　　　　　세종문화회관 뒷골목에 있는 식당에서 문화재연구소 이 소장과 마주 앉았다. 황 참사와 연락이 두절된 지 석 달이 지났다. 금관을 집에 보관하고 있는 것이 몹시 부담스러워 결국 오늘 문화재연구소 수장고에 그것을 넘겼다. 금관 값을 받는 문제와 금관 입수 사실을 공표하는 문제는 물건의 주인과 연락이 된 뒤에 하기로 이 소장과 합의했다. 그런 내용을 적은 문서에 사인을 하고, 우리는 소주를 한잔 나누는 중이다.

그동안 두 번 더 박 참사와 만나 평양에 가는 문제를 토의하는 척하며 황 참사의 소식을 들을 수 있을까 귀를 쫑긋거렸다. 하지만 진전된 내용은 아무것도 없었다. LA에 사는 한 여사에게는 노골적으로 그의 이름을 대며 소식을 알아봐 달라고 부탁했다. 며칠 후, 알아보았지만 아무도 말해주지 않는다는 대답이 돌아왔다. 결국 금관만이 그와의 연락 두절을 부인하는 유일한 증거물이 되었다.

삼겹살을 먹으며 우리는 잔을 비운다.

"물건을 넘기고 나니까 사랑하는 사람을 기억에서 지워낸 것처럼 허전하군요."

"금관은 움직일 때마다 특별한 사연을 만들어내지요. 뭔가 말 못할 사연이 있을 거라는 짐작은 합니다만……."

취기가 돌자 울음이 터져 나오려고 한다. 형, 도대체 왜 연락이 없는 거야? 눈물을 보이지 않기 위해 나는 술잔을 다시 비운다. 그리고 창밖의 하늘을 올려다본다. 앙상한 미루나무 가지에 초승달이 걸렸다. 형, 형도 저 달이 보여?

14

　　　　아름드리 느티나무와 단풍나무들이 정연화의 아파트 빈 마당을 지키고 있다. 한적한 밤이다. 그녀는 하나원을 나온 뒤 정부로부터 임대 아파트 한 채를 배정받았다. 나는 퇴근을 하면 별일 없는 한 곧장 그녀와 만난다. 이런 일이 습관이 되어가는 중이다. 우리 사이에 이런 날이 올 줄 알았을까?

단풍나무 밑 벤치에 그녀와 단둘이 앉았다.

"진작에 이 돈이 있었으면 부모님과 헤어지지 않아도 되었을 거야요."

그녀가 내 어깨에 머리를 기대며 속삭인다. 그녀는 탈북 청소년들을 위한 대안학교 교사로 취직했다. 탈북자돕기단체 활동가 김 선생이 주선한 직장이다. 그곳에서 오늘 첫 월급을 받았다. 그녀의 고향과 부모 이야기만 나오면 내 입은 저절로 닫히고 만다. 내가 해줄 수 있는 일이 없다. 그동안 고작 원산 출신 탈북자 두 명을 찾아내 그녀의 부모와 관련 없는 원산 소식을 그녀에게 전한 것이 전부다.

그녀가 내 어깨에 머리를 더 깊이 묻는다. 그녀의 머리칼이 달콤한 향기를 풍기며 내 볼을 간지럽힌다. 나는 대학 시절 미팅에서 만난 여자를 어떻게 해서든 집에 보내지 않으려고 술을 먹였다. 그녀들과 모텔을 드나들었다. 여자를 쫓아다니는 것이 지겨워 졸업만 하면 결혼하리라고 별렀다. 어느덧 나는 서른다섯의 나이가 되었고, 그녀들은 모두 다른 남자를 만나 내 곁을 떠났다. 나는 이제 그녀에게 하고 싶은 말을 해야겠다고 맘먹는다.

"우리 같이 살까?"

그녀가 기다리던 말일 것이라고 여겼는데, 대답이 없다. 한동안 생각에 잠긴 듯하다가 그녀는 내 어깨에 기댄 머리를 들고 내 얼굴을 뚫어지게 바라본다.

"나 때문에 선생님이 불편해지는 걸 볼 수 없어요. 내가 자신이 생길 때까지 기다려줘요."

나는 그녀의 등을 토닥거린다.

"힘든 문제는 우리가 함께 살면서 하나하나 풀면 돼."

"익숙한 게 하나도 없어요. 누군가가 제게 말하는 것 같아요. 네 자리는 여기가 아니야, 네가 왔던 곳으로 돌아가, 라고."

그녀의 말뜻과는 다르지만, 나는 어머니가 며칠 전 내게 한 말을 기억해낸다. 탈북자라구? 겨우 탈북자야? 그러려고 지금까지 결혼 안 했니? 혹시 내가 옷 구해다 준, 사생아를 낳았다는 그 여자 아니니? 설마 그 여잔 아니겠지? 왜 대답을 못 해?

그녀에게 아파트가 생긴 이래 우리는 함께 밥도 먹고, 침대를 공유하기도 했다. 하지만 그녀는 사랑을 사소한 것으로 만드는 데 정열을 다 바치는 여자처럼 군다. 혹 서울 여자들처럼 마음에 없는 말이나 행동으로 체면을 지키려 하는 것은 아닐까? 이런 것이 여자의 본능일까? 그녀만은 그럴 리가 없다고 생각하면서도 이럴 때는 밀어붙이는 용기가 필요하다고 여긴다. 그녀의 허리에 팔을 껴서 그녀를 바짝 잡아당긴다. 그녀의 얼굴과 내 얼굴이 맞닿는다. 내 입이 그녀의 입에 포개진다. 그녀가 몸을 빼내려고 손으로 내 어깨를 민다. 완강한 힘이다. 오늘따라 왜 이럴까?

15

　　생과일 케이크와 장미 스물다섯 송이를 샀다. 그것을 들고 정연화의 아파트를 찾았다. 평소처럼 그녀가 알려준 번호로 출입문 키를 누른다. 문이 열리자 수렁 같은 어둠이 눈앞을 가로막는다. 자동으로 켜지는 입구 등을 아직 고쳐주지 못한 것이 마음에 걸린다. 그런데 왜 거실 등까지 꺼져 있을까? 나는 슬며시 미소를 짓는다. 거실 등이 켜졌을 때 드러날 모습을 상상하며 벽을 더듬어 등 스위치를 누른다.

"짠!"

어? 거실 가운데쯤에 있어야 할 상이 없다. 상 위에 놓여 있어야 할 포도주도 없다. 그녀도 보이지 않는다. 포도주 한 병 사다 놓고 기다려달라고 한 말을 잊었나? 시간은 정확히 밤 9시다. 그녀와 약속한 시간이다. 거실 바닥에서 뭔가가 팔딱 뛴다. 그녀가 아끼던 금붕어 버터플라이다. 한 마리가 아니다. 너덧 마리나 된다. 물도 흥건하고, 유리 조각도 흩어져 있다. 탁자 위에 있는 어항이 깨졌다. 금붕어 중

어떤 놈은 힘을 다 탕진해서 아가미만 간신히 뻐끔거린다.

"연화 씨!"

대답이 없다. 케이크와 장미를 탁자 한쪽에 놓고 안방 문을 민다. 막 거실로 나오려던 그녀가 나를 빤히 바라본다. 습관처럼 얼굴에 웃음을 머금었는데, 억지웃음이다. 눈동자에는 물기가 촉촉이 서렸다.

"무슨 일이야?"

"부주의해서 조금 전에 어항을 깨뜨렸어요."

"그것 때문이 아닌 것 같은데?"

"전화를 받다가 그만……. 어항 쪽으로 넘어졌어요."

"어떤 전화였는데?"

"……."

나는 깨진 유리와 금붕어를 주워 쓰레기통에 담는다. 그녀가 서울에 들어온 지 6개월이 되었다. 그녀는 세상의 모든 것들이 자신을 세상 밖으로 밀어내는 것 같다고 농담인지 하소연인지 모를 소리를 하곤 했다. 낯선 것들을 이겨내려는 악착스런 각오로 나는 그 말을 받아들였다. 이제 보니 그것이 아닌 것 같다. 그녀가 낯선 것들에 시달리다 지쳐 지고 있다는 생각이 문득 든 것이다. 그녀는 바닥을 걸레질한다. 그러면서 두어 번 허공을 올려다보며 손등으로 눈물을 찍어낸다. 숨을 할딱이는 금붕어 같다.

"장미까지 사 오셨네요. 고마워요."

이러면 안 된다는 듯 그녀가 머리를 흔든다.

청소를 마친 뒤, 나는 그녀가 혼자서 밥을 먹곤 하던 상을 주방에서 가져다가 케이크를 올려놓는다. 거기에 그녀의 나이 스물다섯 살을 의미하는 수의 초를 꽂는다. 일렁이는 촛불을 바라보며 축하 노래를 부르는데, 흑! 그녀가 터져 나오는 울음을 겨우 삼킨다.

"촛불을 꺼야지."

그녀가 몇 번 입김을 불어보지만, 힘이 미치지 못해 끝내 촛불을 끄지 못한다. 할 수 없어 내가 대신 끄고, 케이크를 잘라 그녀에게 건넨다.

"연락이 온 것이로군."

"예."

"찾았대?"

나는 그녀를 뚫어지게 바라본다.

"아뇨."

"그럼?"

"사기당했어요."

"선교사도 사기를 쳐?"

"저만이 아니야요. 숱한 탈북자들이 당했대요."

그녀는 숭선에서 입양 보낸 아이를 보고 싶어 했다. 나도 나서서 권 씨에게 사정을 했다. 하지만 권 씨는 입양해 간 한족이 타지로 이사 가서 찾을 수 없다고 잡아뗐다. 결국 그녀는 아이를 단념했다. 실제 그런지는 모르지만, 적어도 내 앞에서는 아이 이야기를 다시 꺼내지 않았다.

대신 그녀는 조선족들과 연계하여 북한 내 탈북자들의 가족 소식을 알아다 주는 일을 하는 선교사에게 부모 소식을 부탁했다. 혹시 부모가 집으로 돌아왔을지도 모른다면서. 부모가 한국에 들어와 함께 살면 서울 생활이 좀 나아지지 않겠는가 하는 기대도 했을 것이다. 그녀는 선교사에게 모두 2천만 원을 지불했다. 선교사는 조금만 더 쓰면 찾을 수 있겠다는 말을 하면서 여러 차례에 걸쳐 돈을 뜯어 갔다. 2천만 원은 그녀가 정부로부터 받은 정착금 반액과 서울에서 일해서 모은 돈 전액을 합한 것이다. 예감이 좋지 않았지만, 그녀의 희망을 꺾고 싶지 않아 나는 지켜보고만 있었다.

"남한 사회를 배우는 비용치곤 너무 많이 썼군."

그녀는 얼굴에 웃음을 달려고 애쓴다. 하지만 웃음을 만들려고 눈을 크게 뜨고 볼을 팽팽하게 펼수록 더 많은 눈물이 볼 위로 줄달음질 친다.

16

"황철호라고 하는데, 이 사람을 압니까? 기자 양반을 잘 안다고 합니다."

경찰관의 목소리는 사뭇 느리고 우렁우렁하여 비현실적으로 들린다. 일본 순시선이 동해에서 표류 중인 10톤짜리 목선을 발견했는데, 그 배에 북한을 탈출한 남자가 타고 있다고 한다. 그가 지금 나를 찾는다는 것이다.

"어서 일본으로 갈 준비를 해야겠습니다."

"그럼요. 가야지요. 당장 가야지요."

경찰관과 악수를 하며 막 헤어지려는데, 휴대폰이 자지러지게 운다. 그 소리에 눈을 번쩍 뜬다. 그러고 보니 나는 침대에 누워 있다. 사위가 깜깜하다. 아, 헛것을 보았다. 늘 곁에 있던 것들이 한순간에 모두 달아나 버린 것 같은 안타까움이 가슴을 짓누른다. 황 참사와 헤어진 지 1년이 지나고 있다. 그는 가끔 꿈속에서나 나를 불러낼 뿐이다.

휴대폰이 자지러지는 소리를 멈추지 않는다. 머리맡에 놓인 휴대폰을 든다. 새벽 3시 12분. 회사가 아니면 이 시간에 나를 부를 사람은 없다. 무슨 사건이 터졌을까?

"자는 중일 텐데 죄송합니다. 연화 선생한테 일이 생겼어요."

치치하얼에서 살던 반 씨다. 그도 탈북자돕기단체 김 선생의 도움을 받아 서울로 들어왔다. 북한에서 살 때의 직업을 살려 정연화와 함께 대안학교 교사로 일하고 있다. 부인과 아이 둘은 서울로 들어오기 위해 지금 방콕에 있는 난민수용소에서 대기 중이다. 그는 스스로 번 돈을 보내서 가족을 태국으로 탈출시켰다. 나는 회사에서 온 전화가 아닌 것에 시름을 놓는다. 반 씨는 술에 취해서 밤늦게 전화하는 버릇이 있다. 신세 한탄을 하거나 정연화를 위한답시고 몇 마디 늘어놓는 전화다.

"또 술 드셨어요?"

나는 짜증을 섞은 목소리로 대꾸한다.

"기게 아니고, 연화 선생이……."

"……."

"지금 빨리 속초로 가보셔야갔어요."

정신이 좀 돌아온다. 속초와 그녀의 연관성이 퍼뜩 일깨워진다. 그녀는 속초의 여성 단체에서 강연 요청이 있다며 어제 오전에 그리로 갔다.

"무슨 일인데요?"

"놀라지 마셔요. 연화 선생이 죽었어요. 교통사고예요."

"뭐라고요?"

"교통사고로……."

찬 기운이 가슴을 서늘하게 적시고 지나간다.

"그런 농담을 하시면 안 돼요."

관자놀이가 당겨지고 머리끝이 곤두선다.

"어서 나와요. 같이 가요."

받아들일 수 없는 사실을 받아들이라는 반 씨의 재촉에 가슴이 턱턱 막힌다. 사건에 임하는 직업적 습관으로 나는 침착해지자고 다짐한다. 벌떡 일어나서 전등을 켠다. 전등이 자동차의 헤드라이트가 되어 나를 덮치는 기분이 든다. 재빨리 옷을 입는다. 어머니가 잠옷 차림으로 거실에 나와 있다. 또 무슨 사건이 터졌는가 보다고 여긴 듯 현관을 나서는 나를 바라본다.

대안학교가 있는 상계동으로 차를 몬다. 밤바람이 세차다. 학교 앞 도로에 나와 있는 반 씨가 손짓을 한다. 그를 태우고 속초를 향해 내달린다.

"어젯밤 11시경에 사고가 났다고 합니다. 바다를 보러 나갔다가 모르고서 자동차 전용 도로로 들어간 모양입니다. 바다를 구경하고 싶었던가 봅니다. 도로를 건너가야 바다니까니. 도로면 도로지 자동차 전용 도로는 다 뭡니까."

"……"

"경찰관들이 보호자를 찾느라고 애를 먹었답니다. 연화 선생 주소지로는 연화 선생 혼자 사니까니 연락이 안 되었갔지요. 여기저기 알아본 뒤 조금 전에야 경찰관들이 학교 당직 교사에게 연락을 했어요."

"그 시간에 왜 바다를 보려고 했을까요?"

"고향 원산과 통하는 바다니까니 기러지 않았을까요?"

동녘이 훤해진다. 눈 덮인 설악산의 모습이 흑백사진처럼 또렷해진다. 병원 영안실에 도착한다.

경찰관이 알루미늄 서랍을 열고 흰 천을 걷는다. 주검은 볼과 이마에 검은 피딱지가 엉겨 붙고, 머리카락이 제멋대로 헝클어졌다. 그녀다. 순간 등불이 꺼진 것처럼 모든 기대가 사라진다. 거짓말이었으면 좋았을 일이 순식간에 현실이 되었다. 나는 주검 앞에 무릎을 꺾는다.

반 씨는 화장을 해서 동해에 뿌리자고 한다. 그러면 그녀가 고향 원산에 갈 수 있을 것이라고. 나는 그렇게 하는 것은 그녀를 내 가슴 속에서 살지 못하도록 내쫓는 것만 같아서 반대한다.

그녀를 아버지 고향에 있는 선산 귀퉁이로 데려간다. 소식을 들은

어머니가 전화를 걸어와 내 장래에 큰 멍에가 될 것이라면서 펄쩍펄
쩍 뛴다.

"결혼하지 않으면 되잖아요."

나는 버럭 성질을 쏟아낸다.

그녀는 죽은 뒤에야 비로소 내 여자가 되었다. 그녀를 땅에 묻고
나자 갑자기 피곤이 엄습한다. 인생의 한 막이 내려진 것 같다.

제9장

13년 후

1

　　　　　푸른 하늘에 백색 물감을 마음껏 흩뿌려 놓은 것 같은 풍경이 비행기 창밖에 펼쳐진다. 백색도 색이라는 실감이 새삼스럽다. 구름 사이로 바다가 내려다보인다. 화물선들이 하얀 꼬리를 끌며 어디론가 가고 있다. 정자가 자궁 속을 헤쳐 가는 모습이 저럴까? 제각기 목적한 지점을 향해 분주히 나아가는 것일 테지만, 먼 데서 보니까 그저 아름다울 뿐이다. 누가 저 배들을 보면서 배 안에서 일하는 사람들의 고난, 비통, 부자유, 탄식 같은 것들을 생각해낼까?

　마침 스튜어디스가 다가온다. 생수를 청해 목을 적시며 황 참사의 탈출을 제보한 북한 식당 지배인이라는 여자에 대해서 생각한다. 그녀가 무엇 때문에 제보했을까? 편집국장으로부터 황 참사에 대해서 들은 이래 여태 골똘히 생각해왔다. 도대체 그녀는 누구일까? 곤경에 빠진 황 참사를 돕기 위한 순수한 마음으로 내가 황 참사를 찾는 데 나서주기를 바라는 것일까? 이 경우 그녀에게는 감당하기 버거운 위험이 따를 것이다. 그녀를 감시하는 사람이 분명 있을 텐데, 그녀는 남쪽 기자에게 제보를 했다. 더구나 대담하게 기자를 자신의 가게로 불러들이려고 한다. 그녀의 뒤에 힘이 센 자들이 있어서 어떤 목적 아래 그녀에게 제한된 행동을 허락한 것일까? 그렇다면 그들의 목적은 무엇일까? 금관을 되찾는다? 금관 값을 갈취한다? 나를 응징한다? 아니면 혹 돈 때문에 제보했을까? 기사 제보자들은 돈 거래를 요구하는 경우가 종종 있다. 그래서 나는 자금력이 풍부한 일본 기자들에게 북한 특종을 번번이 빼앗기곤 했다. 몇 푼 되지 않는 제보비 때문에 그녀가 목숨을 걸까?

　우여곡절 끝에 황 참사를 만난다고 치자. 과연 그를 서울로 데려올 수 있을까? 그가 내 청을 수락할 것 같지 않다. 그러면서도 나는 왜 북경행 비행기에 탄 것일까? 그를 만날 것이라는 요행을 기대하는 것일까? 그의 흔적을 좇아 그와의 추억을 반추하자는 것일까? 그를 만나지 못한다는 사실을 거듭 확인하자는 것일까?

소라 모양의 섬이 보인다. 백령도다. 나도 모르게 눈길이 섬의 동쪽으로 쏠린다. 바다 건너 누런 벌이 들어온다. 벌 위에서 낮은 구름이 물결처럼 골을 이루며 퍼져나가고 있다. 삿갓 모양으로 솟아난 산이 구름 위로 아스라이 보인다. 짐작하건대 황해도 은율과 안악의 경계에 있는 구월산일 것이다. 저 바다 어디쯤 엄연한 국경이 있다. 저 국경 너머엔 우리와 같은 얼굴을 했으면서도 다른 삶을 사는 사람들이 있다. 황철호. 나는 그의 이름 석 자를 가만히 불러본다.

2

6차선 대로 건너편에 삼일포레스토랑이라는 간판이 보인다. 붉은 간판 일색인 중국에서 연두색 네온사인으로 상호를 새긴 것이 신선하다. 글씨도 평양식 궁서체가 아니라 서울에서 흔히 볼 수 있는 고딕체다. 식당이라 이름하지 않고 레스토랑이라 이름한 것도 별나다. 주인의 세련된 감각이 읽힌다. 이곳 왕징이 북경에서 한국 사람이 가장 많이 사는 지역이어서 한국 사람의 기호에 맞춘 것 같다. 북경 특파원과 함께 나는 신호등이 바뀌기를 기다린다.

삼일포레스토랑 앞에 누런 벤츠 한 대가 멈춘다. 차에서 내리는 두 사람 중 한 사람이 낯익다. 누구더라? 차는 '사使131'로 시작하는 번호판을 달았다. '사'는 중국에 주재하는 외교공관을, '131'은 외교공관 중에서도 북한대사관을 뜻한다. 언젠가 본 적이 있는 사람 같다. 그런데 기억 속에서 잡히지 않는다.

어쩌면 본 적이 없는 사람인지도 모른다. 눈 코 귀 입 달린 비슷한 얼굴들이 많으니까. 이목구비의 조합이 얼굴의 특징을 얼마나 많이 만들어낼 수 있을까? 60억 지구인이 모두 그런 조합에 의해서 이루어졌고, 앞으로 태어날 사람도 다 다른 얼굴을 하고 있을 테니까 조합으로 파생되는 수는 무궁무진할 것이다. 그렇다 해도 결국 몇 가지 특징으로 조합된 것에 불과하므로 크게 보면 다 비슷비슷한 인간이란 생물종에 속한다.

이 부근에서 북한과 관련이 있는 가게는 삼일포레스토랑밖에 없을 텐데도 낯익은 사람은 삼일포레스토랑 옆 중국 사람이 운영하는 커피숍으로 들어간다. 횡단보도를 건너면서 보니까 그는 커피숍 창가에 앉는다. 유리창을 통해서 우리 쪽을 유심히 바라본다. 아마도 내가 그를 유심히 바라보고 있어서 느끼는 착시 현상일지도 모른다.

나와 북경 특파원은 삼일포레스토랑으로 들어간다. 긴 복도를 따라서 양옆에 총석정, 구룡폭포, 만물상 따위의 금강산 일대 명소로 이름을 붙인 룸들이 있다. 여자 접대원의 안내로 우리는 그중 하나의 룸으로 들어간다.

"절 알아보시겠어요?"

뒤따라 들어온 30대 후반의 여자가 나를 빤히 바라보면서 말한다. 북경 특파원에게 황 참사의 일을 제보했다는 이 식당 지배인이다. 처녀 적에는 예뻤겠다는 생각이 든다. 머리가 갑자기 고장 난 것처럼 떠오르는 얼굴이 없다. 오늘 왜 이러지? 황 참사와 연락이 두절된 지 벌써 13년. 별로 만나지도 않은 그의 주변 인물들을 지금까지 기억한다는 것이 되레 이상한 일 아닌가?

"저를 정말 아세요?"

"그럼요. 옛날 얼굴 그대로이신데. 평양에 오셨을 때 화면음악반주기술집에서, 경희라고 기억 안 나요?"

화면음악반주기술집에서 황 참사와 술을 마시던 그날 그 밤의 광경들이 환하게 되살아난다. 골반춤, 배꼽 아래 내려갈 데까지 다 내려간 인도풍의 바지……. 선생님, 제발 저를 초토화시켜주어요. 그녀의 목소리와 교태가 방금 전의 일처럼 눈에 선명해진다.

"아, 경희 씨! 그새 많이 변했군요."

"기억하시는군요. 제가 이 식당 지배인이야요."

"북경에 나와 계셨으면 진작 연락 좀 주시지. 벌써 만났을 텐데."

"나온 지는 1년이나 되었어요. 북남 관계가 엄연한데 기럴 수 있어야지요."

접대원이 차를 내온다. 이르기는 하지만 나는 아예 저녁 식사를 시키자고 마음먹는다. 내가 좋아하는 대동강 숭어탕을 해줄 수 있겠느냐고 경희에게 묻는다. 어제 평양에서 비행기로 들어온 성싱한 숭어가 있단다. 특별히 잘 요리해야 한다고 그녀는 접대원에게 지시한다.

"하나 묻갔어요. 황 참사 동지와의 우정 때문에 여길 왔습니까? 아니면 기사 욕심 때문에 여길 왔습니까?"

왜 이런 질문을 할까? 통과해야 할 관문 앞에서 수문장에게 시험을 당하는 기분이 든다.

"둘 다요. 하지만 굳이 하나만 선택하라면 우정 쪽을 택하지요."

"사실이나요?"

고개를 끄덕인다.

"선생님이 참사 동지께 드려야 할 돈 때문에 여기 안 오실 줄 알았어요. 오신 걸 보니 두 분의 우정을 알 만합니다. 돈을 돌려주실 용의가 있다는 말씀으로 요해해도 되갔나요?"

단도직입적이다. 누구의 입에선가 금관 값에 대한 이야기가 튀어나오리라고 짐작은 했지만, 이렇게 빨리 예상하지 못한 사람으로부터 나올 줄은 몰랐다. 그녀가 인도풍의 바지를 입고 춤을 추던 날, 황 참사는 음악반주기술집에서 내게 금관 서류를 건넸다. 그녀가 그 장면을 보았을까? 기억을 더듬는다. 황 참사는 먼저 추사 글씨를 내게 준 뒤 그녀를 룸 밖으로 내보냈다. 그러고 나서 금관 서류를 내게 건넸다. 그 직후 그녀가 황금빛 브래지어를 입은, 눈길을 확 끄는 놀라운 모습으로 등장했다. 그 기억이 생생하게 살아난다. 그녀는 금관 서류를 건네거나 금관에 대해서 말하는 순간에 자리에 없었다. 금관 때문에 평양이 발칵 뒤집어졌다니까 따로 알 수 있는 방법이 있긴 있을 것이다.

그녀의 제보 목적이 금관을 되찾으려는 것이 아니라 금관 값을 받아내려는 것일까? 아무튼 누구든 돈을 받아 가려면 황 참사가 정한 암호를 맞춰야 한다. 황 참사는 자신이 직접 돈을 받지 못할 것에 대비해 13년 전 그날 밤 두만강을 건너가기 전에 그와 나 단둘이만 아는 암호를 정해놓았다. 경희가 그 암호를 안다는 것일까?

아직도 나는 금관을 보관하고 있는 문화재연구소로부터 금관 값을 수령하지 않았다. 잊을 만하면 한 번씩 문화재연구소 담당자로부터 언제 수령해 갈 것이냐는 전화를 받는다. 황 참사가 연락해 올 가능성이 아주 희박해졌다는 것을 알면서도 좀 더 기다려보자고 그때마다 대답했다. 그렇게 미적거리며 시간을 끌어온 것이 13년이다.

오랫동안 방치된 돈이란 점을 감안하면, 내 마음대로 받아다 쓴대도 누가 뭐라 할 사람은 없다. 공소시효가 지난 사건처럼 나는 법적 속박으로부터 자유로울 것이다. 옹색하기는 하겠지만, 돈의 주인인 황 참사에게도 어느 정도 변명이 될 것이다. 더구나 그 돈 속에는 오씨에게 사기당한 내 돈 10만 위안이 묻혀 있다. 어느 땐가는 금관 값을 수령하고 싶은 마음이 간절하게 일었다. 금관 값을 수령하면 금관 입수 사실이 언론에 공표될 테고, 그러면 죽이 되든 밥이 되든 황 참사에 대한 소식이 북한 쪽에서 들려오지 않을까 기대했다. 하지만 참았다. 그것은 그와의 약속 위반이었다. 그를 위험에 처하게 할 가능성이 충분했다.

경희가 금관 값을 탐내는 것일까? 금관을 시인할 수는 없다. 자칫하면 돈만 빼앗기고, 그러느라 나까지도 위험에 빠질 수 있다. 나는 다시 암호를 상기한다. 이젠 그녀가 내 관문을 통과해야 할 차례다.

"무슨 말을 하는지 통 모르겠네요."

기다리면서 유심히 그녀의 얼굴을 살핀다. 그녀는 그녀대로 내 얼굴을 살핀다. 기대하는 표정을 찾아내지 못한 실망이 그녀의 표정 속에 드러난다. 나 역시 그녀에게서 기대하는 표정을 찾아내지 못한다.

"참사 동지가 도망친 지 딱 두 주가 되었어요. 그 뒤 인츰 금관 절도 사건이 발각되었어요. 참사 동지와 가까운 사람들이 다 잡혀가서 문초를 당했거든요. 기래서 기자 선생님이 연루되었다는 것도 밝혀졌지요. 이 사건으로 지금 평양이 살얼음판이 되었어요."

지난 세월 그토록 듣고 싶었던 황 참사의 이야기가 그녀의 입에서 흘러나온다. 그의 영역에 이제야 두 발을 디뎠다는 자각이 든다. 곁에 있는 특파원은 대화의 흐름을 놓치고 눈을 껌벅거린다. 갑자기 내가 돈과 금관을 부정하고 나오니까 어리둥절한가 보다. 나는 그녀가 암호를 모른다는 결론을 내린다. 금관 이야기에 관심을 토일 수는 없어 말머리를 돌린다.

"황 참사님은 지금 어디 계시는가요? 벌써 체포된 건 아니겠지요?"

"근심 놓으시라요. 아직 우리 국경을 넘은 것 같지는 않아요."

"그렇다면 중국 항만에 경계를 강화했다, 보위부가 잡으러 중국에 들어왔다, 하는 말은 어디서 나온 거죠?"

보위부라는 말이 나오자 그녀가 좌우를 둘러본다. 긴장하는 기색인지, 습관적인 행동인지 알 수 없다. 목소리를 낮춘다.

"사실이 기러니까요. 관계 부문에서는 참사 동지가 도망쳤으니까니 국경을 건넜다고 믿는 것 같습니다. 며칠 기다려보시라요. 참사 동지가 국경을 넘으면 기자 선생님께 바로 연락을 할 거야요."

"경희 씬 어떻게 그리 잘 알죠?"

그녀의 눈길이 특파원에게 꽂힌다. 그가 밖으로 나가주었으면 하고 바라는 것이 틀림없다. 알아챈 특파원이 나가 있어도 좋겠느냐고 내게 눈빛으로 묻는다. 고개를 끄덕인다. 그가 일어나 밖으로 나간다. 그녀가 문이 닫힌 것을 확인하고 내 쪽으로 어깨를 기울여 더 작은 목소리로 말한다.

"참사 동지 밑에 있던 오 동무란 분 기억나나요?"

왜 모르겠는가? 그 옛날 연변에서 내게 사기를 치고 정연화를 납치해 갔던 불한당 같은 자다. 황 참사를 통해 만난 사람 중에서 오 동무라면 그자밖에는 없다. 나는 눈에 힘을 주어 다음 말을 재촉한다.

"제 세대주(남편)야요. 결혼한 지 7년 됐어요. 세대주가 지금 참사 동지와 같이 움직이고 있어요."

"같이 탈출하고 있다는 말인가요?"

"예."

아직도 황 참사 밑에 그가 붙어 있다니. 기생충 같은 놈! 나는 옛 기억을 되살리며 속으로 욕을 내뱉는다.

"참사 동지를 워낙 따르던 사람이어서 같이 도망자가 되었어요. 기래서 저도 걱정이 태산입니다."

"그럼 내게 제보를 한 건 황 참사님 뜻인가요?"

"기렇다고 봐야갔지요. 제 세대주가 인편을 통해 기자 선생님에게 참사 동지 소식을 알려주라고 연락해 왔어요. 기래서 여기 우리 대사관에 떠도는 소문을 특파원 선생님에게 우선 말해준 거야요. 실제 소식은 아무한테나 이야기해줄 수 없잖아요."

"다른 말은 없었고요?"

"물건 값을 준비해놓으라 전하라고 했어요. 중국에 도착하면 참사 동지가 선생님에게 직접 연락할 거라는 말도 꼭 전하라고 했고요."

이 넓은 중국 땅을 헤매고 다니지는 않아도 될 것 같다. 그의 행적을 찾아 수소문하고 다닐 만한 곳도 없는데, 그래야만 하는 것은 아닌가 걱정했다. 대신 돈의 존재가 알려져서 위험이 더 커졌다. 그보다 돈을 쫓는 사람들이 있지 말란 법이 없다.

"왜 탈출하셨을까요?"

"만나시면 직접 물어보시라요. 제가 아는 것은 이제 다 말해줬으니까니."

그녀는 그가 어떤 직책에 있었는지, 그가 직면했던 신변의 위협은 구체적으로 어떤 것이었는지에 대해서는 모른다고 했다. 알면서도 그렇게 말하는지 모르겠지만, 그녀의 입은 더 열리지 않았다.

"정말 금관을 모르지 않지요? 돈을 준비해놓았다가 참사 동지께서 나오시면 직접 드려요. 서둘러주시라요."

그녀는 황 참사가 그 돈을 탈출 자금에 써야 한다는 뜻으로 읽히기를 원하는 것 같다.

"경희 씨는 왜 도망치지 않았어요?"

"……."

그녀의 얼굴이 붉어진다. 남편이 도망자가 되었다면 그녀도 무사하지 못할 것인데, 대답을 무시하고 마는 것이 예사롭지 않다.

대동강 숭어탕이 나왔다. 북경 특파원을 들어오게 하여 함께 먹는다. 먹으면서 경희의 말을 곰곰이 되새긴다. 황 참사가 도망자가 되었으니까 돈이 급하긴 급할 것이다. 하지만 경희는 왜 자신의 식당으로 나를 오게 했을까? 등잔 밑이 어둡다고 식당이 오히려 감시의 눈초리를 따돌리기 쉽다는 뜻일까? 왜 오 씨 같은 못된 자가 황 참사 옆에 따라붙었을까? 더구나 그녀는 남편이 도망자가 되었는데도 태연히 지배인의 자리를 지키고 있다. 그녀는 그녀대로 누군가의 비호 아래 뭔가 도모하는 일이 있는 것 아닐까?

삼일포레스토랑을 나왔다. 커피숍 앞에 들어올 때 본 누런 벤츠가 지친 개처럼 엎드려 있다. 커피숍 안을 들여다본다. 아까 그자가 휴대폰으로 통화를 하면서 밖을 내다보고 있다. 나와 잠깐 눈이 마주친다. 분명 익숙한 구석이 있는 얼굴인데, 여전히 기억에서 꺼내지지 않는다. 누구일까?

3

어둠이 내리는 왕징 거리를 걸어가면서 나는 노래를 흥얼거린다. 대학 시절 운동권 학생 행세를 할 때 부르던 노래다.

오작교 없어도 노둣돌이 없어도
가슴 딛고 다시 만날 우리들
연인아 연인아 이별은 끝나야 한다
슬픔은 끝나야 한다
우리는 만나야 한다

북경에 온 지 이틀이 지났다. 그동안 나는 지인들을 만나 북한 고위 관리의 탈출에 대해서 아는 것이 없는지 염탐했다. 그들의 낚시에는 아무것도 물려 있지 않았다. 오늘은 오후 내내 청스빈관에서 빈둥거렸다. 그러다가 삼일포레스토랑을 찾아가기로 했다. 오전에 노동자체육관 앞의 백양나무 가지에서 까치가 짖어댔다. 견우와 직녀가 만나도록 칠석날 오작교를 놓는다는 까치다. 그것으로 나는 삼일포레스토랑에 가야 하는 이유를 만든 것이다. 기대할 것이 오죽 없으면

까치 짖는 소리에까지 기대를 걸까? 삼일포레스토랑은 용건을 드러
내지 않아도 찾을 수 있어서 좋다. 식사를 하러 왔다고 하던 되니까.
혼자 가기 멋쩍어 북경 특파원에게 식사를 함께 하자고 청했다. 그는
중국 외교부 정례 브리핑에 참석해야 한다며 저녁때나 시간이 빈다
고 했다.

삼일포레스토랑으로 들어선다. 북경 특파원이 먼저 와 기다리고
있다. 그와 함께 홀에 앉아 저녁 식사를 한다. 경희가 다가온다.

"참사 동지가 중국에 들어오실 때가 되었는데……."

"연락 온 거 있어요?"

"제가 묻고 싶은 말이야요. 넘어오시면 선생님한테 직접 연락한다
고 했으니까니."

"아무 연락이 없으니 찾아왔죠."

"물건 값은 준비하고 계시는가요?"

나는 그녀의 말을 무시하고 그녀의 표정만 살핀다. 다 알고 있는데
너무 뺀다는 아니꼬운 표정이다.

밤바람이 목덜미를 할퀸다. 택시를 타고 특파원 사무실로 향한다.
차나 한잔 얻어 마시고 헤어질 셈이다.

"어라? 저 차가 우릴 따라오네."

특파원이 뒤를 돌아보며 말한다. 나도 돌아본다. 북경에 온 첫날
커피숍 앞에 엎드려 있던 누런 벤츠다. '사131'로 시작하는 번호판을
단 그 차다. 두 사내가 타고 있다. 우리가 탄 택시가 좌회전하면 그
차도 좌회전한다. 우회전하면 우회전한다.

"외교공관 번호판을 단 차를 타고 미행하는 바보가 어딨겠어? 공
교로운 일치겠지."

벤츠가 우리 차 왼편에 붙는다. 조수석에 탄 자가 창문을 열고 우
리 차를 향해 손을 까불러댄다.

"선생! 나요, 나!"

뒤따라오는 차의 불빛에 그의 얼굴이 드러난다. 목소리까지 들으니까 드디어 기억 속에 파묻혀 있던 얼굴 하나가 확 살아난다. 맞다. 평양에서 우리 안내를 맡았던 양 지도원이다. 나는 택시를 세운다.

근처 비즈니스 센터의 카페로 들어가 우리는 마주 보고 앉았다. 양 지도원은 옛날보다 더 삐쩍 말랐고, 이마에 두어 개의 주름까지 잡혔다. 몰라본 이유가 거기 있었던 걸까? 그 옆에 있는 자가 그를 참사 동지 어쩌고 부른다. 세월이 흘러 그도 참사로 승진한 모양이다.

"기렇게 잽싸게 가버리면 어쩌나요? 만나고 싶었는데."

양 지도원, 아니 양 참사가 과장된 말투로 건네는 인사를 나는 의례적으로 받는다. 그러면서 이 뜻밖의 불청객이 나타나서 일이 순조롭게 풀리지 않으면 어쩌나 하는 근심에 휩싸인다. 이자를 만날 예고를 하려고 까치가 울었단 말인가? 길 닦아놓으니 거지가 먼저 지나간다더니. 양 참사는 얼굴에서 가식적인 웃음을 좀체 걷어내지 못한다. 세상에서 가장 반가운 사람을 만났다는 듯이. 목적을 위해서라면 수단과 방법을 가리지 않을 태세다. 밋밋하게 대하는 내가 무안할 지경이다.

"내가 삼일포에 나타난 걸 알았다는 말이네요?"

"우리가 모르는 게 뭐 있습니까?"

틀림없다. 그는 경희와 내통하고 있다. 그 사실을 구태여 숨기려 하지 않는다. 그는 보위부원이다. 막 마치려는 글이 전원이 나가 모니터에서 획 사라진 기분이 든다.

양 참사와 나, 북경 특파원은 생맥주를 들이켠다. 양 참사를 따라온 자는 운전 때문에 마실 수 없다고 사양한다. 운전 때문이라는 말도 맞지만, 차가 없더라도 북한 사람들은 남한 사람을 만날 때 대개는 일행 중 한 사람이 술을 마시지 않는다. 상황을 기억하고 보고해야 할 테니까.

“재밌는 이야기 하나 하갔어요.”

모처럼 만난 사이답지 않게 양 참사가 농담을 늘어놓는다. 날것으로 날름 먹어치울 수 없으니 분위기를 데워보려는 수작일 것이다.

“맞혀보라요. 중국 사람, 일본 사람, 남조선 사람이 함께 시골 여행을 하다가 잠잘 곳이 없어서 돼지막에 들어가게 되었어요. 각각 어케 반응했갔나요?”

조금 달뜬 어투다. 재미있는 것을 알게 되었을 때 주변 사람들에게 말하지 않고는 못 배기겠다는 듯이. 하지만 내가 이미 아는 이야기다. 오래전 누군가에게 들은 적이 있는 철 지난 우스갯소리다. 그의 흥을 깨고 싶지 않아 잠자코 있는다.

“일본 사람은 들어가자마자 아이구, 죽으면 죽었지 못 있갔소, 하고 도망쳐 나왔습니다. 남조선 사람은 한 5분쯤 있다가 더는 못 참갔소, 하고 나왔습니다. 중국 사람은 어쳈갔나요? 중국 사람의 행동이 이 이야기의 핵심이야요.”

“함께 잤나요?”

“히히히. 한 10분 지나니까니 돼지가 도망쳐 나왔다지 않아요. 아휴, 더러운 놈! 외치면서.”

그가 웃음을 터뜨린다. 처음 듣는 이야기처럼 나도 따라 웃는다. 그는 내가 일부러 웃는 어색한 표정을 읽은 눈치다. 나는 시치미 뚝 떼고 재미있다고 말한다.

“선생, 우리 거래합시다.”

용건을 말할 순간이 되었나 보다.

“지금 나는 황철호를 찾고 있는 중입니다. 황철호는 반드시 선생에게 연락할 것이오. 왜? 선생에게서 금관 값을 받아내야 하니까니.”

황 참사 앞에서 박박 기던 자가 존대 없이 황철호라고 막 불러댄다. 황 참사의 값이 똥값이 됐다는 빼도 박도 못할 증거다. 양 참사 곁에 있는 자가 음험한 눈빛을 굴리며 나를 주시한다.

"일단 들어봅시다."

"나는 돌려 말하는 걸 좋아하지 않습니다. 황철호가 숨은 곳을 가르쳐주시오. 기러면 선생에게 금관 값의 절반을 주겠습니다."

"주면 다 주지 왜 절반만 주겠다는 거죠?"

"황철호 체포 비용도 써야 하잖소. 따로 줄 사람도 있고."

"따로 줄 사람이라니?"

"체포에 공을 세울 사람이 선생 혼자만은 아닐 거잖소."

나는 농담인 척 말하는데, 그는 진지하게 대답한다. 그러니까 경희는 금관 값과 남편 오 씨의 구명에 관심이 있고, 양 참사는 황 참사의 체포에 관심이 있다? 양 참사는 황 참사가 중국에 들어와 있는 것으로 알고 있고, 경희는 엉큼하게도 아직 오지 않았다는 사실을 양 참사에게 숨기고 있다? 거기에 금관 값 절반의 비밀이 숨어 있다? 그렇다면 북한 정부는 금관 회수를 포기한다는 것일까? 나중에 어떻게 해서든 남쪽 정부로부터 돌려받을 수 있으니까 놔둔다?

"금관, 금관 하는데, 도대체 금관이 나와 무슨 상관이란 말입니까?"

"왜 이럽니까? 지금까지 잘 시인하다가. 우리가 다 안다니까요."

"알긴 뭘 안다는 거요?"

양 참사가 어처구니없다는 투로 입을 하 벌린다.

"황철호가 선생에게 신라금관을 빼돌렸잖소."

그가 금관과 나와의 관계를 수긍하는 것으로 여기지 못하도록 나도 입을 하 벌린다. 가급적 어처구니없다는 표정을 그보다 더 두드러지게 만든다.

"그놈은 선생과 결탁하여 나라의 귀중한 재보들을 빼돌리고, 기게 적발되니까니 국외로 도망을 쳤소."

도망쳐서 금관 사건이 발각된 것이 아니라 금관 사건 때문에 도망쳤다고 거꾸로 말한다. 황 참사를 잡범 취급 하는 말을 들으니 피식 비웃음이 새어 나온다.

"나와 결탁했다? 그래서 금관 값을 받으려고 황 참사가 나를 찾는다?"

"바른말이 나오는군."

"영화를 보는 기분이군요. 내가 그분을 뵌 게 벌써 13년 전이에요. 그사이 무슨 일이 있다고 그러는지, 원."

"맞소. 13년 전 겨울의 일이오. 그놈이 조선소로 가기 전에 두만강 강타기를 해서 선생에게 금관을 건넸소. 만약 협조해주지 않는다면, 선생의 신변에 위험이 닥칠 수 있소. 우리 사람들이 가만히 놔두지 않을 거요."

"생사람 잡자는 거요?"

"능청 떨지 마시오."

그가 나를 아래위로 꼬나본다. 돼지막으로 달궈진 분위기가 이미 싸늘하게 식었다. 불쾌하다는 듯이 나는 벌떡 일어나 특파원을 데리고 나온다.

"곧 우리 다시 만나게 될 거요."

그가 내 등 뒤에 가시 돋친 말을 내뱉는다.

밤바람이 한층 더 차가워졌다. 차들이 달리면서 일으키는 소음들이 거친 파도 소리처럼 날카롭다.

"금관을 받긴 받은 거야? 도무지 무슨 말들을 하는지 알 수가 없네."

특파원이 중얼거린다.

"나도 통 모르는 소리만 해대니 답답해 죽겠어."

특파원이 빙그레 웃는다. 자신까지도 속이려 하느냐는 웃음이다.

"위험한데 귀국하지."

"당신이라면 그렇게 하겠어?"

"아니."

4

　　　　양 참사는 첫 만남 이후 내 휴대폰으로 하루에
두세 번 꼴로 전화를 걸어왔다. 그의 전화는 아직 황 참사가 안전하
다는 것을 의미했다. 그래서 나는 전화를 피하지 않았다. 북경에 온
지 일주일이 지나고 있다. 한 번 더 만나자는 성화에 못 이겨 전에 그
를 만났던 카페를 찾아왔다.

노란 전등 아래서 그가 느끼하게 웃는다.

"내가 재미난 이야기 하나 더 해주갔어요."

그가 분위기를 누그러뜨리기 위해 또 돼지막 같은 우스갯말을 할
모양이다.

"평양에서 실제 있었던 일이라요. 여자들 셋이 모여서 세대주 힘자
랑을 했어요. 우리 세대주는 매일 해준다, 우리 세대주는 매일 두 번
해준다, 하고서. 그때 한 여자가 제안했대요. 말로 할 것이 아니다.
오늘 밤 세대주들이 퇴근하면 한집에 불러 모아 확인하기로 하자. 모
두 기러자고 동의했대요. 그날 밤 여자들은 세대주들을 발가벗겨 세
워놓고, 기것 위에다가 타월을 하나씩 걸었대요. 빨리 떨어지는 사람
이 지는 거다, 하고."

"그래서?"

그가 체면이라도 지키도록 대꾸해준다. 오늘은 황 참사 추적 상황
이라도 귀동냥했으면 좋겠다.

"기런데 매일 두 번 해준다던 세대주의 타월이 건들건들 먼저 떨어
지려고 하더래요. 체면이 말이 아니게 되었지요."

"전날 밤에 힘을 다 뺐나?"

"히히히. 두 번 해준다고 자랑하던 여자가 그때 벌떡 일어나서 자기 치마를 걷어 올렸대요. 팬티도 홀랑 내렸잖죠. 누구 아버지, 이것 보고 힘내라요. 그렇게 말하는 순간, 히히히, 어케 되었을까요?"

"뭘 물어요. 그냥 말하잖고."

"자기 세대주 타월은 곪은 감처럼 뚝 떨어지고, 옆의 두 사람 것은 발사대에 내놓은 미사일처럼 척 올라갔대요."

그가 다시 히히히 웃는다. 나도 따라 히히히 웃어준다.

"그나저나 거래 건을 성사시킵시다. 선생 입장에서는 수지맞는 제안이잖소."

그는 또 하나 마나 한 소리를 지껄인다. 우리의 대화는 다시 쳇바퀴를 돈다. 위태롭게 유지되던 분위기가 점점 냉랭해진다. 성질 사나운 그가 소리친다.

"당신 목숨이 몇 개쯤 되는 모양이지."

"하나뿐이죠. 하지만 중국 법이 그 정도는 지켜주지 않을까요?"

"웃기고 있네."

우리 사이에는 폭풍 전야의 고요처럼 불쾌한 침묵이 지속된다. 나는 자리를 털고 일어난다. 그에게서 아무것도 알아내지 못한 채.

5

컴퓨터에서 못 듣던 신호음이 난다. 딩, 딩. 아까부터 이따금씩 들려와 귀에 거슬리던 소리다. 오늘은 북경 특파원 사무실로 나왔다. 기사를 마감시키고 한가해진 특파원과 마주 앉아 회사 불만도 나누고 동료들 소식도 나누는 중이다.

"이게 무슨 소리야? 신경 쓰여 죽겠네."

참다 못해 특파원에게 묻는다.

"이메일이 왔다는 소리야. 어제부터 회사 전산팀에서 이메일 수신 알람 기능을 추가했대. 회사 내부통신망에 그 이야기가 떴더라구."

"쓸데없는 짓을 했군. 스팸 메일이 얼마나 많이 들어오는데."

"그럼 컴퓨터 볼륨을 죽이면 돼."

조금 전에도 열어봤지만, 말이 나온 김에 또 이메일 함을 연다. 아까부터 딩, 딩 소리가 났으니까 무엇이든 오긴 왔을 것이다. 나는 황참사가 비로소 중국에 도착했음을 알아챈다. 그의 이메일이 와 있다. 불과 3분 전에 온 것이다.

아우, 나 안 잊었소? 황이오. 경희 동무 통해서 내 사정을 들었을 것이라 믿소. 이제 막 중국으로 건너왔소. 물건 값을 가지고 나를 찾아주시오. 가능하겠소? 물건 처분에 대한 조건은 없소. 아우 하고 싶은 대로 하오. 만날 시간과 장소는 내가 인츰 다시 알려주겠소. 만약 이 이메일을 못 믿겠거든 화연정을 기억해주시오. 경의.

그는 13년 전처럼 간명하게 하고 싶은 말만 전했다. 암호까지 밝힌 것을 보니 그가 보낸 것이 확실하다. 사람이 있을 곳이란 누군가의 가슴속밖에 없다는 말이 떠오른다. 그래, 그는 분명 내 가슴속에 아직도 생생히 살아 있다.

나는 문화재연구소에 전화를 건다. 금관 값을 수령하겠다고 말하고, 발표는 한 달 뒤에나 해달라고 부탁한다. 문화재연구소는 앓던 이가 빠진 것처럼 홀가분해한다. 통화 내용을 들은 특파원이 질투를 숨기지 않는다.

"아휴, 저 내숭쟁이를 죽여, 살려? 금관이 있는 줄 내가 다 알고 있었다구. 대특종을 한꺼번에 두 개나 낚았군."

"아직 내용을 깔 때가 아냐. 회사에 보고하지 마."

288

사흘 뒤, 문화재연구소는 금관 값 전액인 30만 달러 중에서 28만 5천 달러를 북경 특파원 사무실로 송금했다. 오 씨에게 사기당한 10만 위안에 해당하는 만 5천 달러는 따로 서울의 내 은행 계좌로 보내기로 했다. 세월이 변해 불과 사흘 만에 그런 모든 일들이 다 이루어졌다. 13년 전 관련 서류 수속을 다 마치고 돈만 수령하지 않았기 때문에 북경 특파원이 달러화 출금을 도와준 것 빼놓고는 특별한 어려움이 없었다.

작별

1

　　　　　건너편 빌딩 위에 쌓인 눈이 햇빛을 받아 반짝인
다. 눈물이 맺힌 수백, 수천의 눈동자들 같다. 처마에 달라붙은 긴 고
드름들도 줄줄 흐르는 눈물만 같다. 날을 세운 북국의 추위가 호텔의
유리창 군데군데에 성에로 달라붙었다.

　하얼빈에 왔다. 황 참사는 이곳에 오는 동안 추적자들이 있을 것에
대비하라고 했다. 나는 휴대폰을 껐다. 장춘까지만 비행기를 타고,
거기서 하얼빈까지는 버스를 이용했다. 현금 가방을 옆에 끼고서.
정말 이게 무슨 개고생이냐 싶은 생각이 들 정도였다. 호텔도 하얼
빈조선어방송국의 이 국장 신분증을 빌려서 잡았다. 이 국장은 안
하던 짓을 하는 나를 별꼴 다 보겠다며 수상쩍어 했다. 황 참사를 맞
을 마지막 조치로 나는 호텔 이름과 룸 번호를 그에게 이메일로 띄
웠다.

　노크 소리가 들린다. 문을 열자 황 참사가 서 있다. 나를 보고 히쭉
웃는다. 울 수 없으므로 웃는 것이리라. 볼이 움푹 패고, 이마에는 깊
은 주름이 잡혔다. 피부는 까칠하고, 쭈글쭈글하고, 검다. 외투는 낡
았다. 형형한 눈빛을 빼놓고는 하찮은 노동자와 다르지 않다. 내가
내민 손을 그가 잡아당겨 나를 덥석 끌어안는다. 몰락한 사내의 가슴
이 마지막 불꽃처럼 억세고 뜨겁다.

　"형, 왜 이제야 오는 거야?"

　나는 해후의 첫마디를 먼 여행에서 돌아오는 형제라도 만난 듯 담
담히 표현한다. 비통한 심정을 내색하면 더욱 비통해질 것이므로.

　"미안해. 이 꼴로 아우를 만나게 돼서."

　그의 뒤에 선 오 씨가 내게 꾸벅 고개를 굽히고 룸 안으로 따라 들

어온다. 너절한 자식! 오래된 감정이 어제 일처럼 가슴속에서 불쑥 고개를 쳐든다. 참아야 한다. 그가 황 참사의 곁에 있다는 점만으로도 지금은 고마워해야 한다. 그도 황 참사와 마찬가지로 초췌하다. 두 사람 다 돈을 필요로 하는 사람들이라는 사실이 한눈에 느껴진다. 오 씨는 나와 시선이 마주치는 것을 극구 피한다.

더운 녹차를 한 잔씩 나눈 뒤, 나는 황 참사를 오 씨가 없는 복도로 불러낸다.

"오 씨를 믿을 수 있습니까?"

"안 믿으면 어캔? 저 사람 시켜서 조국에 돈을 들여보낼 건데. 너무 옛일에 집착하지 말라우."

"돈을 보내다니요?"

"애초 계획대로 남은 식구들 살게 해줘야지."

"경희 씨를 만났어요. 양 참사와 내통하고 있는 게 확실해요."

"저 동무는 조국에 들어가서 살아야 하니까니 경희가 보위부 놈들하고 어느 정도 내통을 해야갔지. 저 동무가 기렇다고 큰 배신을 하는 일은 없을 거야. 책임은 내게 다 미루고, 어케든 돈만은 지키라고 했어. 저만한 동무도 없다구."

"형보다 돈을 더 좋아하는 사람 같은데."

"저 동무까지 믿지 않으면 내가 너무 가엾어져. 다시 이런 이야기 하지 말라우."

2

송화강에는 강물 대신 거센 바람이 흐르고 있다. 겹쳐 쌓인 얼음 조각들 위로 잔설이 눈보라를 일으키며 파도처럼 휘몰아친다. 나는 황 참사와 함께 그런 송화강 건너로 따양도가 바라보이는 백양나무 숲길을 걷는다. 오 씨는 룸에서 쉬겠다고 하여 따라 나오지 않았다. 돈은 룸 안에 비치된 금고에 넣어두었다. 황 참사는 오 씨에 대한 내 의심이 아직까지 남아 있는 것이 싫은 눈치였다.

바람이 나무들 사이를 부산하게 누빈다. 나뭇가지에 부딪치며 내는 소리가 날카롭다. 곧 무슨 일을 내고야 말 것처럼 불안하게 한다.

"두만강에서 헤어진 뒤 두 주 내로 연락하겠다고 하고선 왜 안 했어요?"

"신분이 비천해지니까니 감시가 심해지고 통행증조차 내주지 않아서 기리됐어."

"그 뒤라도 연락할 방도를 만들 수 있었을 텐데요."

"조선소 용접공 신세가 무슨 방도를 만들갔어."

"네에? 경희 씨는 고위직에 있었다고 하던데?"

"아우에게 내 비참한 소식을 전하지 않으려고 거짓말을 한 거겠지. 아우를 중국에 오게 하는 데도 기렇게 하는 게 좋갔다고 여겼을 수 있구."

가슴이 뻐근해진다. 13년 동안이나 용접공으로 있었다니. 그가 그동안 내게 연락하지 못한 정황이 어렴풋이 이해된다.

"당에서 나를 다시 불러주기를 이제나저제나 기다렸어. 기러나 결국 장군님께서 서거하시고, 나이 서른도 안 된 청년대장이 최고지도자가 되었어. 아이들 골목대장도 아니고, 이게 뭐야? 청년대장은 장군님과 같이 일하던 사람들을 다 현직에서 내쳤어. 이 어린 사람이 난국을 어케 헤쳐 가갔나? 나는 언제 다시 당에서 불러주갔나? 절망감이 몰려왔어. 술김에 불만을 좀 터뜨렸지. 기때야 평양에서 소식이 들리더군. 보위부에서 나를 인츰 데리러 올 거래. 맨손으로는 호랑이를 잡을 수 없고, 걸어서는 황하를 건널 수 없다는 옛말이 문득 생각나더군."

그런 지경에 이르도록 견뎌낸 그가 밉다. 화가 난다.

"아직도 장군님, 장군님, 호칭해요? 도망자 신세가 된 주제에."

"'위대한'이란 말은 뺐잖아."

그가 멋쩍은 웃음을 흘린다. 원망이 쌓인 것 같은데, 입에 달린 습관이 버려지지 않는 모양이다.

"날 따르는 동무들 상당수가 가망 없는 내게 등을 돌렸어. 기것도 참을 수 없었어. 절이 싫으면 중이 떠나야지. 기래서 이젠 공화국 인민이기를 포기할 순간이 왔다, 인민으로서 고난을 감당할 의무를 포기할 순간이 왔다, 이렇게 굳게 결심을 했어. 사실은 기다리고 기다리던 순간이었는지도 몰라. 기때 저 오 동무가 아무것도 모르면서 찾아왔길래 말했어. 나는 태양민족이기를 포기한다, 너는 나를 따라와 기나마 나를 버리지 않은 동무들에게 10여 년 중단해온 생활 자금 지원을 마지막으로 한 번 더 해줘라, 기리고 금관이 아직 아우 손에 있다는 이야기를 해줬어."

"어떻게든 진작에 연락을 했어야지요."

"아우 생각이 간절했어. 기러나 연락할 길이 있어야지. 남을 시키면 금관 훔친 것만 들통 날 테구."

"이젠 들통 나도 돼요? 제가 기사를 쓰면 파장이 클 텐데."

"맘대로 해. 기것이 아우에게 주는 마지막 선물이 될 것 같군."

"어디로 갈 건가요?"

나는 그의 얼굴을 빤히 바라본다. 서울행의 결단을 종용하고 있다는 것을 그가 눈치채기를 바란다. 그는 힐끗 마주 보다가 애써 먼 하늘로 눈길을 옮긴다.

"많이 생각해봤어. 우리 공화국 인민들은 평생 전쟁 준비를 하면서 살아왔어. 기래서 인간으로서의 권리도, 자유도 다 내 것이 아닌 줄 여기고 살았어. 자기 잘못도 없이 굶주려야 했어. 이제 우리 인민은

백에 백 전쟁이 일어났으면 좋겠다고 말하지. 우리 공화국이 멸망하는 전쟁이라도 반기게 되었어. 그러나 판을 갈아엎을 전쟁은 일어나지 않고, 다람쥐 쳇바퀴 돌리듯 고단한 삶이 반복되고 있을 뿐이야. 북과 남, 전쟁, 이런 말이 너무 지겨워. 이런 말 들을 필요가 없는 곳으로 가고 싶어.”

“그곳이 어딘데요?”

“우선 북대황北大荒 쪽으로 가서 아무르 강을 건너 일단 러시아로 들어갈까 해. 그다음은 모르겠어.”

나는 금관 값을 그에게 넘겨준 것을 후회한다. 서울에 가야만 그것을 준다고 흥정을 했다면 그가 서울에 간다고 했을까? 아니야. 서울에 가는 것도 능사가 아니지. 그의 인생은 그가 책임져야 하니까. 그렇다고 그의 희망을 존중해야 하나? 남북의 각축과 전쟁을 마음속에서 지워내도 좋을 곳으로 가고자 하는 소망이 간절해 보이지만, 그를 그냥 놔둘 수는 없다. 타국의 황야에서 그가 굶주린 늑대들의 밥이 되지 않으리라는 법이 없다.

“가족은 어떻게 하고?”

“가슴 아파. 묻지 마.”

말에 통증이 듬뿍 묻어 있다. 제주도에 갔다 온 부하를 권총으로 살해했듯이 가족도 살해했을까? 아니면 가족은 놔두고 자신만 도망쳤을까?

“중국 여권을 만들어줄 수 있겠어?”

“그럴 능력이 안 돼요. 중국도 지금은 호구부를 다 전산화해서 관리가 철저하다고 해요. 되든 안 되든 다리를 놔줄 사람도 없어요. 정연화 여권을 만들어줬던 삼천리식당 최 노인도 벌써 치매에 걸려 아무도 알아보지 못하는 지경에 이른걸요.”

다만 그가 서울로 간다면 내가 나서서 확실히 도와줄 수 있을 것이다. 중국에 숨어든 탈북자들에게는 수천 킬로미터의 중국 대륙을 횡단하여 동남아시아로 들어가는 탈북자 루트가 열려 있다. 서울과 중국에서 활동 중인 브로커들을 찾아내면 어렵지 않게 그 루트를 탈 수 있을 것이다.

"그러지 말고 서울로 가요. 그쪽은 갈 방법이 있어요."

"조국에 남아 고생하는 동무들을 배신하고 싶지 않아. 조국을 버린 주제에 잘 먹고 잘 살고 싶지도 않아."

"다른 데로 가면 고생이 심할 텐데?"

"난 탈북자라는 낙인을 찍는 사회에서 사는 것도 원치 않아. 내가 다른 나라에서 살면 그저 코리안에 불과해. 하지만 남쪽에 가서 살면 탈북자가 되고, 삼등인민이 되고 말잖아?"

"괜한 자존심 세우지 마세요. 다 자기 하기 나름이에요."

"통일이 된다면 들어가 살갔다 용기를 낼지 몰라. 기러나 기런 일이 과연 생길지 모르갔어. 북과 남이 서로 양보하는 풍토를 만들어야 하는데, 서로 먼저 양보하라고 삿대질만 하는 형국이야. 못사는 놈은 자존심이 세서 양보 못 하고, 잘사는 놈은 아쉬운 것이 없어 양보 못 하고."

"둘 다 잘못한다, 이렇게 볼 건 아녜요. 북쪽이 해도 너두하잖아요. 쌀이니 비료니 실컷 줬더니 육지에다 포를 쏘지 않나, 은혜를 원수로 갚는 짓 아녜요?"

"우리가 쌀 받고 비료 받고 한 건 결과적으로는 우리가 지고 있다는 사실을 말하는 것에 불과해. 남조선에 대해 아무것도 모르던 우리 인민들이 쌀 받고 나서 남조선이 세계 몇 번째로 잘산다는 걸 이젠 다 알게 됐잔? 기게 지고 있다는 증거란 말이야. 쌀 준 대신 크게 남조선 선전한 거 아니냔 말이야. 기런데 줬다고만 자꾸 생색을 내고 자존심을 북북 긁어. 군량미로 쓴다는 말까지 하고. 오죽하면 나라를 지키는 군대에까지 적국의 쌀을 가져다 먹이갔어? 군량미를 적국에서 얻어 먹인다는 말처럼 치욕스런 말이 세상에 어디 인? 기거 먹은 군인들의 사기는 또 어켔간?"

"그런데 포는 왜 쏴요?"

"살아 있다는 걸 보여주려고."

"얻어먹으려면 자존심을 어느 정도 버려야 하는 거 아녜요?"

"아무리 못살아도 자존심만은 버리지 못하갔다, 기러니까니 얻어먹지 않갔다, 우리 식대로 살갔다, 살기 힘드니까니 핵무기라도 하나 갖고 자존심을 세우갔다, 깔보지 마라, 하는 거야."

"그게 옳다고 생각해요?"

"이제 난 아무것도 모르갔어. 백치, 천치가 돼버렸어. 이것저것 다 싫을 뿐이야."

"형, 내가 13년 전 그 겨울밤에 형을 두만강 너머로 보내고 얼마나 후회했는지 알아요?"

나는 그를 안타깝게 바라본다.

"이젠 못 가! 우리 서울 가서 같이 살아요."

"안 돼."

"왜 안 돼?"

그가 걸음을 잠시 멈춘다. 송화강 위에서 까마득히 피어오르는 눈보라를 바라본다. 이제 난 아무것도 모르갔어. 백치, 천치가 돼버렸어. 그의 말이 내 가슴을 찌른다. 그가 낮은 목소리로 〈마이 웨이〉를 흥얼거린다.

And now, the end is near

자, 이제 마지막이 가까워졌군

And so I face the final curtain

내 생의 마지막 순간을 대하고 있어

My friend, I'll say it clear

친구, 분명히 해두고 싶은 게 있어

I'll state my case of which I'm certain

내가 확신하는 바대로 살았던 삶의 방식을 이야기해볼게

처량한 노랫가락이 석양 속으로 퍼져나간다.

I've loved, I've laughed and cried

사랑도 해봤고, 웃기도, 울기도 했었지

I've had my fill my share of losing

가질 만큼 가져도 봤고, 잃을 만큼 잃어도 봤지

And now, as tears subside, I find it all so amusing

이제 눈물이 가신 뒤에 보니 모두 즐거운 추억일 뿐이야

'즐거운 추억일 뿐'이라는 노랫말이 가슴에 박힌다. 그 말을 '후회와 슬픔뿐'이라고 바꿔본다. 그렇게 바꾸고 보니 가슴이 더 미어진다.

"씨팔, 한국으로 가자니까!"

정작 가슴 아픈 사람 따로 있는데, 내가 더 아프다고 발광을 떤다는 생각이 든다. 끔찍한 고통은 그것으로부터 멀리 떨어져 남의 일로 바라보는 사람들에게나 크게 보이는 법이다. 정작 그것을 체감하는 당사자에게는 오직 넘어야 할 험산준령일 뿐이다.

"연화 그 간나아는 잘 사나?"

"……."

"결혼도 하고 아이도 낳았갔지?"

"……."

"안 기래?"

"죽었어요, 교통사고로."

"정말야?"

나는 대답 대신 한숨을 내쉰다.

3

　　　숲에 어둠이 스며들었다. 자꾸 뒤가 켕겨 돌아보는데, 강변도로를 지나는 차들의 불빛으로 생긴 나무 그림자 속에서 날쌔게 움직이는 그림자 하나가 퍼뜩 눈에 잡힌다. 50미터쯤 떨어진 곳이다. 그림자는 나무 뒤에 붙어 나무의 몸피를 불룩하게 만들었다. 내 눈길을 피하려 하는 것 같다. 아까부터 사뭇 막연한 불안감이 엄습했는데, 나는 그것의 실체가 눈앞에 다가왔음을 자각한다. 황 참사가 한 걸음 뒤처진 나를 돌아본다. 그도 내 눈길을 따라 그림자가 달라붙은 나무 쪽으로 고개를 돌린다. 순간 그의 눈이 활짝 열린다.

"사람이야?"

그가 낮은 목소리로 묻는다. 내가 고개를 끄덕인다. 두려운 기색이 그의 얼굴을 뒤덮는다.

"여기서 헤어져야겠어요. 아무래도 그래야겠어요."

"아우가 너무 예민해진 것 아냐?"

그림자를 두려워하면서도 그것을 억누르려고 그가 일부러 하는 말 같다.

"어차피 떠날 길이잖아요?"

"……"

"저기 다리 쪽으로 가서 행인들 틈에 섞이세요. 거기서 택시를 타고 커윈잔(버스 터미널)으로 가자고 하세요. 북대황 쪽으로 가는 야간 버스들이 있을 거예요."

나무에서 그림자가 잠시 분리되었다가 다시 나무와 하나가 된다. 그림자가 우리 쪽을 염탐하고 있다는 증거다.

"만약 지금 아무 일도 일어나지 않는다면 제가 내일이라도 돈을 들고 뒤쫓아 가겠어요. 이메일로 형이 있는 곳을 알려줘요. 이메일 비밀번호 바꾸는 걸 잊지 마세요."

"나는 3만 달러면 돼. 나머지 돈은 모두 오 동무에게 줘."

"저놈이 그놈 아닐까요?"

그가 다시 그림자가 숨은 나무 쪽을 바라본다. 그림자가 이번에는 움직임이 없다. 나뭇가지에 부딪치는 바람 소리가 더욱 날카롭게 들린다.

"오 동무를 너무 의심하지 말래두."

그때 여러 대의 차들이 숲길로 줄지어 들어선다. 꼼짝하지 않던 그림자가 불나방처럼 차들을 향해 달려든다. 그림자가 양팔을 흔들어 차들에게 자기의 위치를 알리는 한편, 우리가 있는 곳을 향해 손짓을 해댄다. 손짓을 따라 헤드라이트 불빛들이 우리를 초점에 가두고 달려든다.

"빨리 도망쳐요."

황 참사가 다리 쪽으로 쏜살같이 뛴다. 차들의 불빛으로 뚜렷해진 백양나무 그림자들이 부산하게 쓰러진다. 쓰러진 그림자들 사이로 불빛이 스며들어 내 몸에 부딪친다. 드디어 불빛이 폭포수처럼 눈앞에 쏟아진다. 차들의 머리 위에서 갑자기 파랑과 빨강 불빛이 번쩍이기 시작한다. 경광등이다.

끼익! 끽! 차들이 브레이크를 밟는 소리가 숲을 울린다. 덜컹 빗장이 질러진 느낌이 든다. 불빛을 가르며 시커먼 사내들이 차에서 튀어

나온다. 제복을 입은 중국 공안원이 분명하다.

"어이, 황철호! 거기 서!"

우리말이다. 양 참사의 목소리 같다.

"개자식!"

나는 몸을 부르르 떨면서 내뱉는다.

"저쪽이다! 저쪽!"

중국말로 외치는 소리도 들린다. 시커먼 사내들이 황 참사가 도망친 쪽으로 내달린다. 중국 공안원들이다. 그때 내 등에 날벼락 같은 충격이 와 닿는다. 누군가 구둣발로 걷어찬 것이다. 나는 앞으로 꼬꾸라진다. 얼굴이 지면에 쿵 소리를 내며 부딪힌다. 이빨이 시큰하고, 숨이 탁 막힌다. 비릿한 피맛까지 느껴진다.

"머저리 같은 자식! 금관 값 절반을 주겠다고 할 때 협조할 것이지. 게도 구럭도 다 잃었다고 하는 말은 바로 이런 때 쓰는 거야."

양 참사의 목소리가 맞다.

"이거 안됐소."

이번에는 오 씨의 목소리다. 개자식들! 양 참사와 오 씨가 내 곁에서 사냥개처럼 거친 호흡을 내쉬며 서 있다. 양 참사가 경희와 오 씨로 연결된 선을 타고 여기까지 온 것이 틀림없다. 양 참사도 황 참사가 도망친 쪽으로 달려가려 한다. 나는 팔에 힘을 주어 벌떡 일어나면서 머리로 양 참사의 턱을 들이받는다. 그가 서너 발자국 물러서며 두 손으로 턱을 감싼다. 소용없는 짓이라고 알면서도 나는 그의 몸을 필사적으로 붙잡는다. 오 씨가 달려들어 내 옆구리를 걷어찬다. 그러고는 내 팔을 낚아채 양 참사의 몸에서 떼어놓으려 하지만, 여의치 않자 다시 내 옆구리를 걷어찬다. 그래도 나는 양 참사의 몸을 붙들고 늘어진다. 걷어차는 발길질이 횟수를 거듭한다. 숨이 막히고, 배가 터질 것처럼 아파온다.

결국 오씨가 주변을 분주하게 뛰어다니는 공안원들을 부른다. 공
안원 둘이 달려와 힘껏 내 양손을 잡아당겨 양 참사를 내 팔 안에서
풀어낸다. 양 참사가 내 뺨을 후려치고는 달려 나간다. 공안원이 내
손을 등 뒤에 모아 수갑을 채운다.

"문화재 절도 국제조직의 일원으로 당신을 체포한다."

공안원의 말을 오 씨가 통역한다.

"어쩔 수 없었다구. 나라도 살아야 할 거 아냐."

그가 내 옆구리를 다시 한 번 걷어찬다. 나는 앞으로 꼬꾸라진다.

탕! 탕!

먼 데서 총소리가 들린다. 행인들이 아우성치는 소리도 아스라이
들린다.